_____：

以少年之名

向文学致敬

为成长留念

以少年之名

主编　赵卷卷

江西高校出版社

图书在版编目（CIP）数据

以少年之名/赵卷卷主编.--南昌:江西高校出版社,2021.8（2022.3 重印）
ISBN 978-7-5762-1764-3

Ⅰ.①以… Ⅱ.①赵… Ⅲ.①短篇小说—小说集—中国—当代 Ⅳ.①I247.7

中国版本图书馆 CIP 数据核字（2021）第 160576 号

出版发行	江西高校出版社	
社　　址	江西省南昌市洪都北大道 96 号	
总编室电话	(0791)88504319	
销售电话	(0791)88522516	
网　　址	www.juacp.com	
印　　刷	天津画中画印刷有限公司	
经　　销	全国新华书店	
开　　本	700mm×1000mm　1/16	
印　　张	16	
彩　　页	2 面	
字　　数	230 千字	
版　　次	2021 年 8 月第 1 版	
	2022 年 3 月第 3 次印刷	
书　　号	ISBN 978-7-5762-1764-3	
定　　价	49.80 元	

赣版权登字 -07-2021-1014

编委会名单

顾 问（排名不分先后）：

　　罗珠彪　谭旭东　伍　剑　张年军　李　伟

主　编：赵卷卷

副主编：陈　丹

编　委（排名不分先后）：

　　杨　健　苏　月　田春艳　包亚红　陈　敏

　　吴升刚　谷会巧　张凤华　万　磊　余先文

　　刘朝义　陈淑贞　李彦霖　钱　丽　林仕改

　　雷克松　张春艳　杜　珺　杨　乐　陈厚刚

　　俞燕君　王　波

长成自己喜欢的样子

李 伟

写作是一件有趣的事情，当然要是在小作家班写作就更有趣了。它不是抓耳挠腮、万分枯燥地写应试作文，而是启发思维的创意写作，互动教学、寓教于乐、翻转课堂是它的主要特色。

德国著名哲学家雅斯贝尔斯说："教育的本质意味着，一棵树摇动另一棵树，一朵云推动另一朵云，一个灵魂唤醒另一个灵魂。"小作家班的老师都是资深教育者，也是具有多年写作经验的写作者，他们将最前沿的教育理论和小说教学融合在一起，既教学生怎样写小说，又教学生怎样审美，引领学生做一个快乐、认真、上进的人。

"海明威为什么要单腿站着写小说，桑提亚哥捕的马林鱼有多长，有多重？"

"《柑橘与柠檬啊》这首歌，你会唱吗？"

"又高又丑的莎拉，赚了我的眼泪啊！"

"老师，我写不出来了怎么办？"

课堂上，那么多优秀小说向我们扑面而来，浸润我们的五脏六腑，我们的文学小宇宙也爆炸了……

我有幸和卷卷等几位老师一起给那么多学生上课，陪伴他们度过一段成长时光。他们眼里的光亮、腹中的诗书，让我们每节课都很投入：全心备课、用心讲课、精心批改，恨不得将一节课办成两节课用，使同学们多消化一些知识点，生怕浪费同学们的宝贵时间。前半节课，我们就一种小

说技法，结合文学大家的经验和自己的创作体验，进行赏析解读，大家畅所欲言。后半节课，同学们结合学到的技巧，用一个个汉字把最想写的东西写在方格纸上。那些字儿立马就沾上他们的精气神，在纸上飞奔：有的仙气飘飘，出入三界；有的龇牙咧嘴，开怀大笑；有的神秘莫测，古意悠悠。现代的、后现代的、现实的、浪漫的、魔幻的、奇幻的、剑侠的、冒险的、科幻的……各类作品异彩纷呈。有位同学说，写完作品，我再读一遍，自己都佩服自己写的文字的魔力。对，文字是有魔力的。

我们都沦陷在文字的魔力里，要不然，怎么会有那么多同学洋洋洒洒地写下数万言。我真佩服小作家班的同学们：有的颠簸于三镇之间跨校区上课，有的含着饭像超人一般飞奔上楼，有的见缝插针，下课写作业。现在学习条件好了，不像曹雪芹那样生活艰难——"蓬牖茅椽，绳床瓦灶""日食三粥"，但他们还是那么拼。

读者朋友翻开小说集，会看到小作家笔下一棵棵会开花的树，一片片会飘飞的云。一朵花要怎样开放，一片云会怎样起舞，大地和蓝天都有答案，你们也有答案，当然我们更会有答案，因为每篇小说，同学们和我们都字斟句酌地在课堂上讨论过；我们和每个字，甚至每个标点符号都确认过眼神嘞！

入集的同学，经年流转，等他们人到中年，回望奋斗的足迹，他们必定感动于自己年少时写下的壮志凌云的文字。他们也许会自豪地说，我的努力配得上我的少年锦时。或者等他们成为耄耋老人，坐在小院里，被花香熏染，被夕阳镀金，一页页翻看年少的自己，即使默默无言，那也是一件美好的事情啊！

观古今于须臾，抚四海于一瞬。才华是个好东西，他会让自己有辨识度，跳出滚滚红尘，活得和别人不一样。高兴时拿起笔，喜悦就会放大很多倍；忧伤时，挥洒几个字也能化解心中的块垒。当然，我们小作家班的小作家不能躺在才华的旋涡里，被才华绕晕；我们还要勤奋练习，别被现在的成绩遮蔽了双眼，要写出惊世之作，长成自己喜欢的样子；我们得做好吃苦的准备。"现代惊悚小说大师"斯蒂芬·金说："我到十四岁的时候，墙上的钉子已经承受不了更多退稿信的重量。我换了一个大钉子，继续写。"

好在我们干饭人最喜欢的字就是干，写作也是这样，干，一直干下去，生活早晚会给你开绿灯。毕竟，年华看得见，岁月听得见。

写作不一定让我们成功，但至少让我们比别人多一条成功的路，而且会让我们感悟到别人不易发现的生活小确幸，好好热爱自己的才华吧！热爱才华就是热爱生活。

"我还是从前那个少年，没有一丝丝改变，时间只不过是考验，种在心中信念丝毫未减……"

小作家班的小作家们，任性地飞一次吧！天有多高我们不管，地有多厚与我们无关，谁让我们是心怀梦想的小小少年郎！

（作者系小作家班特邀授课作家，《幸福》杂志主编，冰心儿童文学奖获得者。）

目　录

星

少年·作家三人行

小小少年
两棵樱桃树
养了一朵云

小 小 少 年

江姝玥

少年作家简介:

    江姝玥,湖北省武汉市硚口区韩家墩小学五(4)班学生,小作家班学员。中国小作家协会会员。

    十余篇作品发表于《儿童文学》《小溪流》《金色少年》《语文周报》等报刊,获奖十余次。

一

　　"哎，华儿真可怜，没有爸爸，妈妈也不管他……"

　　"华儿华儿真可怜，没有爹来没有妈。"

　　每当听到这些话语，华儿总是沉默不语。是的，他从小就没有见过爸爸，和妈妈相依为命。华儿的妈妈在一个名叫"喜蓉"的小镇上，经营着一个小小的饺子馆——"蓉华饺子馆"。这是他们母子俩的经济来源，妈妈每天起早贪黑，赶着去卖饺子，母子俩生活很艰辛。

　　父亲节这天，学校要举办一个"感恩父亲"的活动。"父亲"这个词，在华儿的字典里是一个禁忌，它就像一根刺，深深地扎进华儿那幼小的心灵。当班主任黄老师宣布完这个活动消息后，华儿猛地站了起来，连书包也没拿，就头也不回地跑回了家。

　　华儿一路狂奔，原本三十分钟的路程，只花了十五分钟。他冲进房间，拉起被子蒙着头，蜷缩在床上，被子下小小的身躯微微颤抖，枕头一点一点地被泪水浸湿。华儿的心像是被压路机碾压过一样，一阵一阵地痛。

　　妈妈回来了，做了华儿最喜欢吃的番茄炒鸡蛋，一遍遍地叫华儿吃饭，却没有人应答。妈妈有些担心，便用力撞开门，发现华儿正坐在椅子上，呆呆地望着窗外的大树。

　　搞不清状况的妈妈正想开口询问，却听到外面传来了敲门声。妈妈过去打开门，邻居陈壮同学拿着华儿的书包站在门口，对华儿妈妈说："阿姨，华儿今天提前走了，这是他的书包，我还帮他抄了作业。"

　　妈妈提着书包，一脸震惊地看着华儿，虽然家里条件不太好，可华儿的成绩一直很好，从不需要她操心，可现在，她眼中的乖孩子怎么开始逃学了？

　　房间里一阵沉默……

　　十分钟过去了，妈妈终于打破了沉默，"你自己好好反省吧！"说着，摔门离开了。此时的华儿一句话也不愿说。

　　世界很安静，只留下华儿一个人，他盯着天花板，他仿佛看到了父亲正冲他微笑。

二

华儿就这样在房间里待到了晚上，然后，走到窗边，翻过窗台，快速地跳到了对面屋顶的瓦上，又以百米冲刺的速度跃到了陈壮家的阳台上，然后顺着旁边的水管，滑到了地面。

他要出去找吃的。

华儿铆足了劲儿，向后退了几步，轻快地翻过了栅栏。他猫着腰，小心地在一片西瓜地里走着，左看看，右翻翻，终于挑到一个不大不小的西瓜，摘下后就往回跑。

就在这时，门"吱嘎——"一声被打开了，西瓜地的主人张爷爷看到有人偷西瓜，大喊道："这谁家的孩子，这么没教养，偷西瓜！"

华儿一紧张，跨过栅栏的腿不听使唤，摔了一个大马趴。他狼狈地捡起西瓜，一瘸一拐地往家跑。华儿越想越难过，他也不想偷东西，可是肚子实在太饿了，妈妈把他关在房间就去了饺子馆，一丁点儿吃食也没留下。他觉得妈妈不爱他了，自己就像个没人关心的孤儿。

为什么我没有爸爸？

为什么大家都要嘲笑我？

为什么……

一回家，饿得发慌的华儿找出刀，对着西瓜使劲儿一砍，西瓜汁流了一地。他刚想饱餐一顿，妈妈就回来了，手里端着一碗热腾腾的饺子。

"哪里来的西瓜？"

"你都干了什么？除了逃学还开始偷东西了？"

华儿还没反应过来，妈妈便一把夺过西瓜，一连串地质问他。

"你爸死得早，我这么辛苦把你养大，没指望你能有多出息，可你现在怎么变成这样了……"妈妈手指着华儿，一脸的悲伤，泪水在眼眶打转。

"不要说了！我就是没有爸爸！就是被大家嘲笑的坏小孩儿！"

华儿心中的怒火再也按捺不住，终于爆发了，他一转身冲出了家门。

三

跑出门的华儿其实也不知道要去哪里,他一个人漫无目的地走着,刚才的那一幕不停地在他的眼前闪现。妈妈什么都没问他,脱口而出的全都是指责,华儿越想越觉得妈妈根本就不懂他,不爱他。

走着走着,来到了河边,华儿捡起地上的石头打水漂,心中的怒火随着河中间那一圈一圈的涟漪渐渐消失,心情也变得舒畅起来。

华儿妈妈却在家里急得团团转,眼看着夜色越来越深,墙上的时钟指向了十二点,可华儿还没回家。

"华儿——华儿——"夜幕下响起了华儿妈妈一声一声的呼唤。

一只正在睡梦中的小狗被叫声惊醒,站了起来,"汪汪——"地叫了两声。随后,越来越多的狗跟着叫了起来,原本寂静的夜晚,顿时沸腾起来,人们纷纷走出家门,开始帮华儿妈妈一起找华儿。

他们三五成群,拿着手电筒,走遍了村子的每一个角落,呼唤声此起彼伏。

此时的华儿,正坐在河边大树的树杈上,靠着树枝,看着天空那轮弯弯的月亮发呆。远处叫他的声音传来,他也没太在意,只是看到若隐若现的光亮在往这边靠近。妈妈的声音由远及近,越来越清晰,一声声的"华儿——"叫得他有点儿心虚。虽然不知道现在几点钟,但华儿看着挂在树梢上的月亮,明白已经很晚了,妈妈可能找他找了很久。

他有点儿内疚,一时不知道应该怎么面对妈妈,犹豫了好半天。最终,他跳下树杈,朝着妈妈奔去。

"妈妈,我在这儿呢!"声音不大,却在这个安静的夜晚显得格外大。

华儿妈妈一把拉过华儿,紧紧地抱着他,终于哭出了声。

四

华儿跟着妈妈回了家,可是一连好几天都没有和妈妈说话。刚回家那

天，他和妈妈都觉得有点儿尴尬，不知道怎么开口交流。后来，妈妈饺子馆的生意渐渐好转，她每天天还没亮就出门，晚上也不知道几点到的家。华儿能见到她的次数少得可怜。

华儿在这段时间开始习惯性地逃学，不是不想学习，而是想一个人待着，哪怕只是闲逛，或是自己坐着发呆。

华儿无聊地踢着地上的小石子，漫无目的地走着，不知不觉竟走到了他曾经就读的小学门口。此时正是放学时间，小朋友们陆陆续续地走出校门，等到人都走得差不多了，华儿才慢悠悠地晃到学校门口的小店。他肚子饿了，回家也是一个人，还不如随便买点儿吃的填饱肚子。他拿了两个包子正准备付钱，可翻遍书包却怎么也找不到钱。华儿一脸尴尬，只好放下包子走出了小店。

"大哥哥，这个给你喝！"一个清脆的声音在华儿的耳边响起。

华儿转过身，是一个小女生，大概八九岁的样子，一双大眼睛扑闪着，面带微笑地举着手中的豆浆。"大哥哥，我看你好像忘带钱了，那我的豆浆送给你喝。"说完，小姑娘把一杯豆浆塞在他手里，转身走了。

连续几天，华儿都特意在小学门口等着，而小女生也总会带点儿吃的给他。"我叫心悦，大哥哥！"这个善良的姑娘对华儿说道。

青宁是在一次接妹妹放学回家的时候知道这件事的，看到妹妹主动给不认识的人零食吃，青宁心里有些纳闷，再仔细一看，这人有些面熟。原来，华儿和青宁在同一所中学读书，华儿上初一，青宁读初二，有时他们会在学校碰到，但也仅仅是看着面熟，并没有打过交道。

青宁是无意中听到老师们的聊天知道华儿的事的。

"哎，李老师，听说了没，初一（3）班的华儿这次可为学校争光了，得了市里的三好学生奖呢！"

"是呀是呀，刘老师，我告诉你，这孩子不仅成绩好，品德也好。"

青宁愣住了，老师眼中的好学生怎么会像个无业游民一样天天在小学门口晃荡？

五

"丁零零——"上课铃响了，操场上的同学们齐刷刷地往教室跑，唯独一个身影从人流中挤了出来，偷偷地往校园后面的小树林走去。"居然有人逃课，一定要严厉处罚！"作为值周生的青宁，悄悄地跟了上去。

身后有个人影晃动，前面的人加快了脚步，一路小跑到了学校的院墙边。只见他双手攀上墙头，纵身一跃，一双长腿刚要跨过墙头，青宁三步并作两步，上前一把抓住他的腿，把他拽了下来。男孩儿一屁股摔在了地上，先是一愣，然后猛地抬头看着青宁。青宁看到那人竟是华儿，也愣住了。

"是你？！三好学生居然也逃课？"青宁说道。

华儿沉默不语，神色黯然。

青宁笑了笑，说："即便是三好学生，逃课也不能放过，再说了，我妹妹这么好心给你吃的，可不是为了让你逃课的，跟我到教导处去解释清楚。"说着一把拉起华儿的胳膊，往教导处的方向走去。

华儿下意识地挣扎，可是青宁抓住他的手腕，他怎么也挣不开。他一动不动地站着，像是定住了身子，心想：一定不能去教导处，太丢人了。

"我……我……以后不会再逃课了，这次能原谅我吗？"华儿支支吾吾地小声问道。他的头低垂到了胸前，一张脸红得都要滴出血了。

青宁停下了脚步，他看着眼前的这个少年，脸上露出了犹豫的神色。终于他长长地吐了一口气，仿佛下定了什么决心。

"我叫青宁，是心悦的哥哥，很高兴认识你！"青宁伸出手，换上了一副微笑的面孔。

短暂的惊诧过后，华儿也伸出了手："我叫华儿，谢谢你和你的妹妹！"

两个少年的手紧紧地握在一起。华儿的脸上露出了久违的笑容。

"看你翻墙动作利落，弹跳也不错，要不来加入我们篮球队吧！"回教室的路上，青宁向华儿发出了邀请，"我们每天放学后一起训练。"

"一言为定！"

六

青宁带着华儿来到篮球场，迎面走来一个二十出头的年轻人，戴着一个大大的黑框眼镜，满脸堆着笑。青宁朝着他挥了挥手，"阳教练，这里！"原来篮球队教练这么年轻！

"教练，这是我给你提过的华儿。我觉得他很有天赋，所以带他来试试。"阳教练仔细打量了一下眼前这个身形不高却匀称结实的少年，一丝带着惊喜的光彩从眼睛里闪过："你是初一的同学吧？""是。""哦，这就对了！就是你！我听说你体育成绩优秀，获得过校运动会跳高和短跑冠军，我还听说……"

见阳教授一直说，青宁赶紧打断这个话题："阳教练，我们还是先看看华儿的实力吧！"

"行，行，我们今天练习定点投篮，华儿也一起来。"

"可我没有训练过。"

"没有关系，就当是一次'考核'吧。"

"好。"

"今天练习定点投篮，拿出你们的实力给队员们看看！"阳教练一开始并没有介绍华儿，队员们看到来了个新成员，纷纷议论开来。

"这谁呀，个子这么小还打篮球？"说这话的是队里的旺仔。

"看起来很小啊，初一的吧，能被教练看中，说不定有两把刷子！"六六自言自语道。

…………

"都在嘀咕什么？开始训练了！"阳教练的大嗓门一叫，球场上顿时安静了下来。"老规矩，3分钟定点投篮，5个点，每点两球，得分最高的胜出。"

第一个上场的是陆毅，他走向前，捡起一个篮球，只是轻轻地一抛，"咕噜"一声，球就进了篮球筐。第二球还是一样，手腕轻轻地一抖，球又进了。第三球，第四球，第五球……可惜到最后一球时，他有些急于求胜，球顺着篮球筐滑了出去，陆毅拿到了9分，不愧是队里的"投球小王子"。

接下来是青宁，青宁是篮球队的队长，他动作灵活，技术娴熟。只见他伸直了手臂，轻轻一跃，空中现出一个漂亮的弧度，球进了。青宁以良好的状态得了8分。其他队员的成绩分别是：六六7分，旺仔8分，飞鱼6分，小白7分。

"轮到华儿了，华儿加油！"青宁说道。

华儿慢慢地走向投球点，首先来了个"华氏投篮"，让人看着就羡慕。他瞄准位置，轻轻跃起，随手一抛，球就像一个听话的孩子，掉进了篮球框里。刚刚还嘲笑华儿的旺仔这会儿被大大震惊了，嘴巴张成了"O"形，都说不出话了，"这……这……怎么可能！你肯定练过！"

手里的篮球仿佛被华儿施了魔咒，第二球、第三球都乖乖地进了球筐。在这几个完美的投篮过后，第四球擦框而过，第五球打在了篮板上……华儿拿着球深呼吸，调整着自己的节奏，然后再继续投篮，最终以7分的成绩完成测试。队员们看华儿的神色也有了不同。

训练结束了，阳教练满脸笑容地站在这群队员的面前说："给大家介绍一下，这是华儿，初一的同学。今天的测试大家也看到了，华儿是一个很有潜力的队员，今后华儿就加入我们篮球队了，大家一起努力！"

六个大男孩儿齐刷刷地鼓起了掌，华儿就这样成为篮球队的一员。

七

学校里有一棵大树，是华儿的秘密基地。华儿喜欢它长长的手臂，在炎热的夏天，它阻挡着热辣的阳光；喜欢它的味道，风起时不疾不徐地飘过，让他安静。华儿总喜欢坐在树底下，听着风儿吹过树梢的声音；总是喜欢看阳光洒落，穿透树叶，在地面上形成斑驳的光影。光影随着风儿摇啊摇，华儿的思绪也跟着飘浮起来。

要想找华儿，那肯定要来这棵树下。青宁对华儿的习惯已经非常的熟悉。

刚进篮球队的时候，华儿投球精准，让大家觉得他是一个"小天才"，可是队长青宁并没有让他成为正式队员，这让华儿心里有点儿不舒服。而

阳教练看到青宁的规划后，也没有说什么。

"丁零零——"电话响了，只见阳教练边打电话边翻看日历，还激动得直点头。难得看到阳教练这么兴奋，在场的所有人齐刷刷地看向他。

"同学们，我们即将迎来两年一度的镇中学生篮球赛，这是一个证明你们实力的绝佳机会，要好好把握！"一句话让篮球场沸腾了起来，队员们个个摩拳擦掌，训练更加积极了。

等到队员们都回家了，华儿还是站在操场上一动不动，这引起了阳教练的注意。

"华儿，大家都走了，你怎么还没走啊？赶紧回家休息吧！"阳教练边说边递给华儿一瓶水。

华儿垂下了头，过了好一会儿才支支吾吾地说出来："教练，我可以上场打比赛吗？"

"时候不早了，你先回家吧，明天我们开会讨论一下。"阳教练拍了拍华儿的肩。

关于华儿是不是能够打比赛这件事，队员们在训练后展开了激烈的争论。

还没等阳教练开口，青宁就第一个站了出来："华儿，你投篮虽然还不错，可是打篮球不是只有投篮……"这句话彻底打开了队员们的话匣子。

"你刚进队，还没有和我们打过配合，还是先专注训练吧！"六六很中肯地说道。

陆毅也附和道："这可是我们盼了两年的比赛，可不能大意！"

…………

"华儿，你刚加入训练队，还是先加强基础训练。"青宁看到华儿情绪不好，赶紧结束了讨论。

下课后，青宁拉着华儿到校园里的大树前，想解释一番，可华儿一直扭着头，不愿意听。青宁想拉住华儿，却被华儿甩开了："我一定会成为一名正式队员给你看的！"说完，华儿头也不回地走了。

第二天，阳教练对大家宣布："我们先组织一场集训，内容是运球、投篮和打对抗赛。"

华儿的运球、投篮都取得了不错的成绩，接下来是对抗赛。

　　华儿和飞鱼一组，陆毅和六六一组，华儿眼疾手快，率先得到了球，而陆毅一个夺球，球又到了陆毅手中。这时候飞鱼凭借自己灵活的走位，像一阵风从陆毅身边蹿过，他转身想把球传给华儿，却被陆毅和六六夹击，没办法脱身。

　　此时，华儿隐蔽地向飞鱼举手示意，意思是"把球传给我吧"。飞鱼看见后，一直小心地运球、走位，终于在陆毅和六六防守忽略的空当里传出了球。华儿顺利接到球，他如同一只猎豹跑动起来，谁也追不上。他很快就跑到了篮球架下，他不停地拍打着篮球，寻找合适的时机投篮。陆毅严防死守，把路线死死封锁住。飞鱼在篮下的另一边拼命地挥手，示意华儿把球传给他，可华儿没动，他一心想突破陆毅的防守。

　　突然，华儿一个跃起，球出手了，所有人的眼睛都死死盯着篮球。就在这时，一双手横插了过来，球被劫走了，原来是陆毅！还没等大家反应过来，陆毅已经带着球投篮成功了。

　　飞鱼简直不敢相信自己的眼睛，这么好的机会就这么白白浪费了。华儿像霜打了的茄子一样，垂着头，一声不吭。

　　篮球场上还喧哗着，华儿却静静地走开了，他不知不觉地又走到了那棵树下。看着青翠葱郁的大树，华儿沉思着。

　　"华儿！"青宁不知什么时候走了过来，拍了拍华儿的肩膀，"你还好吧？"

　　"对不起，青宁！是我太自大了，听不进你的劝。我现在明白了，篮球是一项集体运动，只有所有队员配合才能打好比赛。"华儿一脸羞愧地说。

　　"接下来我们一起努力训练！"青宁伸出了手。

　　两个少年的手紧紧地握在一起，就像这棵大树紧紧缠绕在一起的树根，永不分离。

八

　　那天过后，华儿每一场训练都拿出了百倍的努力，认真对待。慢慢地，他和队员们相处越来越融洽，配合也越来越默契。

经过一个月的准备，镇中学生篮球比赛正式拉开帷幕。朝霞中学迎来了最困难的一场比赛，他们要对阵的是为民中学。

他们抵达比赛场地后，气氛渐渐紧张起来。看着观众席上坐满了人，飞鱼激动得坐立不安；六六则摩拳擦掌、跃跃欲试；陆毅不断地做着投球动作，想再抓紧最后的时间练习一下；青宁安静地坐在凳子上，手里拿着一本书，如果你仔细看就会发现他一直盯着那一页，根本没看；旺仔紧张地撕咬着手中的果丹皮，似乎这样就能不紧张；小白想找点儿什么事做，只好拉着华儿聊天；华儿也紧张，这可是他第一次参加篮球比赛。

这时，阳教练拍了拍巴掌，队员们瞬间就像换了个人似的，全部的注意力都集中在阳教练讲解的战术安排上。

"都听着，不要想别的，这就是练习，努力完成自己的每一个动作，注意和其他队员之间的配合。你们不是第一天接触篮球，我相信你们，你们也要相信自己！"阳教练的话给了大家无限的动力。

八双大大小小的手交叠在一起，齐声高呼："加油！加油！"

比赛开始了，六六自信满满，一开场就夺走了对方手中的球，"一个完美的扣篮！"解说员兴奋地喊着，"看来这一场比赛很激烈啊！"六六心里自豪极了，兴奋地举起双手向观众席挥手！

"今天的比赛是目前为止最让人期待的一场。"解说员一手拿着话筒一手拿着战绩表，"两所学校的实力都很强，为民中学是上一届比赛的冠军，当然，朝霞中学也不差，是季军。究竟哪支球队能进入决赛呢？让我们期待他们的精彩表现！"

话音还没落下，对方队长唐华抢断成功，他朝陆毅吐了吐舌头，十分得意。陆毅的牛脾气上来，恨不得撸起袖子把他揍一顿。趁着陆毅还在气头上，唐华快速转身，轻轻一抛，球就进了。阳教练拍了拍头说："陆毅啊，你可不能被他这招骗了。"

华儿呢？他是替补队员，默默地坐在场边观看场上的比赛，他那一双眼睛死死地盯着篮球，比自己上场还认真。

就在这时，对方的一名球员猛地撞了一下六六，球脱手了……比赛渐渐白热化，对方的手段也越来越过分，起初只是小动作不断，到后来直接

靠犯规阻止进攻。"啊——"一声惨叫从场上传来，是旺仔！对方绊了旺仔一脚，旺仔重重地摔在了地上！

"马上换人！"阳教练担心极了，连忙把华儿拉到身边，对他说："别想太多，像平时训练时一样打就好，要相信自己！"看着教练期待的眼神，华儿立刻精神抖擞地回应："是，阳教练！"

对方的队长唐华"哈哈哈哈"地笑个不停，"这……这小萝卜头也想打比赛？！我们赢定了！"这可彻底惹恼了华儿，他握紧拳头，走上了篮球场。

"好的，朝霞中学的替补确认完毕。现在，比赛继续！"

青宁眼疾手快，抢到了球，他在快速地奔跑，找自己的队员，准备传球。突然，一个身影在青宁身边跑过，是华儿！"传球，青宁！""接着！"青宁使劲儿把球丢出去，球刚好擦过对方的队长唐华，稳稳地到了华儿的手中。这时，没有人防守华儿，华儿一个投篮，球居然进了！华儿为朝霞中学夺得一分！

你来我往，比分交替上升。六六、青宁、陆毅和飞鱼累得筋疲力尽，渐渐放慢了动作……眼看着只差2分，比分就要追平了，华儿呢？他越打越有精神。

"最后30秒！哪一队会胜利？还真说不清楚，让我们拭目以待！"解说员大声喊着。

时间一秒一秒地过去，球到了华儿手里！

飞鱼用最后那点儿力气跑到了华儿的身边，可华儿一个眼神都没给飞鱼，双脚飞快地跑着，不给对方反应的时间，一个三分球！球在篮球筐上滚动了几圈，"砰"地一声落在地上，球进了！

全场欢呼起来，阳教练冲进篮球场，看着华儿激动得说不出话来。

九

球场热闹了好一阵子，不仅是队员们，他们的家长也都到了现场，一大群人围在一起。这可是有史以来，朝霞中学篮球队取得的最好成绩：他

们第一次进入镇篮球比赛决赛。进决赛——想都没想过的事就这样成了现实，他们兴奋、激动的心情简直无法用语言来形容。

看着这一大群人，华儿有些想妈妈了，如果妈妈能在这个时候分享他的喜悦该有多好啊！

青宁的爸爸妈妈一直关注着华儿，他们走到华儿身边，说："华儿，我们是青宁的爸爸妈妈，青宁在家经常提起你，今天来我们家吃饭吧，我们一起庆祝一下。"华儿想去，又觉得不好意思。青宁看出了他的心思，他和心悦一起把华儿拉到了他们家。

"青宁啊，我看了这次比赛，比以前有进步！"爸爸说了一句。

"爸！当然啦，我哥哥最棒啦！"心悦一脸骄傲地说道。

餐桌上这温馨的一幕，是华儿一直以来梦寐以求的呀！华儿心想：青宁家真幸福，有家人陪伴。

"华儿哥哥，我偷偷告诉你，我哥说他很羡慕你呢！"心悦神神秘秘地说，"猜猜为什么？"

华儿愣住了："羡慕我？我有什么好羡慕的。你们家这么幸福，我真羡慕你们。"

"这你就不知道了吧，我哥成绩一直很好，没想到他认识了你这么一个各方面都很优秀的人，不仅成绩好，体育好，还很独立。"

"优秀？独立？你说的是我吗？"华儿有些诧异。

吃完饭，青宁的爸爸提出送华儿回家，华儿连忙拒绝。趁青宁爸爸不留意的时候，华儿一溜烟地蹿到黑夜中，看不见人影了。青宁爸爸只远远听到一声："叔叔阿姨，谢谢你们！"

华儿晃晃悠悠地往家的方向走，不知不觉就走到了自己家门口。家里还是一如既往地黑着。空荡荡的自己家与青宁温馨的家，形成了强烈的对比，这让华儿很难受。他决定不回家，继续走，一直走，直到来到了妈妈的饺子馆门口才停了下来。今天这样喜悦的时候还是应该跟妈妈在一起。

已经很晚了，饺子馆里三三两两地坐着几个人，妈妈正在给客人煮饺子。屋顶的电风扇呼呼地转着，妈妈伸手抹了抹额头的汗水，好像感觉到了什么，忽然转头看向门口，华儿像根木桩一样站在那里。

"你怎么来了？快进来，外面热！"妈妈放下手里的活儿，到店门口拉华儿进店，进了门又递给华儿一瓶冰冻汽水，"饿了没有？想吃饺子吗？"

华儿拿着汽水，看着那些不断升腾的小气泡，心里顿时变得柔软了。"妈妈，我来帮你！"华儿进了小厨房，洗了洗手，撸起袖子，开始擀面皮。

"哎呀，好不容易来一次，用不着你帮我。"妈妈笑着推开了华儿，带着华儿去了洗手台，"别擀面皮了，累！我来，我来。"

华儿心想：妈妈一个人忙里忙外，还总说自己不忙，现在又怕我累着了，饿着了，我真不该埋怨她！华儿站在炉灶前，热气蒸腾着。他抬手抹去额头的汗珠，眼眶渐渐湿润了。

等到妈妈忙完送走最后一拨客人，已经夜里十一点了。华儿给自己和妈妈做了两碗馄饨，热气慢慢飘散开来，香味也随之而来。"哇，好香啊！"妈妈闻着馄饨的香味，忍不住称赞道。

夜深了，一轮明月高高地挂在空中，一大一小两个身影在夜色中靠得很近很近，他们的谈笑声传来，天上的星星也咧开嘴笑了。

<h2 style="text-align:center">十</h2>

篮球赛的决赛时间就在一周后，可阳教练并没有着急训练。他神神秘秘的，也不知道他葫芦里卖的什么药。

队员们都到了篮球场，发现阳教练今天"全副武装"——戴着墨镜，穿着防晒衣，这是要去郊游？"今天，我们不训练，咱们出去玩玩。"阳教练话音刚落，队员们就开始七嘴八舌地叫嚷起来。"嘿嘿，教练，这都要决赛了，看来你对我们很有信心啊！"旺仔最激动，他的话引起了大家的共鸣。"教练，教练，说话可要算话，赶紧走吧，别一会儿反悔了。"六六、小白、华儿等人激动得不得了，恨不得立刻出发。

一队人上了车才发现，阳教练真是准备充分，零食、运动饮料一应俱全。大家在车厢里说着笑着，不一会儿车就停下来了，阳教练笑着招呼大家下车。

大家下车一看，车停在一个山脚下。华儿愣住了，这是要爬山吗？！

"这个项目叫'猴子登山'，我们不仅要速度快，还要全员一同登顶。"阳教练面带微笑，大家这才反应过来，他们都被阳教练"坑"了！自己挖的坑，自己跳吧！

华儿动作敏捷，第一个踏上登山的小路，紧接着是青宁、小白、旺仔、六六、陆毅，旺仔体能最差，所以一直在队伍末尾，而阳教练远远地跟着大家伙。华儿稳居第一，像只兔子，遥遥领先，谁也追不上他。青宁不知道从哪里找了根长长的树枝，试图减轻压力。小白扶着腰，一步一步地慢慢攀登……

他们爬到了半山腰，那里有一片草地，大家随地而坐，随便吃了些零食，然后一齐躺在地上，享受阳光的美好：今天的天气真好！空气清新，还飘着一股花香味。华儿躺在草地上，和煦的阳光洒下，整个人暖烘烘的。他们像沐浴在阳光下的新熟的麦子，个个颗粒饱满。连阳教练也不例外，深深地沉醉在这温暖的阳光里。

简单地休整过后，就要冲刺山顶了。仔细看就会发现，爬山的队伍有了明显的变化。华儿的速度渐渐慢了下来，青宁则一马当先走在了最前面。别看旺仔体能不行，但他手脚并用地爬，也跟上了大部队。阳教练提前一步到了山顶，把那面代表着胜利的红旗插了上去，等待着大家一起去拔旗。

只剩最后几百米的距离，山顶上的那面红旗似乎在向大家招手，可小白和旺仔已经筋疲力尽了，他们俩瘫软在地上动也不想动。青宁看到这样的情况，又去找了几根树枝，一人牵着一头，就这样几个人串成了一串"糖葫芦"，相互照应着往山顶爬去。

100米，50米，20米，10米……队员们终于抵达山顶。大家好像忘记了刚才的疲劳，抱在一起又叫又跳，品尝着胜利果实的甜蜜，那面红旗在他们的手上迎风飞扬。

十一

清晨，窗外透出了一点儿微光，沿着窗缝一点一点地落到了华儿的脸上，向他道着早安。窗外传来悦耳的音乐，似乎在催促他快来拥抱这美好

的早晨。

华儿从睡梦中清醒过来，胡乱扒了几口早饭，匆匆忙忙地跑出了门，边跑边大声喊着："妈，今天有比赛，晚点儿回！""慢点儿跑，比赛加油！"妈妈还没来得及赶出门，华儿已经跑得不见了踪影。

终于迎来了镇中学生篮球赛决赛，阳教练带着队员们来到镇篮球馆，还没走近，就看到从四面八方赶来看比赛的人陆续进场，人数之多超出了他们的想象。一进场馆，热闹的气氛就扑面而来，有拉着"朝霞中学必胜"横幅的啦啦队，也有一家老小来观战的球迷，更有队员们的亲友团。

远远望去，青宁父母和心悦都到了，华儿微笑着朝他们打招呼。忽然，他看到了一抹熟悉的身影，那是妈妈吗？早上出门的时候妈妈才知道我要比赛呀，怎么可能在这里呢？妈妈的发丝稍稍有些凌乱，似乎是跑着来到这里的，她满脸通红地站在了华儿面前。"傻孩子，发什么呆，好好比赛！"妈妈抚摸着华儿的脸，温柔地说。"嗯嗯！"带着这份坚定，华儿走上了球场。

"经过淘汰赛，最终参加决赛的是朝霞中学和实验中学。朝霞中学是第一次进入决赛，而实验中学是上一届的亚军，花落谁家还不可预测，今天又将是一场精彩绝伦的比赛！"解说员抑扬顿挫的解说把观众们的好奇心勾了起来。场内顿时人声鼎沸，两队的啦啦队你来我往，互不相让。比赛还没开始，就有了浓浓的火药味。

还在场后做准备工作的队员们，也感受到了场内的热烈气氛。他们你看看我，我看看你，会心一笑，自信满满地上了场。

"朝霞中学在队长青宁的带领下出场了，接着是实验中学的队长罗傲和他的队员们，实验中学的小伙子们看起来个个文质彬彬，但是千万不要被表面所迷惑，他们可是一支勇猛的球队，能进入决赛的球队都不容小觑。我们注意到，朝霞中学的替补是一个个子较矮的球员。在上一场比赛中，就是他在关键的时刻以一个三分球帮助朝霞中学拿下比赛，进入了今天的决赛。"解说员越说越兴奋，观众们也欢呼着，场内热闹非凡。"比赛正式开始，让我们一起期待今天的赛况。"

"嘟——"随着裁判员的一声哨响，比赛开始了。

刚开赛不久，实验中学就进了一球。旺仔和小白想要防守住，可总是被对方突破防线，不到两分钟，就丢掉了三个球。青宁拍拍旺仔和小白，给他们加油打气，大家又重新投入比赛中。

球被实验中学队队长罗傲夺走了，陆毅立马追了过去，上届亚军的实力可不是吹出来的。篮球在几名队员之间跳跃，直到陆毅追累了，对方才投篮，似乎在嘲笑陆毅。

瞧，六六刚把篮球接住，对方的球员就紧追上来，当他准备把球传给陆毅时，不料传球失误，球传到了对方队员手中。对手正在投球时，正好飞鱼站在那里，只见他飞身一跃，一下子就把球抢了过来，传给了队长青宁。这时，青宁也不甘示弱，飞快地运球，来到了篮球筐下。他双手举球，纵身一跃，可被对方防守队员阻拦了一下，篮球在篮圈上打转，就是不掉进篮球框里，大家的心也跟着篮球悬了起来，都捏了一把汗，最后，球终于进了。朝霞中学拿到了开场后的第一个进球。场内欢声雷动，悬着的心总算放下来了。

上半场比赛结束，比分定格在 19∶10，朝霞中学的队员们垂头丧气地走了下来。

阳教练换下了状态不佳的小白，让华儿上场。下半场的比赛，大家吸取了上半场的教训，一对一死死地盯住目标，配合也更加默契。

不知不觉中，比赛只剩下 3 分钟了，场上比分是 41∶36，实验中学队领先。就在这时，青宁抢到了球，首先绕过了对方的后卫，在中场遭到了对方两名中锋的夹击防守，被困得死死的。忽然，青宁向上一跃，手做出要投篮的样子。两名中锋忙跳起阻拦，眼看球就要被抢去了，他突然把球向后一勾，传给了陆毅。陆毅灵巧地闪过了后卫，一个跳投，球飞向篮圈。观众欢呼起来。不料，半路杀出了一个"程咬金"，实验中学队队长罗傲一个跃起，跳起一米来高，大手一挥，将球打飞了。站在后方的飞鱼眼疾手快，直奔向篮球，稳稳拿住。他急停、跳起、远距离投篮，动作一气呵成。进了！一个漂亮的三分球！顿时，场内的观众欢呼雀跃，喝彩声持续了好长时间。

队员们满脸汗水，筋疲力尽，华儿却越挫越勇，打得越来越猛。他故

意带着球跑到直喘粗气的罗傲身边，罗傲见状，上手就去抢，可他哪里是华儿的对手啊？几个假动作晃得罗傲几乎站不稳，华儿这才投篮。嘿！这个画面似乎在哪儿见到过。

经过一次次的进攻、防守，两队打成了平手，时间只有最后5秒钟了。旺仔在篮下阻断了对方的一次进攻。他弯着腰，前后左右不停地拍着篮球，两眼溜溜地转动，寻找突围的机会。突然他加快了步伐，一会儿左拐，一会儿右拐，冲过了两层防线，来到篮下，就在大家以为他要投篮时，旺仔却把球传给了在他后方的华儿。华儿当机立断，腾空跳跃，篮球在空中划出一条漂亮的弧线后，不偏不倚地落在筐内。比分定格在45∶48。

胜利了！我们胜利了！队员们飞奔到阳教练身边，紧紧地抱在一起，所有的疲惫在这个瞬间都消失不见了。

篮球场上响起了欢快的音乐声：

> 我的冠军注定是你
> 别怕自我为敌
> 青春是向前跑　未来就可期
> 打赢自己　放手搏一回
> 最后的冠军就是你
> 别负花样年纪
> 青春是不放弃　要坚持到底
> 制胜一击　逆着风　奔向梦和你

大伙听着歌词，你看看我，我看看你，都笑了。

篮球馆门前的大树下，七个大男孩儿把手高举头顶比着"V"字，笑容像阳光一样灿烂，这美好的瞬间被永恒地记录了下来。

两棵樱桃树

 李卓岳

少年作家简介：

　　李卓岳，湖北省武汉市江岸区长春街小学五（2）班学生，小作家班学员。中国小作家协会会员。

　　其创作成绩曾被《中国少年报》整版报道。作品散见于《少年文艺》《语文导报》《语文报》《少年素质教育报》等。

一、种樱桃

"我再送你一袋樱桃，你不要走，好吗？我知道是我错了，对不起！明年五一樱桃熟了你再回来吧！"

"在和谁说话呢？"我突然感觉到妈妈在轻轻地拍着我，"是不是又梦见果果了？看你眼泪都流出来了！"我伤心地点点头。

果果是我最好的朋友，可是在去年我们因为一袋樱桃吵了一架，好强的我们谁也不肯服输，就这样，我们冷战了三个月。新学期开始时，我才知道她已经转学了，我心中的后悔无以言表。

"妈妈，妈妈，我要回老家种樱桃树！"我坚定地说。终于盼到了假期，我和爸爸妈妈回到农村老家。

我小心翼翼地从怀里掏出一个小纸袋，里面装着一些樱桃核，我拿出几粒紧紧地攥在手心里，然后迫不及待地跑到爷爷的菜地里，找到锄头、水桶和一些肥料。爷爷用的锄头可不是什么轻而易举就能拿动的东西，更何况我又是个个头矮小的孩子。无奈之下，我只好蹲下来，费了九牛二虎之力，终于将锄头扛在我肩上。然后我摇摇晃晃地站了起来，拖着沉沉的锄头，艰难地挪动着步子，向家里的院子走去。

"看呐，她居然想把锄头背回去！""哈哈，她是不是在梦游啊……"正当我东倒西歪地把锄头挪到院门口时，又传来邻居双胞胎兄弟的嘲笑声。我又气又累，一屁股坐在地上，锄头也"咣当"一声掉在了地上。我的泪珠像断了线的珠子滚下来。

这时，妈妈听到我的哭声赶紧走了过来，问道："怎么了？怎么了？"妈妈看了看邻居双胞胎的样子，又看了看我，似乎明白了什么。"要不要我帮你？"妈妈问我。我立刻收起眼泪，刚准备点头，又觉得如果樱桃不是我亲自种的就没意义了。于是，我神情严肃地说："不需要，妈妈，我要自己种！"妈妈只好无奈地摇摇头走开了。

我吸了一口气，使出了吃奶的劲儿，把锄头连推带拉地搬到了前院，然后学着爷爷的样子开始挖土。可是锄头在我手里根本发挥不了它的作用，我像在给土地爷爷抓痒痒一样，不过，功夫不负有心人，我还是在土地爷爷身上蹭出来一个小坑。

下午两点，正是太阳高照的时候，我身上被烤得火辣辣的，汗水不断顺着额头向下淌，我几乎睁不开眼睛。我扬起胳膊擦擦汗，又掏出那粒樱桃核，轻轻地放进土坑，然后用手把周围的土捧进坑里面。待它被填平，我又拍拍它，让它埋得严实一些。接着，我接了满满的一桶水，均匀地泼向刚刚填好的小土坑里。大功告成后，我看了看自己的杰作，满意地拍拍手，抹了抹脸上的汗，才依依不舍地进屋。

晚上，村里安静极了，细针落到地上的声音都能听见，家家户户都熄了灯。我从窗户向外看了看我种樱桃的那个小土堆，又向四周看了看，月光下，两个人影隐隐约约在蹿动。

二、樱桃种子被盗了

第二天公鸡一叫，就听见妈妈的催促声："快点儿起床，上山去读书，把这两篇课文背熟！"

我揉了揉眼睛，翻个身，努力睁开眼睛，看了看窗外，太阳还在半山腰呀！我慢慢踢开被子。哎哟，村里的早晨和城里还真不一样，这初夏的早上还这么冷！我应着妈妈，慢吞吞地洗漱一番后，便拿起书跌跌撞撞地出门了。

"哎哟……"我一出门就不知怎么一脚踏空了，然后一屁股窝进了一个土坑，这下我完全清醒了。我睁大了眼睛，看了看周围，这不正是我种樱桃的那个土坑吗？我的樱桃核哪里去了？

我努力回忆着：昨天我明明把土拍得很严实了啊！再说，昨天晚上又没有什么暴风雨……会不会被谁偷走了呢？昨天晚上那两个人影？难道是邻居家双胞胎兄弟？哼，肯定是的！我瞧了瞧邻居家的屋子，还静悄悄的，不过他们家前院好像多了个小土堆。

记得当初我来到村里的时候，乡亲们对我们都很热情，还有好几个跟我差不多大小的孩子围着我又蹦又跳，可是那两个长得一模一样的双胞胎

兄弟对我却不屑一顾。从那时起，我便对双胞胎兄弟没有什么好感，而且他们还把自己家的小狗故意引到我们家前院，让那几只无聊的家伙满院蹿。这情景使我感到非常气愤。最后还是爷爷把那些小狗都赶了出去。

三、知道了真相

早上，我决定去双胞胎兄弟家门前一探究竟。如果要让这次行动不再被发现的话，我必须得早起，赶在兄弟俩前面……

凌晨四点多，鸡叫已经开始了，屋外的凉气一阵阵灌进来。幸好我决心大，不探个究竟不罢休！我"呼"的一声坐起来，拍拍脸，抖抖身子。为了保证等会儿清醒地完成计划，我还特意在屋里活动了一番。行动就要开始了，我的心却怦怦地紧张地跳动着……

我深吸一口气，小心谨慎地踮着脚尖，轻轻推开房门，不时环顾四周，仔细听着有没有异常的动静。当我来到屋外时，我便松了一口气，躲开家人的怀疑与追踪，我已经向成功迈出了一大步！

接着，我依旧踮着脚尖，像做贼似的，快速跑到双胞胎兄弟家前院的小土堆旁。一下子，我的怒火爆发了，情不自禁地"哼"了一声，可这一声怒气刚发出来，我便后悔了，因为这个声音可能会吵醒双胞胎兄弟。接着，一个好像推门的"吱——"的声音更让我心跳加速。我捂着嘴巴，慢慢蹲下来，待我冷静下来后发现，还好还好，那声音只是不远处一棵树上的蝉发出来的——它在练嗓子呢！

好了，接下来就是如何处理这个小土堆和里面埋的樱桃种子。把它们挖出来？又要回去拿一些工具，来来回回地折腾，肯定会被发现！留在这里不管，自己再重新种？这怎么行呢！也太便宜那双胞胎兄弟啦！我该怎么办呢？

我也不知道时间过了多久，只是看着天开始蒙蒙亮，村庄从刚才的寂静到现在已陆续有人出门了。于是，我打算换个角度再分析一下：兄弟俩偷走了我的樱桃种子，是他们的不对；可是，我如果再偷回来，那就变成我也有不对的地方了。好吧，我不想做个小偷！就让他们种吧……

走在回家的路上，我的脚步越来越轻快了，我突然觉得我的心胸是那么的宽广。

但是，我对樱桃种子的事还是有些放心不下，我决定去问爷爷，爷爷是常年住在村子里的，他肯定更了解种植方面的知识。

终于等到爷爷休息的时候了，我兴奋地跑向爷爷。"爷爷，爷爷，我想问您一个问题……"接着，我就把种樱桃的事给爷爷讲了一遍，爷爷被我兴奋的情绪所感染，他决定帮我一起种樱桃。

"越越呀，种樱桃最关键的一步是什么，你知道吗？"我疑惑地摇摇头。"哈哈，是改造种子！""啊？难道不能直接用樱桃核吗？""是啊，要把樱桃核清洗干净，去掉它外表坚硬的壳，但是千万要注意不能弄坏了果肉，再剥掉果肉外面的薄膜，这样才是真正的种子，最后把它们埋起来，每天浇水，保持湿润。一周过后，它们才能正常发芽呢！"听完爷爷的介绍，我有点儿退缩了，"听起来好麻烦啊！""没关系，我可以帮你改造种子呀！"

听完爷爷的话，我若有所思："这兄弟俩偷了我的樱桃种子，可他们不知道这颗种子没有经过改造，也许长不出来！"

我和爷爷一起又种下了一颗樱桃种子。我天天盼着小樱桃发芽，快快长大！

四、约法三章

一眨眼的工夫，小长假就要结束了，我就要回城里去了。虽然我在老家的假期快结束了，但我的小樱桃种子的生长是不会结束的，所以我不得不想尽一切办法去保护它。那最重要的一步就是"干掉"双胞胎兄弟，防止他们再攻击我的"宝贝"，于是，我决定和他们"约法三章"！

禁止"偷窃"

想起那颗没有处理的樱桃种子被双胞胎兄弟偷走，我就很气愤。万一他们再把我这儿处理好的种子偷走了怎么办？于是，我在小便笺上写下了

一句话："不许私自拿走我种的樱桃苗上的任何一部分！"

禁止"添造"

这类事件也得预防，要不然他们添加伪造些东西来折磨我的樱桃宝贝，那我的樱桃苗可就遭殃了。于是我又写了这样一句话："不许在小院子里添造任何东西！"

禁止"伤害"

好了，最后要做的就是防止他俩对我的小树苗进行伤害了！如果他们剪断了枝子，这个行为不受前面两条规矩约束，怎么办呢？于是，我写下了最后一条："不许伤害我的樱桃苗！"

然后，我在便笺的背面写上"约法三章"四个大字！写完这些，我觉得还不够，又用不同颜色的笔添加了一些重点符号，以便强调这三个条约的重要性。待完善后，我拿着这个小便笺纸去找双胞胎兄弟。

走在路上，我一直在思索着如何能让双胞胎兄弟接受我的约法三章。对他俩不能来硬的，只能给点儿甜头，然后让他们接受！上次找他们借狗，我就碰了一鼻子灰，要不是因为他俩偷了我的种子，有点儿做贼心虚，他们才不会把小狗抱到我家去呢！

可是他俩缺什么呢？我能拿什么去"贿赂"他们呢？对了，之前他们总是向我打听我去过哪里玩儿，然后缠着我让我给他们讲那些好玩儿的地方。要不我先答应带他们出去玩儿，然后找机会再跟爸爸妈妈说，让他们同意出去玩的时候把双胞胎兄弟也带上。嗯，不错，这个条件对双胞胎兄弟应该有诱惑力，于是我信心满满地来到双胞胎兄弟家。

兄弟俩看我来了，根本没把我放在眼里，嬉皮笑脸地说："哟，来还债的？"这话我怎能容忍？刚准备大发雷霆，但是转念一想，我是来宣布条约、追求和平的，我要是发火的话，樱桃苗估计就惨了。于是，我平复下情绪，把怒气收了回去。

我严肃地对他俩说："我想向你们提几个要求。你们做到了就等于帮了我的大忙，说不定还对你俩有好处呢！"兄弟俩见我这么郑重，点点头，示意我继续说下去。"明天我就要回城里了，但是我种了樱桃种子，你们也是知道的。为了保护它，我写了三项条约，请你们遵守。要求并不过分，希望你们不要辜负我对你们的信任！"说完，我把那张便笺纸递了过去。

他俩歪着脑袋，盯着我给他们的"约法三章"。他们一会儿皱皱眉头，一会儿努努嘴，"凭什么啊？凭什么让我们答应你？"哈哈，果然被我猜中了，于是我说道："下次我爸妈带我出去玩儿，我让他们把你俩也一起带上，怎么样，够意思吧！"双胞胎兄弟听我这么说，相互看了看，表情里带着惊喜，然后异口同声地说："成交！"

没想到双胞胎兄弟答应得这么爽快，我竟有点儿不好意思了。

五、违约

回到了城里，这里带给我的只有"好好学习"的叮嘱声。我经常和爷爷奶奶视频通话，然后看看我的小樱桃苗。它在爷爷奶奶的精心照料下长得很不错。我经常仔细地盯着手机屏幕，还指挥爷爷时不时地把手机移动一下，以便能清晰地看到小树苗的每一个枝节。

学习起来时间也过得很快，这不又到了我期盼的小长假，我和爸爸妈妈再次回到老家。

爸爸一停好车，我就兴奋地跑到等待我们回来的爷爷奶奶身边。爷爷摸摸我的头，说："我的小越越哟，几个月不见，又长高了呀！"听到"长高"，我忽然想起我的樱桃种子，转身向四周瞧了瞧，惊慌地问道："爷爷，我的樱桃苗呢？"爷爷笑着说："哦，在那里呀！"爷爷指着前院中间那棵一米高的小树苗，我惊喜地跑了过去，真是太棒了，它都长这么高了，我差点儿没认出来！

微风吹拂，小树苗笔直的树干轻轻晃动着，好像在抖擞抖擞精神；它伸展着稚嫩的小手，昂首挺胸，仿佛在向我展示它的风采！好一派生气勃勃、高傲挺拔的样子！我左摸摸，右看看，欢喜万分……

这时，爷爷走出来，拍拍我的肩，轻声告诉了我一件事。

在我回城的第二个月，下了一场罕见的大暴雨。那天乌云染黑了半边

天，接着闪电扯着乌云，雷声轰隆隆地咆哮着。豆大的雨从天上打落下来，迅速在屋檐上布置了一道瀑布，飞流直下。暴雨像无数条鞭子，狠狠地拼命往玻璃窗上抽；从窗子缝里钻进来的雨水，顺着窗台往下流成一道小瀑布；闪电一亮一亮的，像巨龙在云层上飞跃。暴风雨就这样下了整整一夜，让人感觉地动山摇。

夜里，爷爷起来擦流进屋里的雨水，突然看见窗外的黑夜中，有两个模糊的身影在前院忙碌着。爷爷赶紧跑出去看，原来是双胞胎兄弟俩，瘦小的身体套在大雨衣里，两人手上举起一块大塑料布，然后利用四周的围栏做支撑，将塑料布盖在摇摇晃晃的小树苗身上，最后将塑料布牢牢固定好，这样小树苗就免受狂风暴雨的袭击了。等爷爷要帮忙时，兄弟俩已经飞奔在回去的路上了。

第二天早上，雨停了，双胞胎兄弟又来到我们家前院。他俩一边不停地咳嗽，一边把夜里给小树苗做的小房子收拾走。看到爷爷出来，他们还不好意思地请爷爷答应他们，不要把这件事告诉我，因为他们违反了我们之间的"不许在小院子里添造任何东西！"这一条约定。

听到爷爷说他俩觉得自己违约了，我心里像开了锅的水一样上下翻腾着，鼻子酸酸的。我突然觉得，我没那么讨厌双胞胎兄弟俩了！

晚上，我还在想着爷爷白天向我描述的情景。妈妈突然对我说："越越，赶紧写作业，明天我们出去玩儿！"说到出去玩儿，我兴奋极了，"好嘞！"我清脆地答应着。就在回答的那一瞬间，我想起了那个约定……

六、团团圆圆

一听到妈妈说出去玩儿，我无比兴奋，因为我可以实现对双胞胎兄弟的承诺了，也算是对他俩在暴风雨中呵护我的小树苗的奖励吧！

于是我开始各种装乖，然后央求妈妈把双胞胎兄弟俩一起带上。妈妈开始还不同意，后来我决定用真情打动她，便开始对妈妈讲双胞胎兄弟俩的情况了。

双胞胎兄弟俩从出生就很少见到他们的父母，因为父母常年在外打工。

挣点儿钱不容易，他们的父母有时为了省点儿路费，过年都不会回家，兄弟俩完全靠年迈的奶奶照顾。父母打工寄回来的钱基本上也只能满足他们的日常生活，而外出的路费是一笔奢侈的费用，所以双胞胎兄弟俩长这么大，还没有出过小镇呢！

兄弟俩小的时候，奶奶还能勉强照顾小孙子们。可随着年龄的增长，奶奶的手脚已不再灵活了。于是，双胞胎兄弟只能自己学着长大，担负起照顾这个家庭的重任。奶奶特别希望一家人能够团团圆圆，于是就给双胞胎兄弟分别取名团团和圆圆。所以，我希望我的爸爸妈妈可以带他俩出去玩儿，让他们能感受到关爱！

我将爷爷给我讲的双胞胎的事情讲给了妈妈听，她果然被打动了，同意带着他俩一起出游。

于是，我迫不及待地跑到双胞胎兄弟家门口。我告诉他们要一起出去玩儿的时候，他们的眼睛在闪光。

七、履行诺言

第二天一大早，我刚走出门，就看见双胞胎兄弟俩站在我家门前。我"扑哧"一下笑出来：他俩把头发梳得光溜溜的，一个左偏分，一个右偏分，站在一起，仿佛中间放了一面镜子呢！

他俩神采飞扬，兴致盎然，看来是迫不及待了。我也兴奋得连蹦带跳地跑向他们。终于来到了景区，买小吃，坐索道，拍照片……我们玩得非常开心。

我们来到了一座山的半山腰处，再往上就没有已经修筑好的台阶了，只能靠我们自己手脚并用地一步一步往上爬。这个季节刚好是落叶纷飞的时候，所以地上全是枯叶，脚一不注意就会打滑，那就很危险了。我胆子小，走得又慢，脚时不时地滑个一两厘米，吓得直喊"爸爸，爸爸！"爸爸的经验很丰富，他帮我折了一根枯树干当登山棍。突然，一阵凉风吹来，地上的枯叶随风卷起，我好像也融入其中，差点儿倒下，吓得我出了一身冷汗。爸爸只好拉着我走到枯叶少的地方，还告诉我要踩着突出的石头，

把石头当台阶，这样就不容易滑了。就这样，爸爸拉着我慢悠悠地往上爬。不一会儿，我和双胞胎兄弟就拉开了很大的距离。双胞胎兄弟手拉着手，踮着脚尖，很利索地"奔向"山顶。他们互相鼓劲儿、帮忙，从没有让爸爸妈妈协助他们。如果摔跤了，他们就再次爬起来，脸上还露出一丝微笑，我不得不佩服他们。

终于，我们来到了一个平台上。我看着他们的模样——没有露出一点儿感到疲惫的表情，感到有些尴尬。我向妈妈要来了汗巾，擦了擦头上的汗，妈妈又递给双胞胎兄弟一个新汗巾，让他们也休息休息，擦擦汗。可双胞胎兄弟摇摇手，笑着拒绝了，随后掏出小包里的"旧"汗巾，虽然说"旧"，但也清洗得很干净。我为了掩饰自己的疲惫，就勉强地笑着问双胞胎兄弟："你们好厉害，爬得这么快呀！"他们笑笑，轻轻摇了摇头，说："哦，没有，你多锻炼锻炼就好了。"

下午，我们又在景区内的林荫小道中散步，我总是让妈妈帮我拿水杯、拿零食、塞汗巾等。这些平常我从没有注意到，但通过与双胞胎兄弟行为的对比，我深深感到愧疚。他们自己就能处理这些小事，根本不用爸妈帮忙。结束了一天的旅程，我和他们兄弟俩也要说再见了。

八、小木屋

中午，当我在给弟弟讲故事的时候，读到了《樱桃小丸子》这本书，我猛然想到了我的樱桃树苗。

这个时候，艳阳高照，强烈的阳光竟能穿过窗户，照在我身上，火辣辣的。再说说夏季的那场暴风雨吧，那次要不是团团、圆圆帮忙罩着小树苗，小树苗估计早就被击垮了。小樱桃能承受住这么强烈的阳光吗？我丢下故事书，跑到前院去看我的小樱桃树苗，我要想办法保护它！

如何保护小树苗呢？如果给它造个大棚给蒙上，那太闷了，小树苗会呼吸困难，也接受不到阳光雨露，不利于它的生长！如果只是简单地支撑，那达不到长期保护的目的。想一想，有什么办法可以让它在夏季的暴风雨中毫不动摇，又能在严寒的冬季无畏风雪呢？哎，真是伤脑筋！

我叹着气，叉着腰，在屋檐下来回踱着步子，偶尔抬头对着院外的那棵高大的老樟树左思右想。突然，我来了个"脑筋急转弯"，由大树想到了小木屋！对，就是它，木屋！我兴奋得差点儿尖叫出声！

如何造小木屋呢？我不由得觉得自己高兴得太早了，亲手造木屋，对于我这个从小衣来伸手饭来张口的小公主来说，完全无从下手啊！

我突然想到，爸爸的职业是桥梁设计工程师，他的工作不就是把一座座从无到有的桥梁，在图纸上画出每个细节部分，然后再由施工人员对着图纸建造出来吗？那我第一步是不是也应该先设计图纸呢？我一下子有了思路，准备开始设计图纸！

我回到房间，准备好纸笔和尺子，透过窗户，正好可以看见前院的小樱桃树苗。于是，我有模有样地开始画起设计图来。我边画图，边时不时地看看窗外。有时，我还去爷爷的工具箱里找来一些测量工具，在小树苗四周，对它进行不同角度的测量。

终于，经过一下午投入的工作，一幅像模像样的工程设计图出炉啦！

木屋是一个无底无盖的长方体，长宽都是 30 厘米，高 50 厘米。木屋的四面都是由上下两块板组成的，上面的板是 20 厘米高，在中间掏一个直径大概是 8 厘米的洞，上下两块板中间由两个 90 度的合页连接。

好了，木屋设计完成了。那么我就来给你们讲讲这个木屋是如何运作的吧！

木屋上面的四块板是可以开合活动的，它们翻下来与下面的板垂直，这样可以在小洞里放置一个矿泉水瓶，当然，矿泉水瓶要将上面的锥形部分减掉，下面继续剪出一段宽条，然后将剪开的条形部分外翻，这样就可以卡在小圆洞里了。夏季暴风雨来临的时候，小木屋可以防止狂风将树苗吹倒；冬季刮风下雪的时候，小木屋可以给小树苗保暖；平时可以将小木屋上面的四块板打开，用矿泉水瓶接收点雨露，还可以储存一些肥料。这样在无雨的季节，只要把上面的木板竖立起来，瓶子里的水和肥料就可以浇在小树苗的身上。这样的一个小木屋既保护了小树苗，又方便爷爷帮我照看小树苗。看着设计图，我真开心。

终于可以开始动手了。我去爷爷的杂物间找了一些较大的木板，挑了

四块稍微规整一点儿的。可这些木板和我的规划一点儿都不相似，不过要是能用锯子锯开就好了。可我哪里会用锯子啊，别说用了，怎么拿我都不知道，这可怎么办？找爷爷帮忙？爷爷天天在外忙碌着，怎么好意思再打扰他呢！

远看双胞胎兄弟俩正在嬉戏打闹，他俩会不会用这个小锯子呢？我去问他们。团团、圆圆一听我讲木板、锯子，顿时来了兴趣。他俩对于这种手工活非常愿意帮忙。我赶紧把要求告诉了他们。

看着他们拿着锯子，动作麻利、娴熟，我佩服极了。在他们的指导下，我还自己尝试了一次呢。虽然很费力，手也磨出了一个水泡，但是这也算是一次成长的经历！

没过多久，兄弟俩就把完美的八块板子递给了我，还好奇地问："越越，你要这些板子干什么啊？如果要搭什么东西，还是我们帮你吧！"我正犯愁呢，没想到团团、圆圆主动提出来，我激动地把图纸递给他们，并且给他俩解释了一番。听完我的介绍，他俩异口同声地说："漂亮！"

我们一边忙活着，一边哼着曲儿："我是一个木工匠，木工本领强。我要把那小木屋，造得很漂亮……"

九、另一棵樱桃树

那两天，我一直沉浸在我的杰作之中，时不时地向双胞胎兄弟家投去感谢的目光。

第三天早上，我照例来到院子里欣赏我的小木屋，看看我的小树苗。我再次望向双胞胎兄弟家的院子，当目光扫向那边时，一个比我的还要精致好几倍的小木屋出现在我眼前；再仔细一看，小木屋中间居然有棵瘦弱的小树苗，看起来很不搭配。难道那棵小树苗就是当初他们抢走的那粒种子长出来的吗？可是跟我种的樱桃树好像相差很大啊！

我带着好奇的心情，来到了双胞胎兄弟家的院子里。这个小木屋设计得奇妙、美观。可中间那棵樱桃树苗，低着头，弯着腰，一副病恹恹的样子。我突然又觉得特别好笑……

这时，双胞胎兄弟兴致勃勃地出来了。我歪着脑袋，瞪大了眼睛，故意大声说道："嗯——，你们这樱桃树和小木屋搭配得挺不错嘛，照顾得也很棒，上面还挂着个吊瓶呢！你俩真能干啊！"

双胞胎兄弟先是看着他们的樱桃树苗，愣了一会儿，然后斜着身子，插着腰，叹着气，说道："没办法呀，我们刚开始觉得它长得不够好，每天给它施好多肥，浇好多水，可还是没有用。你看你的树苗，基本上没怎么打理，居然长那么壮。思来想去，我们只好用以前给奶奶治病打针的办法，也给小树苗打上了吊瓶。就这样，它每天还是一副病恹恹的样子，我们也没有办法呀。看你做了小木屋，我俩想着也给它做一个小木屋，使它看起来精神一些。"

我"扑哧"一声笑了出来，他们可真天真，还想用吊瓶来治好这棵小樱桃树苗。我又冷笑一声，说道："让你们再偷种子呀！现在成这样了，我可管不着！"

双胞胎兄弟俩低下了头，摆出一副愧疚的样子，开始讲起了他们造小木屋的过程。

前天，他们盖完了我的小木屋之后，觉得盖个小木屋很有趣，并且很有必要。于是，他们也想盖一个小木屋。他们又回想起来，每次奶奶一发病，医生就给奶奶输液打吊瓶。看到樱桃树苗病恹恹的样子，他们也想到了给小树苗打吊瓶。

他们一个人拿着针头，一个人拿着瓶子。拿针头的那个掀起突起的树皮，然后把针斜着慢慢地扎进去，扎完之后还把针头平着贴在树皮表面上，再把掀起的树皮盖好，用一块透明胶粘紧。接着把吊瓶放在小木屋里，结果吊瓶里的水太重了，险些把小树苗折断。于是，他们想到在小木屋的旁边，加一个更高的平台，然后吊瓶放在平台上。这样吊瓶既可以很好地输送营养液，又不影响樱桃小树苗。

他们告诉我，架起那个平台很不容易；他们搬来了好几块木板，竖着并列夹在一起；他们又告诉我，他们搬那块比他们的个头高出不少的木条的时候，木条把他们的手都刺伤了。他们克服了种种困难，才盖成了这么精致的木屋，真是很不容易呢！

听了这些，我眼前情不自禁地浮现出那一个个艰难的画面：用力地搬那些准备做"桥墩"的木板，木板却像多米诺骨牌似的一次次地倒下；把针头插进树皮里，可针头一次次地掉下来……

我心里猛然出现了一个念头，要不要帮助双胞胎兄弟，使樱桃树苗苗壮成长呢？

十、奇妙的梦

外面正下着小雨，雨滴像牛毛一样细而密。我想在乡下老家多待一段时间，可惜就要开学了。

过几天就要回城里了，今天我能干点儿什么呢？我无聊地趴在书桌上……

恍惚中，我出现在一座由巧克力制作而成的工厂里。岸边的"小溪"正缓缓地流动着，看起来像顺滑的丝绸一般，还散发出浓浓的巧克力味。岸边的"花朵""草坪"，还有那片"树林"，更是像丝滑的长发一般舞动着。不用说了，这不正是我刚刚看完的《巧克力工厂》里面的巧克力世界吗？

虽然工厂里喷香诱人，但是我突然有些害怕，因为身旁有个小东西不停地蹿来蹿去。我定睛一看，原来是一粒小樱桃在跳来跳去，而且是巧克力做的。我一下子把它抓住了，双手合拢……

抓住的巧克力樱桃像是给了我强大的力量，带着我在工厂里飞奔起来。不一会儿，我被带到了一座花园里，玫瑰花、茉莉花、百合花、梅花……来自各地的各季节的花都在这里竞相开放，美不胜收。我慢慢张开双手，巧克力樱桃悬浮在我的眼前。渐渐地，它的表面多了一些美丽的花纹，浑身闪着金黄的亮光。看着巧克力樱桃奇妙的样子，我的目光却突然扫到了墙脚的一棵枯萎的树苗上。树干上的花纹和眼前这颗巧克力樱桃的图案一模一样，简直就是复印出来的！

还没等我明白这是怎么一回事，眼前的巧克力樱桃"嗖——"的一下子飞到了墙脚枯萎的树苗上。它们刚碰在一起，一道夺目的金光便从天而降……我被吓醒了！

我仔细回味着刚才的梦，总觉得有些蹊跷：为什么带我飞奔的是一粒

樱桃？为什么那粒巧克力樱桃碰到枯萎的树苗就发出了金光？为什么我会做这样奇妙的梦……

十一、嫁接

　　早晨醒来，天依旧下着小雨，空气是那样的沉闷。唯独小草晃动着脑袋，在风雨中摆出了悠然的姿态，仿佛是黑夜中的一丝光亮，显得格外突出。我仿佛没那么烦闷了……

　　"越越，过几天就要回武汉了，要收心了，要准备摸底考试了……"

　　"知道了，知道了！"爷爷分明在火上浇油嘛！明知道小孩子根本不想考试，不想在玩儿的时候谈学习，他还要在我心头戳一下。

　　爷爷是退休的语文教师，看我满脸沮丧，知道了我的心思，就立马转移了话题。"对了，越越，你的樱桃苗长得那么好，等它长大以后，你有什么打算？"

　　我有些不耐烦了，这种问题如何回答呢？我正起身准备回屋时，从雨棚里瞄见了双胞胎兄弟家枯萎的樱桃苗。我突然想起了那个奇妙的梦，觉得一切都和这场梦有关系。于是就把这个梦讲给爷爷听，并问爷爷："我是不是可以把我的樱桃苗和双胞胎兄弟的结合到一起？"

　　爷爷狠狠地拍了一下大腿，说："是啊，我们可以用嫁接的方法。"我看到爷爷脸上信心满满的表情，立刻开心起来，可想到要用嫁接的方式时又有些迟疑。

　　爷爷告诉我，嫁接需要借用一株长得好的樱桃苗，看目前的情况只能用我这棵了。

　　这可怎么好呢？我既不想"牺牲"我的樱桃苗，又想帮助双胞胎兄弟，要是因为嫁接把我的小苗弄坏了可怎么办？但是他们的樱桃树病恹恹的，也很可怜。想到这里，我下定决心用我的樱桃苗去嫁接。

　　于是，我问爷爷嫁接的办法。爷爷说："需要从你的樱桃苗上面选一个饱满的芽片，切下来，放到他们的树苗的枝丫切口上，用胶带缠紧，只露出芽孢。过一两个月，新的芽就长出来了。当然，说起来好像很简单，其实还有些细节需要注意，要好好研究研究。"

我不免暗暗担心，我的樱桃苗被切去了正常生长的芽孢，会不会受到损害呢？我忍不住问了爷爷，爷爷告诉我，损伤非常小，只需要简单包扎就可以了，但是嫁接必须在晴天进行。

事情总是这样，本来不情愿的事情一旦想好就想立刻开始行动，可是现在这雨下得正急，只能焦急地等待了。

十二、大功告成

"你们终于懂了？"

"懂是懂了，但是……"

"别但是了，懂了就行，现在可以开始嫁接了吧？"

"等等——嫁接？为什么要嫁接？别的办法不行吗？"

"你们不觉得我的樱桃树长得很好吗？就用我的嫁接。"

真不明白双胞胎兄弟为什么那么纠结，难道我经常破坏他们的东西吗？好像没有吧，那究竟是什么事情困扰着他们呢？真是让人难以理解，先一步一步地解释吧。

我深吸了一口气，很无奈地说道："你们如果能用别的办法，并且能成功的话，我当然可以选择不帮你们。我也没必要去费那个心思。我只是看你们的樱桃苗长势不怎么好，才想着帮你们。现在你们却怀疑我要干坏事，太过分了。"我双手叉腰，嘟着嘴巴，不太高兴地看着双胞胎兄弟。

他们却笑了笑，拍拍我的肩说："其实我们真没有觉得你想破坏什么，只不过看你小，又是个城里来的女孩子，不太会弄这些，才有些犹豫。你想想，万一失败了，我的樱桃苗没了不要紧，还会把你自己的樱桃苗伤着了，是不是？"

我抬头想了想说："那我让爷爷帮忙可以吗？"

"上次你爷爷奶奶跟我说的时候，你不在身边，所以我们心里不踏实，现在大家一起做这件事，应该没问题！"他俩说完傻傻地笑着。我们赶紧去找爷爷，把事情的经过说了一遍，爷爷很爽快地答应了。

爷爷从杂物间里找来一把小刀和一些专门用来嫁接的胶带，拿了一个小椅子坐到我的樱桃苗前开工了。他先握住小苗，用小刀切下大约六处还未完全发芽、开花的小枝，每支长 10 厘米左右；然后迅速跑到双胞胎兄弟的院子里，在他们的樱桃苗的六处小枝，由上到下切出小口子。我在一旁不停地嘱咐："爷爷你小心点！"紧接着，爷爷拿出我的小枝子，将一端的两边都切成由厚到薄的样子。看着爷爷的操作，我心里像割了一块肉一样心疼，最后爷爷又把我的枝子薄的一端插进他们的樱桃树的口子里，最后用胶带紧紧地缠上。

大功告成！虽然我们这两棵樱桃树上面有几只"断臂"，但是它们勇敢地探出脑袋，去迎接新的美好世界；虽然它们尚未绽放，但是它们踊跃挣脱束缚的样子依然使挺立的小树充满生机。我突然觉得它们是如此的友好、和谐，现在就静待它们共同成长吧！

养了一朵云

王 可

少年作家简介：

　　王可，湖北省武汉市武珞路实验初级中学七（6）班学生，小作家班学员。中国小作家协会会员。

　　作品散见于《新作文》《小读者》《快乐学习报》《作文指导报》《小作家报》等，获奖多次。

一

天色又暗了些，本来飘满红霞的天空又被原本的蓝色占领了，只不过天蓝色变成了灰蓝，只有远处抹了一点儿好看的粉紫色。

"又一天过去了啊！"珂想着。老师风趣的语言又把她的注意力吸引了过去。"要是英语也像语文那么可爱就好了。"窗外那粉色也被灰蓝吞噬了一大半。"唉！"她不由得叹了一口气，没等老师的眼神瞟过来，她自觉地闭上了嘴。

有一朵云透过窗飘了进来。它身上灰扑扑的，猛地抖了一下，又浑身雪白了。珂看到了那朵云。"同学们看不见吗？"珂有点儿漫不经心，又偷偷往窗外看了一眼，蓝色早被黑色盖过去了。时间过得可真快呀，回个神的工夫天就黑了。珂一边写作文，一边时不时地瞧一眼那朵满教室乱飘的云。

"看样子只有我能看见它。"珂继续写作文，但脑海里都是那朵好动的云。

总算挨过这节课了，回家喽！老师一宣布下课，珂就在心里欢呼雀跃。

刚出校门，那朵云跟着飘过来，似乎盯着珂。"跟我回家吗？"珂小声地同云商量，那朵云虽然没有说话，但跟得更紧了，甚至直接飘到了珂的肩上，随后像条围巾一样绕在珂的脖子上，似乎飘累了。

"你比我还懒呢。"珂仗着有口罩挡着，不厚道地笑出了声。云似乎也有点儿小脾气，本来雪白的小身子好像有点儿发灰了。"好啦好啦，别生气了，我错了嘛。"云还挺傲娇地冲珂吹了阵凉风，算是原谅她了。

"快走啦，在嘀咕些什么呢？"妈妈笑着敲了一下珂的小脑袋。

"哼，我才不告诉你呢！妈，走啦走啦！回家吃冰激凌！"

"好好好，今天允许你吃一个啊。"

珂跑回家，立马拉开冰箱门，翻出一个大布丁，撕开包装袋，迫不及待地舔……舔了个寂寞。

"你干什么？！"那朵云把大布丁吃得干干净净。

云又吸溜一下，满足得在空中打了个滚儿。

珂叹了口气。

"算了，我原谅你了啦……哎，我要洗澡了，你可以沾水吗……"

一阵喧闹后，屋子里安静下来。

"晚安！"珂把自己塞进被子里面。

二

今天是我认识它的第二天。它是一朵雪白雪白的云。

"我想给你取个名字。"珂左手托腮，右手握着笔，从数学的"魔爪"下暂时逃脱了出来，摸了摸云软乎乎的小身子。

云应该是答应了，心情很好地吸了一口珂的酸奶。

"那……"珂突然想到了什么，坏笑了一下，"看你这么白，不如就叫你小黑吧！"

云正在吸酸奶的动作突然就顿住了，浑身立马变灰，又飞快地变黑，仔细看似乎还闪着几道小闪电。

"哎，开个玩笑而已嘛，好了啦，我错了我错了，你自己取好不好？"珂似乎在为云顺毛，嘴角的笑意出卖了她。

云勉强安静下来，一动不动，似乎在认真思考自己的名字。

珂也不管它，埋下头继续和数学题作殊死搏斗。

总算写完了，那一刻，珂突然有了灵感："我叫你无理数好不好？"

还在沉思的云似乎愣了一下，一动不动地在珂面前飘着。

"就是无限不循环小数，可厉害呢！"珂笑得不怀好意，眼神还有点儿心虚地飘出了窗外，假装看外面的风景。

火辣辣的阳光照在对面大楼上，玻璃把光折射出了好几种好看的颜色，那强烈的反光看久了眼睛会疼。

"呼呼！"云似乎对走神的珂不太满意，等珂重新看向它时，它上下飘动着，应该是在点头。

"答应啦？"珂看着它，这次笑得真诚、灿烂多了，"那你就是我的无理数了。"

她撸了一下云那软绵绵的小身子。

"千千万万的数字王国里，最特殊的那几个数。"

重新介绍一下哦，这是我养的云，是我一个人的"无理数"。

三

天蓝色的空中飘着一朵朵云，雪白的、纯白的、灰蒙蒙的……各种奇形怪状的云和天空组成了一幅独一无二的美丽画卷。

一切看上去都赏心悦目，唯一不和谐的是那个高挂在天空的"火炉"带来的高温。

"走啦，无理数，陪我一起去上课。"珂不情愿地背好包走出空调房。

无理数飘到了珂的肩上。

"你这个懒虫，不，懒云。"珂顶着烈日笑了一下。

"呼……"无理数没什么反应，倒也还算贴心地为珂吹着风。

"不用啦，你自己歇着吧。"

吹了也没用啊，这天气，也只能吹热风。珂一边想，一边加快了脚步。

"马老师！"珂一边大口喘气一边喊道。

"来了，"数学老师冲她笑笑，"那上课吧！"

数学课的时间过得飞快，有难度的数学那才叫数学呢，简单可就没有挑战了。

珂对奥数题的执着要是分点儿给英语就好了，英语老师无奈地看着眼前这个低着头吐了吐舌头的女孩。

珂又偷偷望向窗外，不知为什么，阳光似乎在玩儿捉迷藏，一会儿强烈，一会儿又暗下来。

语文课就更加与众不同了，为了讲细节描写，老师竟然放起了电影，云也像个好奇宝宝似的盯着屏幕。

珂突然下意识地往窗外望去。

天早黑了，蓝色也早被染成了黑乎乎的一大片，看来注定要错过今天的晚霞了。

珂心里一阵失落。

再看看专注的云和同学们，她又觉得好像也没什么。

四

周末的一天，爸妈加班，家里只剩下珂。

"无理数！"珂无奈地把无理数从酸奶瓶旁拖开，"少喝点儿酸奶，你比昨天又胖了一圈儿。"

"呼呼！"无理数不领情，不太高兴地抗议。

"好啦，好啦！"珂哭笑不得，"我去做蛋炒饭了。一起吗，我的好奇宝宝？"

云不等珂话音落下就轻车熟路地蹿进了厨房。

这么熟练，指不定偷吃了多少呢！珂在心里默默地吐槽，手上拿好东西关上冰箱门，开始切火腿肠。

"电视剧里的女主角这回肯定会傻乎乎地切到手。"珂眼神躲躲闪闪的，似乎在逃避眼前这堆乱七八糟的东西。

"我知道切得难看……但你真的不用表现得这么明显……"珂试图屏蔽无理数嫌弃的眼神。

"都九点了，早饭还没好吗？"云来回飘动，好像饿了。

"马上！"珂慌乱地把火力调成大火，热锅，然后倒油。

"无理数，你快来帮我！我去盛饭！"珂手忙脚乱地把生鸡蛋磕破下锅，用锅铲疯狂翻动。

"呼……"无理数被迫用一种怪异的动作帮珂翻炒，又帮珂把火腿肠倒进锅里。

"好了好了！"珂把那碗早已放凉的米饭倒进锅里，撒了一点点盐。她认为，淡一点儿总比咸死人好。

再撒一点儿葱花，倒一点儿料酒，加点儿酱油翻炒均匀就好啦，珂松了一口气。

"啊！我酱油倒多了怎么办？！"

"无理数……"

无理数无奈地冲电饭煲示意了一下。

"对啊！我可以再加点儿饭！"珂稳了下神，急急忙忙地往锅里加米饭。

无理数瞄了一眼珂刚炒好的蛋炒饭。

葱花撒在饭里格外显眼，更添了一份香味。被酱油染了色的米饭在金黄的炒蛋和粉红的火腿肠间格外诱人。

如果忽略掉大小不一的火腿肠丁和饭里那点儿不和谐的小饭团的话，这真是一份完美的蛋炒饭。

无理数忍不住偷吃了一口。

珂没有怪它。

"感觉你终于有点儿人间的烟火味儿了。"

"呼？"

"没什么。"

五

"呼呼呼！"

"让我再睡会儿……啊……无理数你别掀我被子！放开我的窗帘！"珂原本眯着的双眼睁开了，无理数太能闹了。

"今天早上不用上课，你就不能让我再睡一会儿吗？！"珂一边刷牙一边含糊不清地小声抱怨着。

"呼呼！"无理数不理她，直接把已经穿戴整齐的珂推到客厅落地窗旁。

清晨的阳光并不强烈，刚好照亮了这片可爱的地方。天空虽还不太明亮，但可以推断出今天会是个好天气。

窗户是开着的，微风吹过，比起空调似乎更多了一份清新自然的花香和泥土的芬芳。被拂过的叶片还发出一阵"哗啦啦"的声音，混杂的那几声鸟叫在还没苏醒的城市里分外清亮。

清晨的城市似乎是一个独立的天地，好像比晚上喧闹的城市更加可爱。

珂看得有点儿出神。

"呼呼……"无理数有点儿得意地在空中翻了个筋斗。

珂回过神："嗯嗯嗯，我家无理数最棒了。"

清晨，阳光温和，时不时响起鸟叫蝉鸣，一丝泥土混杂着花香以及青草味的气息，一个睡眼蒙眬的女孩儿打着哈欠，一朵雪白的云朵四处飞舞，忽略起床那一幕，倒也是一幅挺美好的画面。

"无理数，早安，美好的一天又要开始啦！"

"呼……"

嘘，美好的一天就从不吵醒这座沉睡的城市开始啦！

早安，还在安睡的城市，要快点儿起床了哦。

六

"无理数，我和你说……"

"呼？"

"别看这大城市好像挺美的，但空气和风景完全比不上我的老家呢！"

老家有大片青青的田地，最可爱的是那种专门养的小花，花瓣不多，但乳白的、粉红的、粉紫的满满地铺满一大块地，可能没有那些玫瑰、月季、百合、菊花那么花枝招展、娇嫩可人，但是有种小家碧玉的可爱。

可惜，它们没开多久就会被割去施肥。抓起一大把撒在田里，小小的花瓣凄凄凉凉地落下或被风吹到远方，空中还在飞舞的粉紫色，似乎是它们对这个世界的哀怨，温婉柔和。

珂又自嘲地笑了一下："哎呀，我和你说有什么用。你又不会像小说里一样，整朵云变大，用洁白又柔软的身子托起女主角在空中飞翔。"

珂幻想过好多次了：白得一尘不染的云朵轻轻捧起女主角，轻柔地往空中飞去，带起的风柔柔地撑开她的碎花长裙与柔顺的长发，她轻轻地笑着，眉眼弯弯地和她的云漫不经心地聊着各种有趣的东西。

无理数像叹了一口气似的，没来由地生闷气。

"又怎么啦？"珂无奈地拍了一下它，"你就是你，它们比不上的，永远。"

可惜她的小云朵似乎还是不领情。

珂只好走回房间拿起一本书，无理数跟着飘进来。"那都是别人家的云，还是我自己的小家伙最可爱了。"

珂开始读书了，书中有趣的情节似乎牢牢地抓住了她全部的注意力。

无理数无聊地飘来飘去，在空中跳着说不上名字来的舞蹈。

珂突然抬头叹了口气。

"因为我们都是独一无二的，所以，"她抬头望着无理数，"我们都是最好的！"

无理数笑了，就地转了一个圈，很帅气的样子。

七

时间慢慢从指缝间溜走，不知不觉间盛夏的炽热已被秋的恬淡代替。

我有些落寞地跟在那个女孩儿身后，她似乎很高兴，一直跟我说笑。

我不太有兴致地答应着，看着路旁的落叶。她为何拉我出门？或许是有些不寻常的事要发生了，祈祷它是好事吧。

她突然凑了过来，我听见她在呼唤我的名字，然后见她追着一片刚飘下的枯叶，将它捧在掌心。

我承认这片叶美得有些特别：叶脉很细，叶上的枯黄泛着一层金红。可它不再完美了，叶有些残缺，脆弱得似乎一碰就碎。

她喜欢就无所谓吧，我不太懂这个女孩儿，她和别人似乎格格不入。

但我懂得陪伴。某种意义上，温暖这些孤独的心便是我的"工作"了。

"无理数。"她习惯性地又叫了我一声。

"嗯，我在。"

可在她耳中，听到的可能不是这个声音。

八

确实有大事发生，看女孩儿的反应，应当是格外重要的事。

她兴高采烈地拽着我去了学校，教学楼——应当是如此称呼的——那边挂了一条红色的布标，上面似乎用金色颜料印了什么符号——我辨认许久，貌似有"运动会"一词，这是我在这个世界认识的为数不多的文字了。

看来先前是懈怠了，学习确实格外重要。

女孩儿走进她的班级，又安静下来了。这儿我来过许多次了，人们很温和地接纳了这个女孩儿，那群天真干净的孩子们凑在一起同她玩耍。

这倒是我很少碰到的景象——我的主人少有这样一群活泼的小家伙陪着。

难得有机会，不妨偷下懒出去逛一圈儿。

天空难得放晴，一块澄清的蓝宝石里缀了几抹活泼的白。在这个雾霾严重的城市里，这样的蓝天白云似乎是一种奢望——惨淡的灰白色天空可不受欢迎。

一阵广播响起，定是"运动会"要开始了。

我只得往回飘去，去寻那抹开始有色彩的灰。

九

四周的光线由明到暗，秋日的阳光疲惫了一般，想钻进夜色温柔的怀抱里。

运动会仍未结束，她似乎说过要进行两天，但现在该回家了。

女孩儿兴致勃勃地背着包走着，同她的同学道别后拉着我走得飞快，看那架势，若非因为我，她早已飞奔起来了。

我懒懒地赖在她肩头，她运动会上玩儿得起劲，我陪她飘来飘去，现

在飞不动了。

女孩儿无奈地看我，小声地说了些什么，似乎是在嫌弃我懒。

"你才懒呢。"我念叨了一句，起身往前飘。

她又说了些什么，但我没听懂，看她的神态应该是笑话我了。

我才懒得和她计较，这个女孩儿目前看来兴致很高嘛，偷下懒无视她好了。

"无理数？你怎么又不理我啦？你这是玩了一天玩累了？"她戳了一下我。

"呼……"刚到家的我扑到了我的地盘上——她枕头旁用抱枕堆的小窝里不动了。

"无理数你醒醒！吃完饭再去睡。"她把我从小窝里翻出来，把一瓶酸奶推了过来，小心地打开。

我睡觉前是不用吃东西的，她知道。

她很早就知道了。

那又如何？她愿意宠着我。

十

我是一个发卡，似乎是云朵状的，应是纯白的吧。

我刚诞生时——应该是昨日，就被送给了一位小姑娘。她虽然普普通通，但看上去清清爽爽的，眉眼间带着一些淡淡的忧戚。

她此刻倒是笑逐颜开地冲我扬着脸。

哼，倒挺会哄小姑娘的。

话说回来，那姑娘对我很不错，一直将我别在刘海处。这么想来，我应当很美。

咳，我答应那人要改。话说回来，我本不是这样的。

我曾是一株栀子花，刚刚修炼成充满灵性的花妖……不，是花灵，便被那位找上门了："你并未作妖又祈福修善，应该会有个好归宿，但缺了一丝明悟，可愿同我去历练一番？"

听听这话，忽悠人的本事还不小哩，现在看来分明是诓我陪着哄着她

去玩。

罢了罢了，我不与她计较，反正正值初冬闲得慌，陪这小姑娘玩玩也好——想来她也是个可怜的孩子吧。

十一

这风倒吹得好生厉害，冷冰冰的，扑到脸上不算，竟然还请了雨和雪一同闹事。虽有些厌烦，倒也热热闹闹，给这寒冬添了丝生气。

女孩儿似是快考试放假了——我重新复习过了，那些小家伙分开写一张纸应该就是考试。

小姑娘在放学回家的路上挺兴奋，竟没注意到风快将那花灵化的发卡吹掉了。我顺风赶去将它夹牢了些。那花灵倒也算有悟性，便顺手捎上了，它灵性刚修出来，跟着小姑娘一起应该会有些收获。

一到家，小姑娘就喝上了她母亲熬的热汤。奶白的汤汁，冒着热气，散发着格外勾人的香气，厨房那边时不时地传来一阵"咕噜咕噜"的声

音——应该是汤一直在火上煨着。

小姑娘的母亲静静地看着女儿咕咚咕咚地往嘴里灌羊肉汤，眼里带着温柔的笑意。

那小花妖一直馋馋地盯着，似乎恨不得去抢那羊肉汤。

那是一张很温暖的照片——不，照片没有那种温热的感觉，应是那锅倒映了她们影子的羊肉汤。

能忽略我的吞口水声就更美妙了。

十二

玻璃窗蒙上了一层苍白的雾，隔开了这两个完全不同的世界：温暖和美笼罩着幸福的屋子，寒冰与苦涩演绎着残酷或美满的世界。

我早将视线移开了，直直地望着窗外那棵在风中飘荡的小枫树——它火红热烈的叶已在大风中不知不觉地被捎走了，再回不来了。

望着望着，眼前的景色渐渐幻化成另一番样子。

某一年春，我撑开泥，挣扎着去往憧憬已久的外部世界。那时我一直羡慕旁边开着嫩黄色小花的那株迎春，她肆意地在微风里欢迎春天，而我仅能在风里颤巍巍地摇一摇那对稚嫩的小叶——那陪我走过幼年的叶子现在早随风闯荡去了。

泥土外的世界比地下有意思多了！我四周尽是一层叠一层的去够阳光的叶片，光线被分成一撮撮的金粉散落到地上，斑斑驳驳的世界里叶争阳光、虫抢食，好一片热闹的景象。

等天开始变得炙热了，我才终于往外探出半截身子——这才发现原本高大、骄傲的那一棵棵"树"仅是几株小小的野草。

终于可以看到更多了：迎春花旁竖着高高的篱笆，上面爬满了青翠欲滴的草藤；另一边长了几棵槐花和丁香，还藏了一棵枣树；角落里堆了一垛稻草，旁边立着三个小房子，墙根爬满了苔藓。

一个岁月静好又满是泥土香的农家小院。

那是盛满我生命的牵绊。

十三

忽然，窗外的风歇息了，一朵朵冰花轻巧地落在了叶上、枝上、地上。

窗外的世界静了——今年的冬天小姐提前带着她的礼物来拜访了。夏日午后响着蝉鸣的那个农家小院早被夏先生撵走了，我也不是那株被草掩着的小苗了。

等思绪被雪拂去，我正巧瞅见那个大人悄悄望着汤碗，又竭力掩饰的样子——我有点儿担心那位会不会直接扑进去。

夜色渐渐深了，女孩儿与母亲道过晚安便钻进了棉被——还好我在发卡里并不感到冷，倒是那个女孩儿在铺好的小窝里冻得发抖。

冬天的夜晚漫长又短暂，等我睁开眼睛时，女孩儿竟还赖在被窝里同母亲撒娇。那位不知何时被女孩儿拽了一大块棉被裹着，眸子还瞌睡着。今日怎么没去上学？已经放假了吗——我曾经住的小院有两个孩子，自然对这些了解得清清楚楚，看样子昨日已经考完试了。

女孩儿起床洗漱，返回叠被时悄悄将那位裹在里面，那位睡得沉，舒适地翻了下身。

我眼里的那位可不是云形，那风华绝代的一等守护使现在缩小成一小朵云的大小，一身月白短袍稍稍有些凌乱，在被子里缩成了一团。

哟，这位大人倒没他们说得那么冰冷无趣。

十四

几日后，珂与母亲顶着冰冷的雨夹雪去学校领了成绩单和寒假作业大礼包，小栀子花花灵被迫与某位怕冷的"云"做了半天的"合租室友"——无理数直接躲进了发卡，怎么也不肯答应陪珂在外面吹风。

寒假正式开始了，又一段人生路走完了，又一段新征程开始了。

红

激情·生活二重奏

墓地里的猫

 胡若伊

一

午后，无聊的我刚把电视频道由美食栏目切换到《动物世界》，此时正在播放"猫"的专题节目。

"吱呀——"我被刺耳的开门声吓住，回头一看是妈妈回来了。我兴奋地招呼妈妈和我一起看《动物世界》："妈！你看这猫！多可爱！"可她却不领情地摇了摇头，说道："你自己看吧，我累了。对了，明天你就要开学了，你先自己整理一下。"我一听开学，心情就不怎么美好了。我耸了耸肩，答了一声："哦！"转念一想，我又可以见到好久未见的老同学，嘴角又不自觉地上扬。

第二天，开学了。我走在上学的路上。我们学校在一条小巷子里，巷子两旁种满了树。秋天时，落叶飘落到地面上，踩在上面嘎吱嘎吱地响，可好玩儿了。我边走边啃着半个苹果，突然感觉什么人从后面跑来重重地压在我背上，害得我苹果都掉地上了，不用想，肯定是刘安安！"刘！安！安！"我没好气地说，"这苹果 2.5 元一斤，怎么赔？！"她却当什么事都没发生，拉着还在惋惜苹果的我大步迈向学校："不就是个苹果吗？你肯定不会和我计较的吧，毕竟我太想你了！"

咳！她就是这样一个人，大大咧咧，跟所有人都合得来。一年级时，我总喜欢坐在自己的座位上画画、看书，不喜欢交朋友，更别说去操场上玩儿了。她见我一个人很孤单，就像和我认识了800年的朋友一般，挽着我的手去操场上玩耍。从那时起，我们就成为朋友。

我顺顺刘海，看着嘻嘻哈哈的刘安安大步走向学校。

走进教室，我看到了许多熟悉又陌生的面孔。因为疫情的原因，我们都半年未见了。同学们一个个都长高了不少。身为班长的我，心里不禁划过一丝丝"老班的欣慰"。

回到座位，就听见前桌转身跟我说："哎！班长！你暑假有没有去哪儿玩啊？"

我拿出笔袋和书笑了笑，回道："疫情期间哪敢出去啊。"

他突然绘声绘色地说："爸妈担心我太孤单了，暑假允许我养了一只猫。那只猫超可爱啊！白色的，毛茸茸的，半夜还会爬到我床上睡觉呢……"

他绘声绘色地讲着，我直勾勾地盯着他，本来还没觉着什么，可他说完又来了一句戳我心窝的话："班长，你有小动物陪你吗？"

"你说你的猫就说你的猫，问我干什么？"我不耐烦地站了起来。我座位旁边就是窗户，正好有风吹进来弄乱了我的刘海，这让我越发不舒服。

他尴尬地笑了笑，说是要交作业给老师，赶快走开了，我这才坐下。

这时，刘安安跑来递给我一包辣条："嘿，别生气了，大不了你也去养只猫呗。这个牌子新出的辣条，快尝尝。"

我拿过来吃了一口，说道："我也想养一只猫……"

刘安安想了想："那我们一起养一只？"

"好主意！"我盯着她，"要是能捡一只可爱的猫那该多好啊……"

"真香！"她完全没听我说话，只顾着吃那辣条。

二

"老样子，去吧。"老爸往桌子上扔了两张钞票。

我无奈地拿过钞票，爸爸这是又要我帮他买烟了！我很不喜欢爸爸吸烟，要不是还有十块钱能买辣条，我才不会去呢！

我快速给刘安安发了信息，让她下楼买辣条。随后，我也噔噔噔地下

楼去了。我们俩居住在一个小区，我担心的是，都这么晚了，商店会不会关门？

刘安安慢悠悠地走出来，还打着哈欠。我拉住她就跑，这把还没睡醒的刘安安吓了一跳。"你干吗？吓死我了！"她瞬间清醒了许多，大声说道。

我不管三七二十一拽着她就往商店跑，边跑边说道："姑奶奶！我叫你下来买辣条你还不乐意了！这个点都快关门了！"

她欲言又止，只能任我拉着她跑。

到了商店，买好东西，她边拆开包装边说："明天是周末，我们去小区旁边那片墓地转转吧！""墓地？"我确实听爸爸说我们小区后面有一块墓地，不禁打了个寒战。那种阴森的地方，也只有刘安安会想去。

"你确定？"我挑着眉看着她。

"嗯！"

她答应得有些咬牙切齿，这让我不禁有些忐忑，但是和安安一起去，没那么害怕，那就去吧！

第二天晚上，月色如雪，清冷的光辉洒在墓地一角，几株枯树如同手骨一般随着寒风挥舞，街上的路灯都关了，墓地旁边是无尽的树木。

"呼——唔——"寒风凛冽，月色正巧被乌云遮挡起来，光线逐渐变暗。

"啊！"一阵熟悉的尖叫传出，像是被这诡异的环境吓着了。

"我说，你让我来，你自己都怕啊。"我盯着刘安安。又是一阵寒风吹过，只穿睡裙的她瑟瑟发抖。

"啊——嚏！"果不其然，她很快就打喷嚏了，我无奈地把我的外套脱下来给她：

"别着凉了。"

"我……我们回去吧。"她略带哭腔地说，"我害怕……"

"我在呢，别怕。我们再往前走走看看。"我笑着摸了摸她的头，"你在我后面走吧。"

"喵呜——"这是……猫？

刘安安擦了擦眼泪，随着我寻找声音的来源，但此时天公不作美，竟然下起了雨。

这突如其来的雨，阻挡了我们前行的脚步。我有些犹豫，可猫的叫声越来越大。我让刘安安在一棵比较茂密的大树底下等我，对她说："你在这避避雨，我去找一下猫。"

她担忧地看着我，扯了扯我的袖子："你真的可以吗？"

我笑道："肯定可以！"

我拨开前面的树枝，又是一片墓地，但有一团湿淋淋的白色与这片黑色格格不入，雨越下越大。不谈别的，光是那雪白的毛色，就足以让我忘记雨还在飘。它又叫了一声，把我从呆滞状态拉回来。

我一下子拎起它，尽管它还在不停地挣扎。然后我和刘安安一起拼命往外跑，一心只想逃离这瘆人的地方。

到了楼底下，我们气喘吁吁，但又有一件事情让我犯了难：这只猫怎么处置？

我把外套从刘安安身上脱下来，裹着这只猫，把它放在楼梯口一个隐秘的地方。我对刘安安耸了耸肩，说："只能这样了。"只是可惜了我的外套。

回到家的时候，爸爸也没有多问外套的事，我松了口气，洗完澡便上床睡了。半夜几次醒来，我都恨不得去楼下看看那只猫。

三

清晨，我被手机铃声吵醒。我迷迷糊糊地打开 QQ，是刘安安。"快起来！我爸妈今天不在家，让那猫来我家洗澡吧！""妥了！"我赶紧回了一句。我洗漱完对爸妈说去找刘安安。爸妈丝毫没有怀疑，允许我出门。我来到楼梯口，那只猫还在我可怜的外套里睡着。我一边心疼我的羊绒衫外套，一边抱起它，直奔刘安安家。

"呀，你们可算来了。"她似乎早就知我已经上楼了，早早地打开了门。

"我们？"我问道。

"不是还有只猫吗？"她指了指我怀里的白猫，"我们先给它洗洗澡！"下一秒她就冲向了卫生间。

我套上一次性拖鞋，可猫有些害怕，叫个不停。我小心地抚摸着它，它才停止叫。

走到卫生间，刘安安已经把沐浴露都准备好了。别看她平时大大咧咧的，遇到事还是十分细心的。

之前去动物园，什么饲料都是她准备好。在给同学家的狗洗澡时，连店员都忍不住说她手法娴熟，她还经常把流浪动物送入收容所。她跟人是自来熟，跟动物就是自来亲了。

"但……我听说猫怕水，你行吗？"我半信半疑地看着她，"万一有病毒怎么办？"

"你在怀疑我照顾小动物的能力？"她抬起头，"至于病毒，我姐姐是兽医，她一定能搞定。"

白猫刚开始十分抗拒，甚至想逃走，但刘安安的手似乎有魔力，小猫很快就安定下来享受着按摩。

"这样吧。"她突然喊了一句，吓得我一激灵，"我们预支零花钱，给小猫买食物吧！"

"可以哦！"我点了点头，语气有些戏谑，"不愧是刘安安哦。"

"再去接一盆水。"她倒掉那盆黑乎乎的脏水。在她的一顿揉搓下，白猫变得干净了，看上去更让人怜爱。我叹了口气，这么可爱的猫怎么会被扔在墓地？

"问题来了，这只猫怎么养呢？"刘安安这一下被我问住了，对啊！该把它放哪儿呢？这真是一个难题。刘安安拿起吹风机递给我，让我把小猫吹干。她又找出了一个泡沫纸箱，铺了一个软绵绵的垫子，然后拿出一个小碗，盛上一些米饭，放到垫子旁边，对我说道："这样可以了吧！"

我把小猫抱进纸箱安顿好，下一步，就是找爸妈预支零花钱，给小猫准备生活费了。

四

小猫暂时安顿好了，我和刘安安又开始为另外的问题犯难了。刘安安

一边百度一边说："它这么白，取个关于白的名字——白子画？"

我刚喝的水喷了出来："那不是电视剧里人物的名字吗？"

"也是。"她挠了挠头。

我们俩站在楼底下，像雕塑一般。

"有了！"我抬头，拉住刘安安的手，"叫它素年吧！"

她想了想："可以哦！有什么寓意吗？"

"素年锦时，素为白，年的含义就是它可以陪我们很久很久，很多年！"我眨了眨眼睛。

她恍然大悟："真有你的！"

但没一会儿她又低下头担心地说："那疫苗……"

"疫苗不打不行，有什么病可不得了！"

她拉了拉我的手："等下午家长回来了就去，明天我联系我表姐！"

已经中午了，太阳随之升高，我把她拉到我家，打开空调，又递给她一根冰糕。"喵——"那只小家伙从刘安安怀里钻出来。小猫看了一会儿又缩了回去，只露出了一个脑壳。"我怕它热，就带上它了。"刘安安耸了耸肩，说道。

我喝了口水，看着落地玻璃窗外面的景象：太阳照耀着，很热很热，大地像是被烘干了似的。

我又看向素年，它并不像别的猫一样好动，只是安安静静地在刘安安怀里待着。我望着它，能感受到它眼神里的忧郁，或许，这里不适合它。

我回过神，看向刘安安："你把它抱回去吧，我爸妈要回来了。"

她点了点头，咬完最后一口冰糕就带着素年下楼了。

我心里盘算着等会儿怎么预支零花钱，找爸爸还是找妈妈？妈妈？不不不，我会被唠叨死的，那就找爸爸吧！刘安安一走，爸妈就回来了，妈妈还说刚才看见刘安安了，我支吾了一下。

等他们洗完手坐在沙发上休息的时候，我切了些水果悄悄走向爸爸。突然，爸爸的电话响了，看着他皱了皱眉，我就觉得不妙。果然，爸爸挂掉电话就匆匆忙忙地拿着公文包出门了。我只好把目光转向妈妈，把水果摆在妈妈面前。她看了看便阴阳怪气地说："哟，无事献殷勤，有什么企

图啊？"

"哈哈，老妈，我想预支点儿零花钱。"我赔着笑脸说道。

妈妈斜着看了我一眼，慢条斯理地吃了个橙子，然后拿出两张 100 元的纸币递给我："你最好省着点儿花。"说完就去看手机了。

我赶紧给刘安安发了一条短信报喜。

五

又是一个周末的早晨，我特地等爸妈出门后才起床洗漱，因为今天我和刘安安要带素年去打疫苗。

洗漱完，我带了一个面包，来到了刘安安家。素年正躺在箱子里伸懒腰，它还是有点儿怕生，不敢出来活动。

这时，刘安安打着哈欠向我走过来，还啃了一口苹果："我已经联系了表姐，她一会儿就到。"

我抱起素年，拆开面包，揪了一小块喂给它，问刘安安："都准备好了吗？"刘安安点了点头。我们离开刘安安家，一起往小区门口走去。

"喵——"素年吃完了面包，不乐意地喵了一声，我只好又在小区门口的超市买了面包喂它。

"安安！"表姐的车停在马路边，可能已经等了一会儿，看到我们不耐烦地叫了一声。

我和刘安安一路小跑着上了车。表姐打开音乐，问安安："猫哪来的啊？"

刘安安看向窗外，回答道："捡的。"

来到宠物医院，我缴费后，素年就被表姐带走了。素年对我们眨着眼睛，似乎想问我们到底想把它咋样。

"喵——喵——"听到素年的叫声，我和刘安安的心都提到了嗓子眼儿。我问刘安安："该不会出什么事了吧？"

她故作镇定："没事。"

过了一会儿，表姐带着素年出来了，还抱怨："这猫不乖啊！"刘安安接过素年，让表姐把我们带回去。

刘安安和我回到了小区。犹豫了很久之后，我对她说："要不……要不我们把素年放回墓地吧！"

她怔住了，眼睛里带有惊讶。几秒后，她声音略带颤抖地说："放回去，我们的努力就白费了啊！"我捋了捋刘海，这一周我一直在观察素年，它被人收留并没有很开心，反而十分忧郁，是墓地有想守护的人？还是其他原因？它一直打不起精神，我们喂它吃或者逗它，它都懒得动。那天我在墓地，它乖乖地趴在一个坟头上，跟表姐说的完全不一样，也许它从来没有想被人收留，只是我和刘安安一厢情愿罢了。

我平静地说："放它回去。"

她还想挽留："确定？……"

我拍了拍她，在她耳边说了句："我们要让它快乐，不是吗？"

我们再次来到墓地。也许是嗅到了熟悉的气味，素年如获新生。它挣扎着从刘安安怀里钻出，然后一猫腰就蹿了出去，很快就消失在小树林的深处。

等了一会儿，想象中猫乖巧地跑回来的情景并没有出现。我拉了一把还在发呆的刘安安："走吧！"

"嗯！"

再见，素年。

可能每个人都有自己的生活方式，有自己喜欢的事物和使命，素年也是一样的吧，也许这里更适合它。

（作者系湖北省武汉市硚口区南垸坊小学六（4）班学生，小作家班学员。）

圈 儿

 魏墨嫣

　　傍晚时分，世界安静下来，忙了一天的鸟儿不叫了，隔壁陈姐姐家的大狗也不吠了，天也暗了。

　　月亮还没有升起来，只是露出半边脸。云在天空上作怪，变成了各种各样的形状，余晖把天空染成血红色。猫窝里仍旧"丰衣足食"，我知道今天圈儿又没有好好吃饭。

　　"真是个不听话的圈儿！"

　　奶奶年纪大了，记性不太好，但她知道圈儿没吃饭。她坐在沙发上，开着暖气，拿嗔怪的眼神瞪着圈儿。圈儿慵懒地趴在奶奶的脚边，满屋子都是猫粮味儿。

　　圈儿看见我，"喵呜"叫了一声，便跑到我的脚边蹭来蹭去，像是犯了错在撒娇的孩子。我没有理睬它，把它抱到猫窝里。见我一脸坚定的样子，它便乖乖地开始享用它的猫粮。

　　吃饱了的圈儿不慌不忙地躺在傍晚的夕阳下，梳理着毛。然后，它在地板上打了几个滚，胖乎乎的身子在地上蹭啊蹭。

　　我把皮球往圈儿身边一扔，说是皮球，其实是一个毛茸茸的小玩具，上面满是圈儿的牙印。圈儿咬住皮球，灵活地往上一抛。皮球掉下来前，它跳起来把皮球咬住了，皮球又多了一道牙印。

　　不知不觉已经很晚了，平时九点睡觉的我到了九点半还没洗漱，因为我想和圈儿再玩一会儿。爸爸已经在催我了，我只好赶紧洗漱完毕蹦上床。

　　"嗒嗒嗒……"

　　咦？什么声音？原来圈儿推开了我的房门，跳到了我的小板凳上。哦，它不想让我睡觉，它想让我陪陪它。我笑了笑，摸了一下它的头，继续睡觉。我也不知道它什么时候走的，但在梦里，我看到了圈儿……

　　"咚咚咚！"清晨，我被一阵敲门声吵醒了。不是奶奶，不是爸爸，又是圈儿。它坐在门前，歪着头，空气中不时传出悦耳的猫叫声。当然，我一听声音就知道是圈儿。

　　门被圈儿轻轻打开了一条缝。我袜子都没有穿，光着脚丫，睁大眼睛，头发披在肩上，可能是静电的缘故，都飘了起来。圈儿吓得退了好几步，但它没跑，还在那儿站着。

　　"走开，让我再睡一会儿！"我大吼一声，它这才逃走了。

　　因为我太生气了，门都没关上就钻进被子，蒙住了头，又是一阵低沉而响亮的呼噜声。

　　圈儿似乎不服气，又推开了门，坐在昨晚它躺过的凳子上，看着我在床上躺着的样子，不禁想跳上来蹭一蹭。果然，它跳了上来，又要开始"拆家"了。我揉了揉眼睛，坐了起来，圈儿吓得蹦了下去。它竖起了猫耳，满脸疑惑，它看着我，我也看着它。

　　圈儿不理睬我，头也不回一下就走了，真的走了。我坐在床上，一动不动。"我难道做错了什么吗？圈儿不理我了……"我感觉心里就像裂开了一条缝，疼疼的，很不舒服。

　　我下了床，圈儿不见踪影。我再一次往外瞄，圈儿却又在那儿了，一双宝石般的眼睛睁得圆溜溜的，打量着我。我心里一阵欣喜，揪起它的脖子，一把托住它。圈儿的小爪子靠在我的左手边。我揉着它的头，好像要把它的头皮屑清理干净，虽然我知道猫没有头皮屑。圈儿用爪子捂住头，好像在对我说："够了！够了！"

　　这下，我才心满意足地把圈儿放了。这就是圈儿——我最喜欢的猫。

　　（作者系湖北省武汉市硚口区崇仁寄宿学校五（3）班学生，小作家班学员。）

陪 伴

 孔睿雪

一、矛盾

妈妈蹲坐在地上已经有好一阵子了，她的身体一直在发抖，微弱的灯光映在略显苍白的脸上，她的眼眶里还噙着泪珠……

从小小记事开始，她从未看过妈妈如此颓废又狼狈。在她眼里，妈妈一直是那么聪明、贤惠、有魅力，她甚至不止一次地想成为像妈妈一样的女人。

但是这次，这一幕发生得太猝不及防了。

不能说毫无预兆。就在上个月，小小就意识到爸爸对自己和以往有些不同了，他常常很晚才回家。刚开始她觉得这没什么，直到有一天她无意中翻看爸爸的手机，看到他和一位陌生阿姨的往来信息，她才顿时明白爸爸变了。

她也曾天真地认为只要自己和妈妈对爸爸再好一点儿，事情就会往好的方面发展。

"郑颜！给我拿瓶酒来！"

这天，小小和妈妈像往常一样在家做好饭等着爸爸回来，可等来等去，还是没等到爸爸。半夜，小小已经躺下，客厅突然传来爸爸的吼声。小小被这突然的一嗓子惊得打了个寒战，一下子在床上坐起来。小小悄悄走到门口，把卧室门打开一条小缝，看着外面的情形。只见妈妈一脸担忧地从另一间卧室走出来。

"你又喝这么多酒啊……"

"你别管,给我拿酒来!"爸爸厌烦地推开妈妈,径直走向沙发躺了下来。

"你不觉得你最近很不对劲儿吗?"

"有什么不对劲儿的?"

"你现在每天回来得晚,又总是在外面吃饭,也不好好工作了,对家……"妈妈也随他走到沙发旁边,这几天她憋在心里的话就像泉眼里的水一样喷涌而出。

"行了!"

爸爸一下从沙发上弹起来,冲着妈妈就是一巴掌。

"真是多管闲事!"

妈妈一下没站稳跌坐在地上,她的发丝一部分盖在脸上,发梢随着她的呼吸一起一伏,她的眼里满是不敢置信的神色。

二、转学

就要到十月初了,小小和妈妈来到了一个陌生的城市。她还没完全适应这个陌生的城市,十几天后,又要独自面对五十几张陌生的面孔。

"小小,不打算去你的新学校看看吗?"妈妈的声音透过厨房传来。

小小慵懒地翻了个身,把身旁正舔毛的墩墩拥到自己怀中。"墩墩,妈妈说要去学校看看,你去吗?"墩墩显然不太舒服,爪子在小小衣服上乱扒一通,身体往前用力,试图挣脱小小的手掌。

小小把墩墩举起来,看着它黄绿的瞳孔微微皱了下眉。"喵呜——"墩墩冲小小叫了一声。

"那行,你先自己玩一会儿。"

小小舒了一口气就走出了房间,正好撞上端着茶走出来的妈妈。

"呀,看着点儿啊!"妈妈绕过小小往客厅走去,"怎么样,要去吗?"妈妈把围裙解下,手在上面胡乱擦着。小小反手叉着腰也往客厅走去,说:"不然还能干什么?"

尽管小小表现得很不愿意,但是她回过头想想,能提前熟悉下周围的环境和人也不是什么坏事。"那我要带着墩墩!"她一个女孩子,人生地

不熟的，总得拿个东西壮胆吧！

"怎么？让它陪你？"妈妈轻笑着拿来碗和筷子放在小小面前。"是呀，壮胆的。"

"随便你吧，告诉墩墩，叫它别把你弄丢了。"小小原以为妈妈会叫自己看好墩墩，谁知道妈妈让一只猫看好自己！

"我怎么会把墩……你这是什么话！什么叫……"

"行行行，快点儿吃。"

小小一脸不情愿地夹起一块肉塞进嘴里嚼着，可这肉硬是吞不下去，在嘴里被舌头和牙齿推过来推过去。

"哎，哎哟，咳咳……"

小小好不容易把肉吞下去，还差点儿被呛到，涨红了脸咳了好几下。"这人一不顺心，真是喝凉水都塞牙……"

"墩墩出来了！来，走了！"

小小也没兴致再吃了，放下筷子冲紧闭的房门喊着。墩墩的听力向来很敏锐，记得没来到这儿的时候，隔壁家吵架都把阳台上的它吵得翻来覆去。

"咯吱"短短几秒钟后，门被打开了，墩墩两支细长的前臂环在门把上，慢慢地荡出来，远处看去，像极了纯白的毛巾。"别玩了，快点儿下来……"墩墩便马上松开爪子自然地摔在地上，扑腾了一会儿就找到平衡站了起来，舔了舔毛才轻轻地跟上小小。

"注意安全！"妈妈看着一人一猫离去，担心地朝将要闭合的门缝喊了一声。

三、八中

出了门的小小刚巧赶上迎面吹来的一阵凉风，她不由得把本来就不厚的外套往紧里裹了裹。"嗯，还有点儿冷。"

她低头看了看脚边正在舔毛的墩墩，又抬头往天上轻舒了一口气。天这时也是阴沉沉的，似乎下一秒就会下起小雨，但是不远处云层后的那一点点黄光又让小小觉得天马上就会转晴。

　　小小双手插进口袋，缩了缩脖子就抬脚向前走去。墩墩应该是在家里待的时间太长了，上了大路就饶有兴致地跑到小小前边去了，一会儿注视着来往的车辆，一会儿嗅嗅路边或大或小的井盖，一会儿回过头等着小小走过来。

　　"别乱跑！过来跟着我……"

　　墩墩活泼的举动让小小不得不一边找学校一边看好墩墩。

　　突然，小小停下来看着不远处马路对面短而宽的浅棕色建筑，嘀咕着："应该是这儿了，八中？"墩墩站住注视了一会儿那座建筑，不知道是因为陌生还是其他原因，转身跑到小小脚边抬起头看着她，还"喵呜，喵呜"地叫了几声。

　　过了好一会儿，小小才向它走过去，本来就不够艳丽的八中在暗色的天空下多少显得有些惨淡。

　　"你找谁啊，小姑娘？"

　　小小刚走到大门旁，就有一个胖胖的穿着保安服的伯伯从门房里走出来。并不合身的黑色保安服被硬套在一件灰色衬衫外，好像下一秒就会有纽扣蹦出来。小小的嘴角不自然地勾了勾，她觉得保安伯伯穿这身衣服有点儿滑稽，但还是认真地应着："哦，我即将转学到这里，想提前看一下学校。"

　　胖保安显然是很乐意的，笑着说："这样啊，我们学校很好的，要不要我带你到学校走走？"

　　"不用了，不用了，我就随便看看。"小小注意到身后的墩墩已经悠闲地走进学校里了，尾巴还一翘一翘的，她得马上去阻止墩墩到处乱跑。"小姑娘，你的猫可要看好啊……"身后传来保安的声音，小小这才回过神来，学校居然可以让宠物进来！

　　既然都进来了，就好好逛一下校园吧，小小心想，至少能让墩墩在自己的视线范围之内。

　　小小感觉这所学校并不像保安说得那么好。大门和教学楼之间的并不算宽阔的马路上就有好几个井盖，下水道里难闻的臭气通过井盖上的出气

孔飘散出来。刚刚在马路对面所看到的棕色建筑就是这座教学楼，径直走过去能在侧面看到一个楼梯间。

小小试探着走进去，发现这里除了楼梯，旁边还有一个放一些清洁用具的角落。她走上楼梯，尽管脚下的楼梯是用大理石砌成的，但有摇摇欲坠的感觉，让小小迈出每一步都不得不慎重。

墩墩似乎被吓到了，一直待在第一级楼梯那里。"上来啊。"小小连续叫了几次，发现它不仅没有想跟上自己的意思，还俯下身子蜷缩在地上，用细白的毛尾巴环住自己的小半个身子。

"那你就在这儿待着，我去去就来。"小小侧着身子向下看了看墩墩，见它没反应就自己向上爬了。

"等会儿去哪儿打球啊？"

"附近有个空地，还约了人。"

"那得快一点儿，这鬼天气不知道什么时候就下雨了。"

小小隐隐约约听到楼层走廊上一男一女传来的声音，听起来像是学生。下一秒，她就撞上了走得飞快的两个人。

那两人的肩膀被突然从中间穿插进来的小小撞得一歪，他们回过身子看向这个生面孔。小小说了句"对不起"，仍自顾自地从楼梯间慢慢悠悠地转过去，左瞧瞧右看看。

"那个女孩子之前怎么没见过，这学期刚转过来的？"女学生说。

男学生摸了摸被小小撞过的右肩，扭了扭脖子："我不知道。这肩膀被撞得不轻，谁知道从哪里来的野丫头，看着还不大呢。"

"不管了，走吧。"

二楼的视野并不比之前的学校差，主要是这个学校楼层比较高，二楼的高度都快赶上三楼了。

的确，提前来看看学校，对很快适应新环境也不是没有好处的。

"大概就是这样了，这个学校还不赖，楼上空气挺好的。"

回到家后，小小简单地总结了几句。"赖也得上，不赖也得上，小城镇想找个好点儿的学校可不容易，肯定比不上之前那所学校。"妈妈看着池子里一个又一个脏兮兮的盘子，摁着一手洗洁精说着。

原本暗示着要下雨的天气到现在连一滴雨都不见,这才使得那两个打篮球的人能在场上投个痛快。

小小的成绩不错,之前在学校里的排名也可圈可点,妈妈一直以来都不担心她的学业问题,她自己也知道努力。但是这个马上要上的中学是一所普通中学,她确实有些担心这里的教学质量。

"我出去走走。"

"嗯,行。早点儿回来。"

看样子来到一个陌生的城市,不仅人和事物需要适应,连天气也需要适应。小小开始觉得害怕了。迎面的风已经是第三次吹来了,她耳旁棕黑的头发一小缕一小缕地被风带到半空中又垂下。她回头看了看,地上稀稀落落的黄叶被风推着一点一点地摩擦着地面,发出沙沙沙的声音。

说不出是厌烦还是寂寞,她意识到自己确实不小了。

"哎哟!"

后脑勺一阵生疼,小小一个没站稳,倾着身子向前跟跄了好几下,还差点儿撞到一旁的消防栓。

球被弹到一边去了。小小捂着脑袋回头看,眼前是刚才在那所学校里碰见的一男一女。那球显然是高个子男生失手扔过来的,只见高个子男生待在原地想跑又没跑,手脚动作很是别扭。

"你!打到人了看不到啊!"旁边短头发的女生扬起手冲高个子男生肩上拍了一巴掌。

高个子男生被打得一缩脖子,表情木然。她回过神来后走到小小身边捡起球,并歪头说道:"对不住啊!"

小小并没有应声,把球扔给高个子男生后,继续往前走去……

(作者系湖北省武汉市硚口区十一崇仁初级中学八(12)班学生,小作家班学员。本文为节选部分。)

捕 鼠 记

 杨舒悦

噫，门口好像有人，我急不可耐地冲下车，原来是可可。

可可和我是好朋友，她是我小时候的玩伴儿。我们平常上学不在一起，但是每次放假都会在一起玩儿。可可告诉我，她特地准备了一个惊喜给我，于是我们一起去她家拿礼物。湖的对面就是她的家了。

这个湖十分漂亮。一缕缕阳光轻抚着水面，一阵阵微风吹过，水面便泛起层层波纹。

没过一会儿，我们拿到了礼物并回到我家。

我十分好奇，一下子打开了。

"啊，这不是惊喜，是惊吓！"

盒子里面是一只假老鼠，尾巴、眼睛、胡须、嘴巴都很逼真。可可还模仿着老鼠的叫声，把它扔到我身上，吓得我连忙退了几步。她看见后，忍不住大笑起来。这个"惊喜"可真是好玩儿。

因为太久没见面，我们聊起来就没个完，忍不住把这段时间发生的所有事情都讲了一遍。聊得正欢的时候，我好像又听见了老鼠的叫声，可我不太相信家里会有老鼠，有可能是刚才被吓着了，想着那栩栩如生的老鼠以致产生了幻觉。

第二天早上，我们告诉妈妈，让她做点儿好吃的甜点给我们。妈妈便开始准备材料。

快乐的一上午过了，可可回家吃午饭了。这时候，意外的事情发生了。

"悦悦，过来吃饭！"是妈妈，可妈妈的语气没有了平时的温柔和慈祥，而是凶巴巴的，我能感觉到这话里夹着满满的火药味儿。

我马上走出了房间。

"桌上的巧克力是你吃了吗？"

"巧克力？桌上有巧克力吗？我没吃。"

"怎么可能没了呢？那是谁吃了呢？"

我吃了一大口饭，说道："反正我就是没吃，信不信随你！"

妈妈的声音又提高了八度："是你让我做甜点的，明知道这些对我来说都有用。我好不容易抽时间做甜点，现在好了，没有了巧克力，还怎么做？！"

我迅速吃完饭回到了房间，我知道妈妈下午要加班，再没有时间给我做甜点了。可是上午我和可可一直在玩儿，真的没偷吃。

休息了一会儿，一个想法从我脑中闪现。反正现在可可在上课，我也没什么事，要不，我把这件事情的真相找出来，证明我是清白的。让我也来做一次福尔摩斯吧，话不多说，现在开始吧！

我先来到桌子旁，看了一眼，什么都没发现，不过没关系，我还有秘密武器——放大镜。我用放大镜仔细观察，一点儿线索都没有，难道是被爱干净的妈妈擦掉了？

不行，我可不能这么快就宣布失败。我开始回想上午有没有人接触过桌子。也许是可可？不太可能，上午我们一直在一起。

"吱——吱吱，吱吱吱。"不知从哪儿发出的声音打断了我的想法，这种声音昨天也听到过，是老鼠吗？会不会是老鼠偷吃了巧克力？

"喂。"是妈妈打给我的电话，"去帮我拿一个快递。"

"好的。"我准备出门。一路上我都在想，到底是人拿了巧克力还是老鼠偷吃了巧克力。

我很快就回家了。嗯？是谁在门把手上插了广告。对了，我也可以做个实验！

我打开家门，放下快递："我要做个实验，看家里到底有没有老鼠。"

上次巧克力不见了，要不——这次放块奶酪吧，材料已经就绪，可是放在哪里好呢？

还是放在茶儿上吧。不行不行，这样妈妈肯定认为我又把东西到处乱放，不收拾。既然保密，那还是不要让妈妈发现的好。我巡视着家里有哪些地方不容易被发现，对了，沙发底下肯定是个不错的位置，妈妈很会清理那儿。

大功告成，等明天早上再看结果吧！我满意地点了点头。一晚上已经过去了。趁着家里人都不在客厅，我悄悄地看了看："啊——怎么可能？"这一叫把房顶都快震碎了。

妈妈连忙过来问怎么了，脸上似乎写满了问号。我一时不知道该怎么办，勉强地笑着说："没什么，没什么。"她一脸疑惑，我更加不知所措了。"我还有点儿事。"我一边说着一边往房里走。

还好妈妈没有继续问下去，不然场面肯定会特别尴尬。

我不相信这样的结果，也许是我产生了幻觉，我还是这么认为。

我的腿情不自禁地走向窗户旁。窗外的景色依然和往常一样，我忍不住出去再看一眼。来到沙发前，我闭上眼睛，做了一会儿深呼吸。果然，和我想的结果一样，奶酪不见了。我揉揉眼睛，又看了看，奶酪的确不见了。

可可和我玩儿，我本应该是快乐的。但是今天不一样，不管我们聊天，还是玩儿别的，我都心不在焉，可可和我说话，我也没听到，只是时不时地点头或者"嗯嗯"几声。我没有心思和时间去做别的事，我一直在思考家里有老鼠了该怎么办。

"家里有老鼠！"妈妈很害怕这种东西，说话的声音特别大，一下子把我从自己的世界里拉了出来。"嗯？"什么，我没听错吧，妈妈说了老鼠！是不是老鼠出现了！好奇心促使我们来到阳台。妈妈靠在阳台的门上，脸色发白，抿着嘴巴，她的腿在发抖。虽然妈妈很怕老鼠，但还是想抓住它，又怕老鼠靠近自己。可可说："我们两个人肯定能把老鼠抓住。"

可可胆子要大一些，我跟在可可身后，鼓起勇气走进阳台。可我只看了一眼老鼠，全身就冒出了冷汗。我的腿都不受控制了，一个劲儿地往外逃。不知是什么紧紧拉住我的手，我还以为是老鼠爬到了我手上，弄得我直甩手。听到一阵大笑，我才回过神来，是可可！是可可拽着我的手，可可强忍着不笑。笑归笑，她一脸严肃地对我说："等会儿捕老鼠时，一定要又快又准，可别让它跑了！"我点了点头。

不过，从我第一眼看到这只老鼠到现在，它没有发出一点儿叫声，也没有移动位置，难道阳台上的这只老鼠是死老鼠？我有点儿好奇，但又不敢凑近去看。

"唉，还是我来吧，我早就料到了。"可可一手拿过网子，朝地上一扑，老鼠一下就进了网子。我觉得奇怪，这老鼠被捕了也不挣扎，静静地待在网里一动不动。我抢过网子，凑近一看，原来是可可送我的"礼物"！

我又想起了发生恶作剧的那天。可可和我似乎把老鼠随手放在了阳台的角落里，然后就去浇花了。就是这样一个小小的动作，闹出了这么大的笑话。

一天又一天，快乐的时间总是过得很快。暑假过了一半，我的生日也快到了。

"妈妈，我的生日快到了，我可以在家里开生日派对吗？"我在正在看电视的妈妈面前挥了挥手。

"嗯，"妈妈搔了搔后脑勺，"可以倒是可以，只不过家里有些乱，要在客人来之前收拾收拾啊！"

我拍了一下手："好，这不简单吗，刚好明天是周末，我们一起来打扫吧。"

"好的。"妈妈点了点头，继续看起了电视。

一想到生日派对，我就有满满的动力。我提前洗澡睡觉，期盼着第二天的到来。我拿起床边的小闹钟，调好时间——七点半，可一看现在才九点钟，身为夜猫子的我怎么也不相信自己能这么早睡着，但为了生日派对，不管怎样我都要试一试。"啊，啊，你别过来。"我猛地一下坐了起来，不停地喘着气，打开灯，胳膊上全是鸡皮疙瘩。看来，我做噩梦了。我平复了一下心情，又倒头大睡。

"丁零零——"又是那熟悉的声音。我娴熟地伸手去关掉闹钟。我赶忙下床，穿上拖鞋就往洗手间跑。我一边洗漱一边想着生日派对的计划，一切都是美好又愉快的。我狼吞虎咽地吃完早餐就开始清理房间。叠被子，清书桌，摆放书本……虽然很累，但我觉得值得。为了实现愿望，这都只

是鸡毛蒜皮罢了。把家里收拾好后，我就离生日派对近了几步。场景、蛋糕、礼品等东西都准备好了，只要人都到齐了，生日派对就可以开始了。没过一会儿，人都来了。

为了活跃气氛，我和妈妈爸爸事先想了一些游戏，并去商场购买了游戏奖品。

"游戏环节现在开始！"妈妈拿着小话筒，有模有样地当起了主持人。

"第一项游戏——捉迷藏。由悦悦来找朋友们，没被找到的就算胜利，胜利后即可获得奖品一份！"大家一听到"奖品"两个字全都大声欢呼起来，"游戏范围在这栋房子和后院内，大家有一分钟的时间躲起来，一分钟后屋里屋外都有人吹口哨示意。"

大家立刻讨论了起来。

"我们是躲屋里还是屋外呢？"

"记住，等一会儿千万要忍住，一笑可就露馅了。"

"为了奖品，我一定要胜利！"

"我可得躲在最隐蔽的位置，到时候一定没人找得到我。"

…………

"大家安静一下！"妈妈一边做着手势示意大家安静下来，一边走到桌边拿起了一个眼罩，"请大家做好准备，游戏马上开始！"说完，便把眼罩递给我。

我戴上眼罩，爸爸也调整好了计时工具，妈妈一声令下，游戏开始了。只听见一阵阵脚步声往四面跑去，我心里十分激动，盼望着一分钟快点儿结束。

一声响亮而清脆的口哨声在屋内屋外吹响了。一分钟终于到了，我一把抓起眼罩，随手往旁边一放，撒腿就跑。

我一口气冲到了四楼。我要从上往下找，不放过任何一个地方。我放慢了脚步，尽量让自己的呼吸声小一些。我轻手轻脚地走向阳台。阳台是长方形的，很空旷，没有可以躲藏的地方。我向两边望了望，走到窗前。从上往下望去，院子里有几个人影在移动，没一会儿又聚到一起，似乎在聊天，讨论着他们的新计划。

哈哈，这种事情既然被我碰到了，那我就一定不能放过。我在这儿偷偷地盯着，等会儿再冲到院子里，让他们措手不及。真想看到他们的表情，我把手搁在栏杆上，目不转睛地看着。我嫌看着不过瘾，想把头伸出去，这样就可以看到更大的范围，看得更加清楚。忽然，一个声音从背后传来，我连忙转过头却没发现人影。扫视了四周后，我仍旧没发现半个人影。我的直觉告诉我，人要么在厕所，要么在书房！我轻手轻脚地走向书房，不停地向四处张望，生怕碰到什么东西，发出一些细微的声音。我提心吊胆地走过来后，又一道难题在等着我——人是在厕所里还是在书房里？

我想通过声音来判断人在哪里，我又向前走了一步，手轻轻地握着门把手，身体微微倾斜，耳朵贴在门上。可是四楼好像顿时静了下来，我觉得除了我自己的呼吸声，我听不见任何声音。"谁啊？"我大喊一声，空旷的屋子里又传来了回声。难道是因为我自己发出了声音，所以我听不见房里的声音？我屏住呼吸，试着再次去听房里有没有声音。大概过了十五秒，我还是什么都没发现。也许，人在书房，在卫生间？我的目光转向那儿。

卫生间的门没有关上，只是掩着。里面一片漆黑，只有一束从卫生间外射进去的光。我想，如果让我躲在卫生间里，我肯定会把门关上，不然别人就有可能看见我。一番思考后，我毫不犹豫地选择打开书房的门。

我推开门就开始大笑，反应过来才发现房间里空空如也，只有书柜上和角落里有什么东西在快速移动。

（作者系湖北省武汉市洪山区武汉理工大学第一附属小学六
（3）班学生，小作家班学员。本文为节选部分。）

皮 皮

 江哲堃

一、美好的旅程

皮皮一晚上都处于极度兴奋中，就像打了兴奋剂似的。这也难怪，明天终于可以去海边看日出了，这可是皮皮向往已久的事情啊！

在去机场的路上，皮皮就像皮猴子似的，上蹿下跳，不得安生。不是摇下车窗让风儿拼命地抚摸着自己的小脸蛋，就是情不自禁地哼着小曲。

终于来到了机场，这里真大啊！大厅里早已人山人海，喧闹声和广播声交织在一起。偌大的机场，来来往往的行人，皮皮的眼睛都快看不过来了。

好不容易等到爸爸把登机牌换好，皮皮蹦蹦跳跳地拖着自己的行李箱，奔向了安检门。安检门前，大家都自觉地排好队等待着安检，皮皮也不敢再像之前一样不老实了，他安安静静地跟着爸爸，像个小大人似的。

终于来到了候机厅，这下可以稍微放松些。透过候车厅厚厚的玻璃，皮皮看到巨大的停机坪上面，停满了各种各样的大型飞机，空客、波音747，哇！太炫酷了，皮皮自言自语着："我长大了以后，一定要当一名机长，开着蓝天巨兽 C919 在那广阔的蓝天上尽情地飞翔，那感觉多爽啊！"

"又在做白日梦了，皮皮！"皮皮的思路被妈妈打断了，他尴尬地向妈妈笑了笑，脑子里盘旋的还是自己最帅气的模样。

在皮皮天马行空的幻想中，候机时间一晃而过。马上就要登机了，皮

皮的心中还真有一点儿小激动呢!

皮皮坐在舒适的机舱里,系好安全带。"女士们,先生们,飞机马上就要起飞了,请您再次确认系好安全带,谢谢!"广播里响起了空姐阿姨悦耳的温馨提醒。

终于起飞了。飞机开始徐徐移动,皮皮的心也像敲小鼓一样,跟着"扑通扑通"直跳。突然,窗外的景物飞快地向后跑去,皮皮只觉得耳朵嗡嗡作响,脚下一沉,窗外机翼似乎上下扇动了两下,飞机便腾空而起。

向窗外望去,地面上的东西渐渐变得越来越小,房子变成了火柴盒,汽车变成了甲虫,人也变成了蚂蚁。大地离皮皮越来越远,天空却近在咫尺,仿佛一伸手就能触摸到。

云层很厚,棉花似的一团一团的,仿佛一伸手就能扯下一缕。太阳渐渐西沉,云层变得黑漆漆的一片,只有远在天际的地方泛着丝丝红光,仿佛是在漆黑的天幕上硬生生地划开了一道鲜红的口子,皮皮的内心一阵震撼。

几个小时过去了,飞机已经开始下降了,皮皮感觉身体像要飘起来一样,头也开始有点儿晕,还有些恶心的感觉,难道这就是失重?皮皮紧紧地握住座椅扶手,生怕被甩出去。看到他那紧张的样子,妈妈贴心地抓住了皮皮的手。

下了飞机,呼吸到新鲜且略微潮湿的空气,皮皮飞跑起来。他张开双臂,如同出笼的小鸟,大喊着:"大海,我来了!"连行李都忘了拿,就向前跑去。

清晨的海边好安静。皮皮难得地起了个大早,全然不管还在呼呼大睡的爸爸。他和妈妈相视一笑,前所未有地达成了一致,悄悄地溜出了酒店。

外边的天还没亮透,灰蒙蒙的。也许是按捺不住激动的心,皮皮又像皮猴子一样,上蹿下跳起来。

清晨的海边安静极了,只有那阵阵的海浪拍打着岸边。在那淡红色的霞光中,太阳像淘气的孩子似的,已从隐蔽处探出了橘黄色的绒帽,极富层次感的云彩已悄悄染红了整片泛着鱼肚白的天空。

皮皮屏息凝视,霎时,红日冲破云彩,发出了灿烂又耀眼的光芒,羞红脸的云彩在柔和的光芒中渐渐由深红到绯红再到浅红,美丽极了。

海边的椰树，海边的人，仿佛都沐浴在金黄色的霞光中。皮皮不由得感叹：大自然真是一位神奇的魔术师，它总有无穷的变化让你炫目，让你惊叹。

"好美的日出呀！"

"是啊，的确很美。"

"皮皮，你要像这轮火红而又美丽的初升太阳一样，努力地冲破束缚，朝着自己的目标前进，你就会收获满满！"妈妈轻轻地说道。

"嗯嗯。"皮皮点了点头，妈妈的脸上绽开了一朵花。

海浪打在母子俩的脚丫上，弄得脚丫痒痒的。皮皮和妈妈手牵着手，一步一个脚印地走着，那朝霞照在他们的身上，那么温暖灿烂。

二、爸爸的愤怒

皮皮上学了，成为一名真正的小学生，更准确地说，应该是成为一名住校生了。

第一次离开家，离开妈妈的怀抱，一个人住在学校，从最初的兴奋到后来的无助，他觉得自己就像一只失去了鹰妈妈呵护的雏鹰宝宝，内心充满了失落。

妈妈，妈妈，我不想上学，不想离开你。皮皮一直在心里默默祈祷着。可是爸爸却不这样认为，他认为男孩子就要学会独立，不要总待在妈妈的身边。

寒冷的十一月，清晨七点，天还是灰暗暗的，凛冽的冷风在人们的脖子间穿梭，皮皮早早地来到指定地点等待校车的到来。

妈妈紧紧地握着皮皮的手，虽然手有点儿凉，但在皮皮的心中却是最温暖的。皮皮好想让校车不要来，让时间就停在这一刻。他不想离开妈妈，不想独自去上学，不想放开妈妈温暖的手。

"在学校要听老师的话，上课认真听讲，注意安全啊。""记得多喝水，晚上睡觉时别蹬被子……"妈妈不停地叮嘱，生怕漏掉一丝一毫该嘱咐的事情。

　　校车准时来了，皮皮迟迟不愿意挪动双脚。站在旁边的爸爸仿佛看穿了他的小心思，摸了摸他的小脑瓜，把他推上了车："赶紧上车。"

　　皮皮虽然心不甘情不愿，但也慢腾腾地登上了校车。他选了一处靠窗的座位，隔着玻璃，看到妈妈正向他微微笑着，心里忽地涌上一股暖流，双眼渐渐地湿润起来。在泪眼中，窗外的世界慢慢地变得模糊起来。

　　突然，皮皮像是想起了什么，只见他猛地站起身，朝车门飞快地跑去。老师一看，赶紧伸出手拉他，可此刻皮皮不知道从哪里得到了力量，他奋力挣脱了禁锢，跑下车，一把扑向妈妈的怀抱，放声大哭。

　　"妈——妈妈，我——我可不可以和——和你待在一起啊？我不想去学校……"他的小肩膀也随着抽泣一耸一耸的。

　　妈妈的眼泪也来了，她还没有开口，就听见爸爸震耳欲聋的咆哮声："你说什么，你再说一遍。"爸爸的眼睛瞪得大大的，眼神中充满了怒气，鼻子里喘着粗气，牙齿磨得咔咔响，手上青筋暴起，紧握的拳头仿佛已做好准备，随时给皮皮来一场疾风骤雨。

　　皮皮的哭声瞬间停止，身体不自觉地后退了几步，差一点儿没站稳，幸好妈妈拉了他一把。

　　皮皮低着头，目光凝视着自己的脚尖，浑身竟像通了电一样抖动着，牙齿也不听话地直打战。他低下头，抹着双眼的泪水，嗫嚅地说了一句："爸爸，我错了，我去上学。"

　　几个月后的今天，皮皮早已爱上了学校，喜欢上了住校的生活，也越来越独立。他时常回想起一年级这件难忘的小丑事，真是回味无穷啊！

　　原来当年爸爸对他的无情，对他的大吼大叫并不是不爱他，而是为了让皮皮学会独立，学会长大。

三、好朋友——乔恩

　　阳光晒在沙堆上，好似一座金山。太阳缓缓落下，最后一抹余晖洒向了大地，宣告着一天的结束。

　　皮皮和乔恩还在草地上玩耍，你追过来，我追过去，影子被拉得长长的，

不停地在草地上来回晃动，好似有了生命。

乔恩是今年才转到学校的，他是非裔美国人。由于他爸爸来中国工作，因此他才转入皮皮学校。他长得很高，墨黑色的皮肤细腻而光滑，像黑色的绸缎，在阳光下闪着油亮的光泽，一头短短的卷发紧贴着头皮。微笑时，一口排列整齐的牙齿白白的，好像镶嵌着一粒粒珍珠一般。

他操着一口不太流利的普通话。记得第一次皮皮和他交流时，真是手忙脚乱啊！中文夹杂着英文，还得配上手语，才算把事情说了个大概。那个手舞足蹈的样子要累死人。不知他是不是在故意考验皮皮，居然说了一堆皮皮听不懂的英文，皮皮以其人之道还治其人之身，也说了一通流利的汉语，直弄得他晕头转向才算罢休。

没承想，从那以后，他们俩竟形影不离，慢慢地成了一对"双胞胎"，天天同进同出，一起玩耍。虽然有时还会用些"中国式英语"，但渐渐地，他们俩都在进步，皮皮对学好英语也越来越有信心。乔恩基本上也能说些汉语了，有时还会蹦出一两句金句呢！同学们都说，每次看见他们俩在一起叽里呱啦地讲一堆听不懂的火星语，特搞笑。

乔恩的弹跳力好，立定跳远比赛，皮皮永远都比不过他。只见他两脚开立站好，闭目深吸一口气，然后开始前后摆臂，积蓄能量。猛然间，他两手带起身体，用力起跳，身体高高腾起。他两手后摆，收腹举腿，整个人像在飞一样，在空中划出一道完美的弧线。他每次都可以很轻松地跳过2米，真是太厉害了！皮皮真羡慕他的弹跳力。

乔恩有个十分奇怪的胃，他只吃牛肉、羊肉和土豆，一点儿青菜都不吃，所以每天在学校里用餐对他来说就是一种煎熬。碰到他喜欢吃的这三样，他可以吃三碗；要是碰到了青菜、豆类、猪肉，他连碰都不碰。他说只吃这三样，吃了其他的东西就想吐。这是怎样一个奇怪的胃？

生活老师生怕他吃不饱，一添就是一大碗，可把他愁的啊！他只好每天求着几个男同学帮他消灭掉，害得皮皮他们每天吃得肚子像圆皮球一样。

乔恩是班上最大方、乐于助人的同学。对于像皮皮这样今天忘带笔、明天忘带本子的人来说，他真是一个贵人啊！只要看皮皮没带笔或本子，

都不用皮皮说借字，乔恩就主动把文具放在他俩桌子中间，给皮皮解决了不少的麻烦。

当然，他有时也很"小气"。有一次，皮皮向他借了一本全英文的《哈利·波特》，说好了一个星期还，可是那两天赶上期中考试，所以到还书的日子，皮皮还没看完。皮皮想多借两天，乔恩可不管这些，不留丝毫情面地要皮皮还书。一气之下，皮皮只有无奈地还给他了。当时真觉得他太"小气"了，一点儿情面都不讲，后来皮皮才知道，他只是太讲原则而已，这就是他常说的契约精神。

就这样，他们一起学习，一起吃饭，一起玩耍，皮皮感受到了他那风趣、幽默、火一样的热情，皮皮想乔恩会是他永远的朋友。

（作者系湖北省武汉市外国语学校六（6）班学生，小作家班学员。）

胖 白

 陈沛羽

一

清晨，红彤彤的太阳缓缓升了起来，湖面像是被太阳镀上了层层黄金，看起来格外耀眼。

平时我都比较晚到学校，可是今天我破天荒地七点二十便来到了学校。为什么这次我这么早起床呢？因为今天是一年一度的运动会，我十分激动，尽管我激动的原因是我的书包里装了一个"违禁物"。

"明天是运动会，带好小板凳，经典名著读物至少两本。没带板凳或经典名著的人……哼哼！一律写400字检讨！"听到这个消息，整个班级顿时炸开了锅，同学们都发出了"耶"的呐喊声，丝毫不在乎没带小板凳和名著就要被彭老师罚写400字检讨的事。

二

"吱吱吱——"胖白又不安分地发出了声音。"哎，你们有没有听见什么声音啊？"坐在我旁边的曾楚涵疑惑地说。

"好像是老鼠发出的声音，啧，好恶心啊！"坐在我前排的王之璨说道。

听到这话，我十分心虚。刚刚听见仓鼠声的两人是彭老师的"左膀右臂"。要是被他们抓到，我可就惨了。

我心里好似有一块沉甸甸的石头。"可能是你们听错了吧？咱们武汉小学怎么可能会有老鼠在这儿呢？"我撒谎道。

"也是啊，这老鼠怎么会早不出来，直到现在才出来呢？"

为了让他们暂时忘了这事，我提议带上他们俩一起去上厕所，他们答应了。

从厕所返回后，我心情也舒畅多了。我们班的场地围了一群人，我满怀好奇心地走过去时，听到了彭老师的声音，"陈沛羽！仓鼠可爱吗？""啊？"我惊出了一身冷汗。熟悉的面孔映入眼帘，是彭老师。此时我已经放弃挣扎，深感自己要和胖白说再见了。

三

我被"老彭"领到了小黑屋里，眼前的胖白正委屈地趴在办公桌上，水汪汪的大眼睛注视着我，好像在说："呜呜呜，关我什么事嘛，为什么我要待在这个鬼地方？"

老彭坐在椅子上，表面微笑着，实则笑里藏刀。

"陈沛羽，仓鼠是不是很好看啊？"

我知道老彭在暗讽我，便没有理会老彭，准备接受"处罚"。

"虽然我没有说禁止带小动物来运动会，但你不觉得你太胆大包天了吗？"老彭哼了哼，摆出了"4"的手势。这时，我就知道我要凉凉了。"写400字检讨！"审判结束，我满眼迷茫，拿起纸和笔，开始了400字的"美妙之旅"。

四

"冻干豆腐、坚果、宠物布丁、水果干，一共100元。"我去了花鸟市场给胖白买食物，也不知道这些够不够胖白吃。

我回到家时，胖白如绅士一般正喝着水。到吃饭的时候，我拿出了之前给我的猫——坨坨买的小盘子（多买了一个）作为胖白吃东西用的

盘子。当我拿着盘子给胖白的时候，我发现一旁的坨坨那双水灵灵的眼睛正盯着那盘子。

"坨坨，你都有这么可爱精致的盆子了，这个盘子就给胖白了。"我耐心地对坨坨说道。

坨坨好像听懂了我说的话，有些伤心地灰溜溜地走开了。

我打开了那些食物，"唰——"胖白听到食物袋打开的声音，如一阵风似的冲了过来，一屁股坐在了小盘子旁边，用它的小瓜子扒着小盘子的边缘，目不转睛地打量着小盘子，好像在说："小主人，我好饿呀，我想吃东西！"

"胖白呀胖白，你看我给你买的食物，"我把食物举了起来给胖白看，"这次让你大吃一顿。"

我拿了一块冻干豆腐、一大勺布丁和一颗坚果放到了胖白的小盘子里，心想：就这些东西应该不够胖白吃的，过一会儿给它喂一点儿水果干吧，别给它吃太多了。

"胖白，这就是你的午饭！快点儿吃吧，过一会儿给你水果干吃哦！"话音刚落，胖白已经露出了它的大牙，双手拿着食物，张口狼吞虎咽地吃了起来。

胖白狼吞虎咽地吃东西这一幕被一旁插花的妈妈看到了。妈妈停止了插花，哈哈大笑道："苗苗，你这只仓鼠真可爱，要不让妈妈养养吧？"

"不行！"我严词拒绝了。胖白这么可爱，我可舍不得让别人替我养，即使这个别人是妈妈。

（作者系湖北省武汉市武汉小学五（6）班学生，小作家班学员。）

黄

阳光·校园四季风

少年物语

周芷洺

前　传

于芒芒心情很沉重，马上就要开学读高二了，又要见到那些同学了。

打开朋友圈，只见清一色的文案：希望开学分到一个帅哥做同桌……而于芒芒只想一个人待着，生怕有个同桌。

窗外的雨滴不停地敲打着玻璃窗。房间里特别安静，氛围很压抑。在收拾书包时，于芒芒哼起那首最近挺火的歌曲——《信仰》。"我那么多遗憾，那么多期盼，你知道吗……"这首歌的歌词，于芒芒觉得写得特别好，因此每次作文她都会不由自主地引用。

"同学们！新学期开始了，又是个新的开始，大家加油！"又是老套的开学寄语。于芒芒一手托着脸一手翻着新发下来的课本，漫不经心地看着。老师热情洋溢地说完一大堆寄语，台下只有稀稀拉拉的几个人鼓着掌，整个班没有一点儿生气，好像台下坐着的都是"无情的学习机器"。

于芒芒被分到最后一排，心里暗暗窃喜，因为最后一排靠窗的座位是一个单独的座位，几乎没有人想坐那里。现在，这个座位是她的了。依旧有人投来异样的目光，依旧有人对于芒芒指指点点，而她对此视若无睹。

林星那边气氛截然不同，班里一片喧闹，炸开了锅。大家你一言我一语，再加上绘声绘色的肢体语言，其乐融融，像小孩子一样打闹逗趣，整个空

气中笼罩着快乐的气息。

故事就从此开始……

一、第一个朋友

每个课间，于芒芒都趴在桌子上，从一旁路过的同学们总是勾肩搭背的，并一齐向于芒芒投来异样的眼光。

在某个课间，有两个女生手拉着手走到桌前，指着于芒芒，如同看另类一般，嘲讽的语言也如炸药一般，噼啪直响，杀伤力十足。而于芒芒却如木头一般，脸上没有丝毫表情。这些都被从走廊上过来的一个男生看在眼里。这个男生就是现在于芒芒口中的"小林子"——林星。

爱伸张正义的林星看不下去了，直接冲进了教室，站在那两个女生面前说："你们凭什么说她，她想不想出去是她的事。"许久没抬头的于芒芒缓缓地抬起了头，痴痴地望着眼前的男生。那两个女生斜眼瞟了林星一眼，面露不屑。"我们走，不跟这种人计较，不正常！"那两个女生说完，便勾肩搭背出去了。

于芒芒面无表情地注视着林星。"没事吧，你怎么了？"林星转过头，关切地询问戴着蝴蝶结的于芒芒。她很少与人接触，也不知道怎么回话，半天才支支吾吾地挤出来一句："啊……我没事。"林星点了点头，但是他还是有点儿疑惑。

林星刚准备要走，于芒芒突然鼓起勇气拉住了林星的衣角："那个，能和我交个朋友吗？"这是于芒芒第一次主动和别人说话。她心里就像含着跳跳糖一样，手心里都出了汗，甚至闭上了眼。林星眯着眼，冲她笑了笑："好啊！"于芒芒睁开了眼，只见一只白皙的手伸了过来。"我叫林星，初次见面，请多指教！"如清风拂过，如溪流潺潺，于芒芒心里第一次感受到了温暖。

从此，于芒芒有了第一个在学校认识的朋友——林星，那张有两个酒窝的脸，从此深深地印在于芒芒的脑海里。巧的是，她和林星居住在一个小区。

日记：

　　突然觉得天特别的蓝，那慵懒飘浮的云彩似乎活泼起来了，在暖风的追逐下，逐渐聚拢又分开。大海很好看，但船要靠岸，终究是要解脱的啊……

「于芒芒」

二、想养一只仓鼠

　　于芒芒决定养一只仓鼠，却不知该怎么养，不知道哪个品种好，于是就想到了已经养了两只仓鼠的林星。吃完晚饭后，爸爸让于芒芒下楼去买水。"终于有机会下楼去找'小林子'了。"于芒芒心想。

　　下楼之后，于芒芒到了小卖部，直接从货架上拿了一瓶饮料，买完后就向林星打篮球的地方跑去。

　　"林星！"于芒芒向那边招了招手，林星立马跑了过来，一手抱着篮球，还一边擦着汗，问："怎么了，芒芒？"于芒芒顿了一下："就……你家不是养了两只仓鼠吗？我也想养，推荐个品种吧！"她的语气很急促，好像有谁在催她一样。林星笑了，说道："好嘞，没问题！我给你说说。"

　　在林星的帮助下，于芒芒终于如愿拥有了一只仓鼠。这只仓鼠成了她为数不多的可以吐露心声的对象之一。可是，于芒芒每天跟小仓鼠在一起的时间却少之又少。还没给它喂完食，房间外面就传出了妈妈的催促声；还没来得及给它顺毛，电脑里就弹出了"您的作业已发布，请查看"的字眼；还没来得及把小仓鼠捧在手心，上学的闹钟就响了起来……

　　什么时候我可以没有任何事情，专心陪着我心爱的小仓鼠呢？

三、"讨厌"的体育课

　　体育课，可以说是于芒芒最讨厌的一门课程了，如噩梦一般，但体育

课是林星最喜欢的科目。

　　某节体育课要进行 400 米跑步测试，于芒芒听到后"唉"地长叹一声，脑袋随之也耷拉下来。"咋了，怎么不开心？"元气满满的林星拍了拍于芒芒的肩。"没有，就是 400 米跑，我怕我坚持不下来……"于芒芒的声音越来越小，最后几乎听不见了。

　　"哎呀，这有什么的，大不了我跟你一组，陪你一起跑最后！"林星摆出一副不在乎成绩的样子，说完就热身去了。

　　"于芒芒，到你了！自己找人组队！"老师的声音在整个操场上回荡着。

　　"走了，我们一起跑！"林星拍了拍于芒芒的肩。于芒芒一怔，笑着点了点头，便和林星一起找老师了。

　　"预备！跑！"一声令下，林星像离弦的箭一样直往前冲。于芒芒用尽了全力，但两条腿却像绑上了沙袋一样，怎么都跑不快。很快，于芒芒便落后了。

　　烈日当空，豆大的汗珠滑过他们的脸颊；知了在唱着歌，好像在为他们加油。

　　林星只顾着一股脑儿地向前冲，跑了一段才反应过来——于芒芒还在身后，于是便放慢了脚步，顺带向后瞟了几眼。

　　"芒芒，加油！"林星向后招了招手，依旧面露"招牌微笑"。于芒芒瞬间像是吸取到了灵力一般，浑身充满了力量。"嗯。"她气喘吁吁地答道。脚开始加速。跑着跑着，于芒芒又慢了下来。

　　眼看终点就在眼前，林星扭头看了看身后早已体力不支的于芒芒，索性停下了脚步。

　　于芒芒经过林星身边，也停下了脚步。林星拉起于芒芒的手向终点奔去。"滴！"计时器的停止声在这时格外响亮。"呼……"于芒芒喘着粗气，弯着腰，手搭在膝盖上，因为太累，索性直接蹲下了。

　　"还好吧……"林星也气喘吁吁地蹲在于芒芒旁边。于芒芒点了点头，林星顺手拿给芒芒一瓶汽水。

　　汽水是冰的，握在手里很凉爽；贴在脸上，冰凉的感觉充满全身，让

人感觉就像在冲浪。

于芒芒第一次感到和同学在一起是一件快乐的事。

四、出国

在高三即将毕业的一天，林星被老爸叫去了书房。

"林星啊，你也长大了，为了你以后的生活和事业着想，你准备准备出国留学吧。"林星愣住了，手撑着桌子，一动不动。

"我出国了，那我的朋友们怎么办？以后就见不到了吗？我可以不出国吗？"他没有得到回答。

一连串的问号和名字像过电影一般，在林星脑子里放映不停。第一个闪现出来的名字不是别人，而是刚认识一学期的于芒芒。

那天天空格外暗淡，时间好像停滞了，云朵不再飘了，风刺骨地寒冷。

林星不知该怎样开口告诉于芒芒他要离开的消息。毕竟，在这所学校里，林星是于芒芒唯一的朋友！

到拍毕业照那天，男生们都穿着白色的衬衣和黑色的背带裤，脸上神采飞扬。可林星脸上的表情却像被乌云笼罩着，他的"招牌微笑"并没有出现。

女生们穿的则是白色衬衣加黑色百褶裙，十分青春可爱。但于芒芒鹤立鸡群，和往常一样裹着一件黑外套，戴着帽子，看起来老气横秋、死气沉沉的，与这环境格格不入。

在这热闹的气氛中，一群年轻人热情洋溢，一时间充满了欢声笑语。只有于芒芒和林星两个人像有心事一样低着头，一副郁郁寡欢的样子。

"林星！""芒芒！"他们对视着，几乎同一时间喊出了对方的名字。林星使劲儿挤出了一丝微笑。"芒芒，我以后可能陪不了你了……我要出国留学了……"听到这一消息，于芒芒心里有一点儿难过，淡淡地说道："那很好啊，你就有更多的学习机会了，恭喜你呀！"

林星没有回答。

开始拍照了。"芒芒，你把外套脱了，帽子也摘了吧。"为了不让大家扫兴，于芒芒只好照做，刚刚摆好姿势，摄影师摆了摆手。"那个女生，

你太高了，站到后面一排。"他指着于芒芒说道。

于芒芒向后看了一眼，后面站着的是林星。于芒芒顺势站到了林星旁边。就在这时，"咔嚓"，摄影师按下了快门，定格了这个时刻。

几个星期后……

"特别关心——林星：我今天晚上的飞机。"于芒芒看到信息后内心起了波澜，虽然她知道分别是迟早的事。

那天下午，一辆格外熟悉的车驶进了小区，那是林星家的车。

"儿子啊，你为什么非要来这里呢？"林爸爸对林星的行为十分不解。林星托着脸，望着车窗外，手里紧捏着一个信封，信封上写着：To 于芒芒。林星轻车熟路地走到于芒芒家那栋楼，再一次按响了1001的门铃。之后，于芒芒收到了一封信，信里夹着一张照片，是他们的毕业照，还有一篇手写的文章——

To 于芒芒

芒芒，我知道我们可能有很长一段时间不能见面了。多交点儿朋友陪你玩儿，改改你那内向的毛病啊！觉得没人陪你就给我发QQ吧。新学期、新班级，祝愿你有一个新的开始，要加油哦！

From 林星

看完这封信，于芒芒的眼眶湿润了，眼泪不争气地流了下来。

五、以谁为榜样

"同学们，今天我们班会课的内容是：你以谁为榜样？"在林星的班上，老师提出了这个问题。其他同学都在交头接耳，都在议论到底谁才是榜样。

林星脑海里第一个蹦出来的名字就是于芒芒。于芒芒文静、乖巧、学习成绩优异。

"我的榜样是我原来的一个同桌。"说着说着，林星的嘴角漾起了笑

容，"举个例子吧。我在某次打篮球时，远远地就看见学习委员向这边走来，一般学习委员来准没啥好事，我索性当没看见，没准她不是找我的呢？

"'林星，你的语文作业老师说不过关，回去重写！'我最不想听到的话出现了。我只好无奈地把篮球丢给朋友，跟着学习委员一路小跑地回了教室。

"'你这作业写的是什么乱七八糟的？格式也不对……'听完了老师的一堆大道理，我耷拉着脑袋回到座位上，旁边的于芒芒当时正在看阅读材料。

"我挠着头，一下子就忘了老师刚刚说的格式什么了，于是便向于芒芒投去了求助的目光。

"'这题……'于芒芒边说边指着题一字一句地分析着。微风吹动着她的头发，在阳光的照射下，她显得格外好看。

"'喂，你有没有在听？'我开小差时，她一声呼唤就能把我的思绪拉回来。经过她的辅导，那次作业我过关了。

"她每次考试都排在全班的前五名，再看看我那将近倒数的成绩，真是对比鲜明啊！我也很佩服她的坚持不懈，她经常一下午泡在图书馆一动不动地看书。不会的题目，她会熬夜学习直至攻克，有时候会因为学习克服社交恐惧症，鼓起勇气去问别人题目。虽然她性格上有很多不足，但她对于学习的精神是值得我学习的。她就是我的榜样——于芒芒。"

听着林星来自内心的发言，台下的掌声连绵不断，好像所有人都产生了共鸣。

那天晚上，林星把上课时老师录的视频转发给了于芒芒。林星一直盯着屏幕，手机上一直显示着"对方正在输入"的字样，可就是不见有信息弹出来。

林星知道，在屏幕另一边的于芒芒一定笑了。

（作者系湖北省武汉市武珞路实验初级中学七（17）班学生，小作家班学员。）

我　们

 高一诺

一

"我们做了整整一学期的同桌了吧？"

"嗯！"正在想免考名单的我，敷衍地答应了一声。

"准确地说是4个月零1天。"梓萱还滔滔不绝地说着。

"下学期我们还坐一起吧！"梓萱伸出手来，"来，击掌！"

我只是用手指轻轻挨了一下她的手掌，她却扑哧笑出了声，露出了她的两颗大门牙。许多正在上自习的同学都望着她，她赶紧捂住了嘴巴。

她悄悄地对我说："走，出去打球去！"梓萱又露出了她可爱的大门牙，还是和以前一样没心没肺，大大咧咧。

记得我俩第一次相遇是在马路边。

天空中翻腾着的紫红的朝霞，半掩在排满白杨树的马路后面，向苏醒的大地投射出绚烂的光芒。太阳逐渐拨开耀眼的云彩，像火球一般出现了，把火一样的红光倾泻到整个大地上。清晨，我迎着朝阳骑自行车去上学，在路边遇见了一个头发齐肩的女孩儿。她一蹦一跳，手中的豆浆也在纸杯里跳着舞。这时从茂密的草丛中蹿出来一只哈士奇，女孩儿被哈士奇绊了一跤，我赶忙从自行车上下来扶住她，但杯中的豆浆泼在了我的校服上，我的脸瞬间变得不那么好看了。她真诚地向我道歉，我只是淡淡地说了声"没关系"，便用力蹬着自行车走远了。

　　我把自行车放在校门口，冲进学校。在上课铃响的前一秒，我弯着腰溜进了教室，一屁股坐在座位上，喘着气。

　　我坐在教室的中间位置，我的同桌在上学期转学了，座位一直空着。

　　上课铃声过了好几分钟，谭老师才走进教室，还领进来了一名新同学。"同学们，我们班来了一位新同学——陈梓萱。来，梓萱，自我介绍一下。"谭老师笑着望向了旁边的转学生。

　　"大家好，我叫陈梓萱，希望能与大家成为好朋友，谢谢！"清脆甜美的嗓音在我耳边响起，我努力地想看清楚她的长相。我把眼镜一戴，一看，吓了一跳！这不就是早上泼我一身豆浆的女孩儿吗？怎么会在学校碰到啊！

　　"好，欢迎梓萱，那你就坐在最中间的那个座位吧！"老师拿手指了指，她背着书包便向我走来。我笑着帮她把书包挂在椅子上，梓萱笑着说了声"谢谢"，一坐下就小声对我说："又见面了！"她再次露出了她的大门牙，灿烂地笑着。我心口不一地说："又遇见你，这一定是美好的缘分吧！"内心却欢喜不起来：真是冤家路窄啊！

　　就这样，我极不情愿地与梓萱成为同桌。

　　她表面上是一个安静的女神，熟悉她的人才知道，她就是一个女汉子：不喜欢留长发，不在任何人面前撒娇，摔个狗啃泥也不会哭哭啼啼，整天都嘻嘻哈哈、大大咧咧的。

　　本学期的第一节体育课，原本耀武扬威的男生就被梓萱灭了威风，因为这体育课代表的宝座就被梓萱同学牢牢占了，几个男生却怎么也找不到梓萱的"漏洞"，她也狠狠地为我们女生争了口气。

　　我一直到现在都不是很明白，梓萱跟我们上体育课的时间都一样，为什么会成为体育课上的"学霸"呢——

　　她上课也只是循着上课铃声进教室；上课时她从不争着表现自己体育有多么好，总把展示自己的机会让给他人，但在比赛和考试时决不给任何人"开后门"；下课后，也没见她偷偷在学校练习，可能她在家里经常练习吧！快期末考试了，我悄悄向梓萱取经。

　　"秘密！"她神秘地笑了笑。

二

"在干吗呢？"梓萱在我耳边说，还用手拍了拍我的肩。

我瞄了她一眼，小声说："你不知道这节课要公布免考生名单吗？"

"当然知道啊！"梓萱一副不开窍的样子，还问我，"怎么了？"

我没有直接回答她的问题，只是提醒她："我们都五年级了，免考会给以后的升学提供很大的帮助，你不紧张吗？"

梓萱眼中冒出的一丝光芒，随即就消失不见了。她笑着说："如果我有资格免考，我当然也很开心啊，如果没有那又能怎么样。对吗？"

我想想也觉得很有道理，但在成绩和荣誉面前，谁不向往，不紧张，不期待呢？紧张也是正常的，至于梓萱的波澜不惊，全校估计找不到第二人。

梓萱见我不理她，把脸凑了过来，在我耳边笑出了鹅叫声："逗你玩儿呢，我当然也想拿个免考，不用考试还可以看电影，谁不爱呢？"唉，还是那个熟悉的她。

谭老师终于公布了本学期各科的免考名单。英语、书法、科学成绩优异的我成功免考，而梓萱只免考了体育。免考，是我们学校的一个传统。在期末考试前，各科老师会整理出本学期本学科成绩优异的同学的名单，再由班主任通过协调选出免考同学的名单。当科考试时，免考的同学可以大摇大摆地去学校的礼堂看电影或做自己想做的事情。这是学生们梦寐以求的事情啊！

谭老师是个很爱表扬学生的老师。去年期末考试，谭老师给全班前十五名的同学都准备了礼物。从一直稳居第一的班长、第三名的学习委员、第八名的我，一直到第十五名的"黑马"，不仅得到了礼物，还被"狠狠"地赞美了一番，那赞美之词堪比一颗颗蜜糖。

整整一学期，梓萱都没有被老师表扬过，哪怕是一句随口的表扬"你很棒！""加油哦！"都没听到过。相反，她还被老师批评了一顿。

那是语文考试，作文主题是"劝爸爸戒烟"。只见梓萱低下头，拿起

笔，唰唰两下就写完交卷了，连班长都向她投去了佩服的目光。考试一结束，谭老师就抱着一摞试卷走向了安静的办公室。

试卷还没改完，谭老师头上就冒出了一团火花。谭老师怒气冲冲地来到班上，全班同学都吓坏了，坐在座位上一动也不敢动。要知道，谭老师是很少发脾气的。

谭老师气冲冲地说："梓萱，请念念你的作文！"

梓萱从座位上站了起来，一本正经地说："我爸爸不抽烟。"

教室里议论纷纷，有的同学已经笑出了声。

谭老师用书重重地敲了下黑板，对梓萱说："这是什么歪理呀！我看你就是不想写作文，回家给我重新写一篇。"

梓萱点了点头，就坐下了，一脸无所谓的样子。我不由得佩服她这勇气，在书桌下摆出了"六六六"的手势。梓萱也向我比出了"六六六"的手势，朝我傻笑着。

"你不写作文还笑，真是让我大开眼界呀！再加一份检讨书，明天写完放我办公桌上。"谭老师一改平时的慈祥模样，皱着眉，目不转睛地盯着梓萱说。

第二天早上，梓萱将作文和检讨一并放在了老师的办公桌上。

这事就这么过去了。

三

谭老师开始发免考奖状了。

我拿了三张闪着金光的奖状，被全班同学羡慕的感觉可真好。

谭老师停顿片刻，说："这学期大家都很棒，每个人都有很大的进步。孔子曰'三人行，必有我师焉'，你们每个人身上都有值得他人学习的品质和本领。大家想一想，谁是你们学习的榜样。这次学习榜样奖，我没有和其他老师商量确定，而是由你们自行投票选出你们心中的榜样。"

谭老师这个想法是够新颖的。不过推荐谁呢？推荐学习委员？不行，她学习是挺好，但她太高傲，经常与同学闹矛盾，还是算了吧。推荐我的死党紫曦？似乎也不行，我们俩虽然玩得好，但紫曦的学习成绩并不是很理想，也算了吧。那还有谁是我学习的榜样？我撑着脑袋思考着。

"我选你？"熟悉的声音从我耳边响起。

我扭过头，有些诧异。要知道，我各方面都不算拔尖，特别体育成绩时好时坏。

梓萱见我诧异地望着她，转而一脸认真地对我说："真的，你是我学习的榜样，跟你成为同桌我很开心。你呢？"我看着梓萱真诚的眼神，她不像在开玩笑。

我没有说话。虽然刚刚开始与梓萱同桌的那几天，因为街边发生的那件小事的影响，我心中总与梓萱有些距离感，但这种不快只存在了两三天。

那天午餐，有我最喜欢吃的鸡柳。我狼吞虎咽地吃着，差点儿噎着。梓萱抛出了一句："谁喜欢吃鸡柳？我把鸡柳给他，我不喜欢吃。"

这就像问谁喜欢喝饮料吃炸鸡一样，几乎没有人不喜欢，许多同学向梓萱的鸡柳发出了"邀请"。而梓萱却瞄向了我，仿佛看透了我的心思，将鸡柳夹到了我的碗里。我正准备吃，却听到了其他想要鸡柳的同学的抱怨声，于是我不好意思地把鸡柳放下。梓萱大声说："我的鸡柳我做主，只有一个，我想给我的同桌，你们下次吧。"

几位同学听梓萱这么说，只好作罢。

梓萱边吃菜，边含糊不清地说："最近我减肥，不吃肉食，这段时间就拜托你啦！"听她这么说，我就放心了。我一边咬着鸡柳一边说了声"谢谢"。

之后，我们俩成了无话不说的好朋友。

从回忆中回过神来，看着她微笑中有些认真的脸，我笑着说："当然，与你同桌，我也非常开心！"

梓萱笑了，嘴角都快扬到耳后了，一脸的灿烂与明媚。

四

我觉得，我也找到了我学习的榜样。对，就是梓萱。

谭老师和蔼地望着我，我拿定了主意走向了讲台。

我走上讲台，扫视了全班同学，最后将目光定在了梓萱身上，提高了嗓门说："我的榜样是陈梓萱。"

全班同学都愣住了，包括谭老师。梓萱瞪着她的小眼睛，眼神中充满了诧异。

"大家肯定很疑惑，为什么陈梓萱会成为我的榜样。是因为体育好，还是因为她是我的好朋友？"我笑着给大家解释。

"陈梓萱是有着优秀品质的人。我记得谭老师说过，每一个成功的人，一定付出了比普通人加倍的努力。就像陈梓萱，虽然她只有体育成绩很好，但她从不炫耀她的体育成绩，谁也不知道她付出了多少，过程多么艰苦，但她乐在其中，这是属于她的由苦到甜的回忆。谢谢你，我努力刻苦的榜样——陈梓萱！"

我深深鞠了一躬，走下讲台。我不知道我说得对不对，但我知道这都是我对梓萱说的真心话。

教室里响起了雷鸣般的掌声。

在我和梓萱的争取下，梓萱拿下了"榜样奖"。

放学后，我与梓萱挽着手，走在小区的石子路上。我闭着眼睛，一股清香飘进鼻子里，梅花开了！我睁开眼，几棵梅花树映入眼帘，淡粉的花瓣格外的温馨。"梅花小路！"我喊出了声。

"哪儿呢？"梓萱这个近视眼四处乱望，就是找不到哪儿有"梅花小路"。

我望着梓萱，骄傲地仰起了头，指着前方的石子路说："我取的名字不错吧！"

梓萱望着落了一地的梅花瓣拼成的梅花小路，向我竖起了大拇指，我得意地摇了摇头。

"我爱梅花！"我不禁脱口而出，挥舞着拳头，"梓萱最棒！"周边的几个人用异样的眼光瞄了我一眼，梓萱忙叫我小声点儿，别吵到别人，我才赶紧降低了音量。

她问我："一条梅花小路就让你这么高兴？"

我露出不怀好意的笑容，梓萱立刻警惕了起来。

098

"还不是被你带坏的！"我傲娇地对梓萱说。

然后我跑向"梅花小路"，一脚踏了上去。梓萱跑向我，我牵着梓萱的手在"梅花小路"上蹦跳着，笑出了声。

此刻的我们就像两只快乐的小麻雀，仿佛从来都没有过烦恼。

"梅花小路"上，仿佛讲述着另一个快乐的故事。

（作者系湖北省武昌实验小学东湖国际校区六（5）班学生，小作家班学员。）

校园奏鸣曲

 李贞娴

一

"快点儿！要来不及了！"初中生活的第二天，我就快迟到了！

我急匆匆闯进校门，围巾歪歪斜斜地挂在脖子上，口罩随着呼吸一起一伏。为什么七年级会在五楼！我不断抱怨，同时祈求田老师晚点儿进教室，要是被抓到就完了。

"田……田老师还没来吧？"刚进四班的门，气都没顺，差点儿栽在地上的我急着问。"放心，没来呢！"一个头发半白的少年，瞪着大眼看我。他叫田晓，是我的前桌，天生有白头发。班上闹哄哄的，虽然才开学两天，但大家都熟悉了，三五成群地在一起讲话。

"估计马上就来了，快点儿交作业吧！"钱明抱着一沓作业，准备送到办公室去。"啪，啪"两大沓作业被丢在桌上，发出沉重的声音。

"等会儿对下答案！"李梦拿着数学作业本，满脸欢笑，快速翻开我的作业本，在短短一分钟内扫完作业答案，心满意足地长叹一口气。

广播放出跑操歌曲，我站起来伸个腰，脱下口罩，站在队末。我很庆幸我站在不起眼的地方，这样我可以偷偷讲一会儿话，趁没人看见的时候躲起来，等同学们跑完再悄悄溜回去。

"四班，快点儿跑！不要走路！"我被拉回到现实，昨天空无一人的角落，今天却满是学生会的人。终究是逃不掉的，我转过头去，随着班级

缓缓向前跑去。

　　"慢点儿啊，急什么！"大家大口大口地喘着气，双手放在膝盖上，半蹲下来。有些人直接累倒在地，两手撑在地上，仿佛手一松就会倒下。"明天要比今天多一圈儿。"一个头发稀疏，长得胖胖的男老师走向主席台，眉毛微微下垂，看起来很凶的样子。"不是吧！又要多跑一圈儿？"底下哀声连连，谁也不想多跑。

　　哦，不！这才第一次跑操，我再也不想跑了！

<h2 style="text-align:center">二</h2>

　　"让我们看这个点……"田老师用流利的四川话讲解着几何知识，拿着粉笔的手臂有节奏地挥舞着，阳光反射在课桌上，随着时间缓缓移动。

　　数学课是有趣的，一个个字母像活了一样，顽皮地动来动去；田老师有趣的四川话，总是引得我们哈哈大笑。

　　"丁零零……"下课铃声急促地响起，随着田老师的一声"下课"，大家站了起来，伸了个懒腰，三五成群地讲一会儿话，玩玩游戏。"啊啊啊啊！那个男孩儿好帅！"班上的花痴们扶着栏杆，把头微微探出去，看着窗外的一个男生，时不时地发出赞叹。我好奇地走了出去，双手抓住栏杆，半个身子伸出去，顺着她们手指的方向，努力找到那个人。可任凭我怎么看，我也没发现哪个男生帅。

　　"你们到底在指哪个啊？"我有些不解，巴望了半天却什么也没有看见。"就是那个！那个！"她兴奋地跳起来，右手不自觉地打在我身上。"好吧，我不懂。"我默默地退了出去，回到了座位上，准备写数学作业。

　　"哗啦"一声，椅子猛地被撞开，笔飞了出去。"教室疾跑双人组"出动了。"哈哈哈哈，你看看你。"讲台上的人捂着肚子大笑。台下的人脸一红，挠挠头，又一鼓劲儿地往上冲；上面的人也不甘示弱，右躲左闪，轻松地逃到了外面，死死地抵住门，不让里面的人冲出来。

　　差点儿忘记介绍他们，长得神似"元谋人"的那位叫李管，而后面那位就是杜宇。对于他们的"闹剧"，同学早已习以为常。

预备铃响了，大家陆续回到教室里，等待老师的到来……

三

军训是痛苦的——苦不堪言。

大家都被军训折磨得死去活来。"好累啊，不想再军训了。"趁着喝水的时间，大家聊着，对着天空发呆，躺在学校小小的操场上，感受风的气息。

学校是安静的，空气中似乎只能听到我们的喘息声。我瘫软在地，任凭同学怎么叫我，我都无力回答，只想快点儿上楼吃午饭，早早地结束这一天的军训生活。"集合！"教官的声音突然响起，我们拖着疲惫不堪的身体缓缓走向中央。可教官不管，无论我们怎么抱怨，他都不会停止训练，反而增加训练时间。"累吗？"教官体恤地问了一句，我们有气无力地回答着"累"。"行吧，吃饭去吧！"教官终于慈悲了一回。我们开心地一哄而散。

八九年级的同学像看笑话一样看我们，换作以前，大家定会欢快地叫几声；可今日不同往日，才正午时分，我们就完全没了精神。男生们也已没有了抬杠的力气，我们都很安静，没有余力再讲话。

吃完饭后，我趴在桌上，感到一丝丝凉意，便随手披上掉在地上有些灰尘的校服。两眼完全睁不开了，我刚趴在桌子上，就立马睡了过去。

梦中，军训已经结束，大家围坐在一起谈天说地，欢声笑语荡漾在整间教室里。恍惚间，我睁开眼，军训还没结束，也没人在聊天，大家都睡着了……

（作者系湖北省武汉市梅苑学校七（4）班学生，小作家班学员。）

校园人物小传

 彭子谦

一、黄明

1

"喂！把球传给我。"一个人大喊着。

他身手敏捷，在足球场上狂奔。

不好！此时一个足球正从半空中砸下来，而我就在这个球的正前方。"小心！"黄明的声音在我的耳边响起。不过几秒钟，黄明就出现在我面前，完美地接住了那个球。

没等我反应过来，黄明转过身来，气呼呼地说："没看到我们在踢球吗？"

我只好一脸不高兴地走开了。别看黄明对我这么不友好，我们却是最好的朋友。

还记得二年级时，黄明同现在一样，那时我和他并不是朋友。

那天，我忐忑不安地来到学校，因为前一天我不小心把黄明的练习册拿回了家，这样的话他就写不了作业。

我想心一狠，当什么事都没发生过，把作业本偷偷地放在黄明的抽屉里，管他写没写作业，管他会不会被老师批评。

上课铃声响了，黄明似乎很紧张，估计是发现了放在抽屉里的练习册，

他真以为是自己忘记把练习册带回家了。这时周老师走进教室，我竟然也有一种莫名的紧张感。唉！这就是做贼心虚吧。

周老师把练习册都放在讲台上，念着学习委员收集的名单，说："今天只有黄明同学没交作业。起立，说一说你为什么没交作业。"老师显得有些生气。

周老师对我们的要求异常严格，像没交作业这种行为一般会重罚，我不由得倒吸一口冷气。

黄明站起身来，一字一顿、磕磕巴巴地回答："我，我……"

我的良知唤醒了我，我急忙站起来，对老师说："是我不小心把黄明的作业本拿回了家，这不关黄明的事！"周老师惊奇地看着我，黄明也用不可思议的眼神看着我。

"你为什么要帮我？"他的语气平和，里面却可以听出很多惊叹。

"我不想因为我的错而让你受罪。"

他听到这句话后，露出久违的笑容。那是我第一次见到他笑，笑得如此灿烂。

2

今晚没有作业，我与黄明准备到我家里玩游戏。

走向单元楼门口，大厅黑压压一片，像极了恐怖电影里的气氛。

推开大门，一阵冷风迎面吹来，我不禁打了个寒战。黑暗笼罩着整个大厅，只剩吓一缕缕从窗户照进来的黄光和莫名的压迫感。

摸着黑走向电梯，好几次摸着摸着就摸到了黄明的肩膀，黄明吓了一跳，我也吓了一大跳。

看到电梯，我高兴极了。我又仔细看了看，发现不对劲儿——电梯的显示器是黑的。黄明搓了搓壮实的胳膊，声音微微颤抖，说："电梯停电了？"

出于好奇心，我按了按电梯按钮，过了几秒钟后，见电梯门还是不开，就准备离开。我们刚走几步，只听后面"嘣"的一声，扭头一看，不由得惊呼一声"呀"——电梯门开了，电梯里面忽明忽暗，同时还伴随着"呲"

的声音。

这样的电梯哪敢坐呀，我们急急忙忙地跑出单元楼。此时的我们狼狈不堪，还喘着粗气。

我声音颤抖着说："我们走楼梯吧！"

黄明用低低的声音说："你家是住三十八层吧？"

我回答："对！怎么了？"

"我觉得我们爬不上去呀！"

"完了，这可怎么办呀？"我心想。我们现在处于进退两难的境地。

我们决定先到外面想对策。

"我们不可能一直在这儿等着吧！"黄明不耐烦地说。

"是啊！这里的蚊子太多了。"我的耐心在逐渐消失。突然，我灵光一闪："我们去你家吧！反正离这儿不远。"黄明点头表示赞同。

我们走在前往黄明家的路上，发现有好多栋楼的门前都挤满了人。"这不像是一栋楼停电了，更像是整个小区停电了。"黄明说。

"嗯！"到了黄明家楼下，我们预料中的事情发生了——果然整个小区都停电了！

夜已经黑了，我们坐在黄明家楼下的长椅上。由于停电，外面伸手不见五指，风呼呼地刮着，我们愁眉不展。就在我们能聊的话都聊完时，仿佛雪中送炭——所有的灯同时亮了起来，我们仿佛在绝望中找到了希望。

那一刻，真是美极了！

3

我和黄明都被学校的田径队录取了。

田径队训练是在放学后开始的，正是在别人吃饭的时候。田径队训练时间很短，教练为了让我们多训练一会儿，只能抓住一些空闲的当儿。我们没时间吃饭，只能大口喝水，有时候会饥渴难耐。

在田径队，让我坚持下去的唯一的动力就是可以在学校多待会儿。

我和黄明放学后慢慢地走向操场旁边的凳子，把书包放下，偷偷拿出小火腿吃了起来。直到老师点了我们俩的名字，我们才极不情愿地去操场

上跑步。

经过热身运动，我们开始跑步测试。我最喜欢这个项目，只要我跑的时候稍微卖点儿力，就没人能追得上我。

我们所有人都站在起跑线上，此时天色昏暗，只听见风呼呼地刮着，抚摸着我的胳膊。

"嘟——"

哨声响起，我的脚用力一蹬，身体便像离弦的箭一般飞了出去。黄明紧跟在我的身后，我们俩不分胜负。

二、尚朵朵

1

过道里，传来同学们打闹的声音，但七班没有一点儿声音，因此，就连铅笔掉落的声音，也显得那么响亮。

周老师双眼无神地坐在讲台旁的椅子上，眉毛紧挨着一起。讲台上站着一个女生，个子不高，顺滑的头发披在肩上，眼睛周围红红的，泪珠还在眼睛里打转。

原来，我们班的尚朵朵与隔壁六班的陈荷发生了争执。起先她们还只是动动嘴，到了最后，竟动起了拳脚。这一幕，正好被路过的张校长看见，他把尚朵朵与陈荷教育了一顿，更重要的是，取消了我们班下星期升旗的资格。

现在尚朵朵正站在讲台上后悔着呢！

尚朵朵每次被批评后，都很后悔，可过不了几天，又继续捣乱，永远不长记性。上次的教训，估计她也忘记了吧！

那是大扫除的时候，我在水池边帮忙递清洁工具。当尚朵朵过来拿拖把时，我不小心把拖把上的污水溅到了她的裙子上，以她那暴躁的性格，她怎能善罢甘休？

"喂！你把我的裙子弄脏了！"她皱着眉头说。

我忙着给别人递工具，没心思搭理她。

"你听见没有啊？"她的声音提高了八度。

"对不起，对不起！行了吧？！"我也很不耐烦。我要顾及我的工作，又要和她讲话，却没想到戳到了她的痛处。

"你赔我的裙子？"她拉住我的衣领。别看她个子小，力气却很大。

"我……我……"我一时语塞，说不出话来。

"干吗呀？干吗呀？"周老师过来，看到了这一幕，制止了尚朵朵。

经过这件事后，我和她成了死对头。我们班的很多人都跟她发生过不愉快的经历。因此她每次参加选举都落选。

2

放学后，同学们聚在一起讨论关于六一儿童节表演的事。

我们在学校旁边的公园里集合。

与其说讨论表演的事，不如说各干各的事。有一群女孩子在一起八卦，还有男孩子在玩抓人游戏，甚至还有人到一旁的鸡排店吃鸡排去了，只有尚朵朵蹲在草丛前似乎在看着什么东西。

此时天色昏暗，班长墨墨好不容易把所有人都凑齐，又听草丛边有人叫道："有一只小狗！"

同学们一齐转过头，原来是尚朵朵在喊。大家都来了兴趣，纷纷跑到尚朵朵那里。

"哇！好可爱！"

"对呀！对呀！"

"好可怜啊！"

…………

同学们指手画脚地对着小狗评论着，只有尚朵朵一个人蹲在那儿，看着蜷缩在草丛里的小狗。

这只小狗刚出生不久，爪子下还露出粉嫩的肉垫，大耳朵耷拉着，黄色的毛发混杂着几撮黑毛，眼睛宛如一颗闪亮的珍珠。

本来大家都没想把小狗带回家，田亮说他要抚养这只小狗，这一下所

有人都沸腾起来。

最后，还是力气强大、身材高大的田亮夺走了小狗的抚养权，我们大家心有不甘。

我走在公园里，享受着周六的清晨，忽见田亮抱着那只小狗从我身边闪过，跑到树丛边，把小狗放下，又把一根火腿递在它面前，小狗津津有味地吃了起来。这时，田亮转身离去。

我急忙拦住他，谴责道："是你说要抚养它，现在怎么把它丢了？！"

看到我，他露出诧异的表情，尴尬地挠着头："我妈妈不让我养啊！"

3

真是拿田亮没办法，养狗最积极，放弃也是最快的。

没想到，正是因为田亮的放弃，我才有机会再次看到那条小狗。

放学后，我和往常一样哼着小曲往家走。

进了小区，隐隐听到远处有狗的叫声。这种声音我听惯了便没有在意。

"汪！汪！"我刚要进单元门，忽然听见犬吠声就在身后。我回头一看，熟悉的脸庞再次出现在我的视野里，我停下了进门的脚步。

这竟是我上次在公园见到的那只小狗。

我欣喜若狂。它比上次干净多了，也精神多了。它是千里迢迢跑过来找我的吗？可是我与它只见过一面呀？

我不由得产生了疑惑。我停下脚步，迟疑了半天，最后转身离开，怕自己认错了。

天上的星星一闪一闪的，月亮只露出一点儿月牙，月光透过云彩照射到湖面上。湖面也变得璀璨起来，湖面的涟漪一圈一圈向外扩散着。

突然，天空上一滴滴雨掉落下来。"滴答！滴答！"下雨了。坐在书桌前的我，心里在想那只小狗怎么样了，这么大的雨肯定很冷吧！

"哎呀！今天的垃圾没有丢。"妈妈叹息着，走出门去。

"我帮你丢吧！"我大声喊着。

妈妈又把头转了回来，微笑着说："好啊！求之不得。"

我并不是想丢垃圾，而是想借丢垃圾的机会看看小狗。

我撑着伞，走向垃圾桶。丢掉垃圾后，看见雨里有个身影若隐若现。我走近一看，"尚朵朵？"我惊呼一声，同时也看见了她身旁的小狗。

"你怎么在这儿？"她惊讶地问我。

"这是你的小狗？"

"对呀！上次公园看见的那只小狗就是它。"

4

我终于知道小狗为什么会在我的小区里出现了——原来它被尚朵朵领养了，我和尚朵朵住在同一个小区。

早上下楼时，我又看见尚朵朵在楼下喂狗。我看着小狗在她身上蹭来蹭去，心里痒痒的，真想把那只狗据为己有。突然，尚朵朵回过头，让我有一点儿猝不及防。

"你来了！"她平静地说，但眼神里流露出一些惊慌的神色。

"今天星期一，你不上学？"

"哦！"她显得有点儿惶恐不安。

她背上放在旁边的书包急急忙忙地走了。

还没等我进教室，尚朵朵就把我拦住，她挡在门口对我说："我养狗这件事一定不能跟别人说！"我顿时懵住了，为什么不能告诉别人？我正想点头，转而又想到不能让这可恶的家伙独占这条狗。我假装很威风，耀武扬威地说："可以，但是我要和你一起养这只狗。"

尚朵朵只好点头答应。我没想到性情急躁的她竟然这么快就妥协了。

放学后，我拿着我家的剩菜剩饭和一碗自来水下了楼。本以为我会比尚朵朵早到，没想到她早已蹲在那里。走近一点儿，我发现她还带着笑容，我也蹲了下来。她似乎有一点儿出神，根本没有注意到我的到来。

"喂！"我喊了一声，同时将我带的饭放在狗的面前。

尚朵朵看见我给狗带的饭菜，瞪着眼说："这怎么能行！小狗吃这种过期的东西会拉肚子的！"

"啊？"我不敢相信，尚朵朵竟然懂这么多；我也感受到我在这方面

的无知。

转眼间，尚朵朵已经换上了进口的狗粮和矿泉水。小狗吃饭的时候，尚朵朵还不忘梳理它凌乱的黄色毛发，嘴里默默地念叨："下次我一定要给你洗一个澡，让你舒服舒服！"

我也默默地乐了。

忽然，我想起什么来："要不我们给这只狗起个名字吧？"

"好哇！好哇！"

我们左思右想，没有想到一个合适的名字。

"要不就叫它'黄毛'好了。"尚朵朵说。

它有一身黄色的毛，这名字很符合它的气质，我便点头答应了。

5

我没有遵守我和尚朵朵的诺言——我把尚朵朵收养那只流浪狗的事情说了出去。

然而，当我以为不会发生什么事情的时候，意外发生了。

这天夜里，我又到楼下丢垃圾。我把垃圾丢入垃圾桶时，看见有一个黑影在楼门口徘徊，接着传来狗的叫声——是黄毛的叫声。我愣了一下。不好！我转身向那道身影跑去。见我比他跑得快，马上要追上他，他把手一松，黄毛掉了下来。见他把黄毛丢了，我就停止追赶，抱住了它，而那道身影逐渐远去。

早上，看到尚朵朵在那儿喂狗，我想起了昨晚的那个身影——他是高大的，但可以确定他是一个孩子——当狗从他手中掉下来时，他似乎被狗爪子抓了一下，他大叫了一声，那声音肯定是一个孩子的。

尚朵朵用手轻轻抚摸黄毛的毛，那么用心地喂养黄毛，我却无情地把我们两个人的秘密告诉了别人，此时仿佛有千万根钢针插入了我的内心。

到了教室，我朝坐在旁边的田亮打了声招呼。他的眼神闪过一丝惊慌的神色，他似乎在刻意躲避我的眼神，不敢直视，并时不时地摸一摸自己的手。

上课时，我隔一段时间看一下他，越看越可疑，越看越觉得他像昨天夜里那个偷狗的身影，我真想一把撸起他的衣袖，来证实我的想法。没想到老师早已看出我心不在焉，在讲台上大喊我的名字："彭子谦！你看哪里？站起来回答这道题！"我站起来，不知如何是好，不用想，肯定又要被骂一顿了……

<h2 style="text-align:center">6</h2>

晚上，我被老师留在了学校里，因为上课没有认真听讲。

我很晚才回家，闷热的风呼呼地吹着，吹进我的皮肤，吹入我的骨头，直达我的心。

刚进小区，我就听到有小狗在汪汪地叫。我们小区有很多狗，尤其是流浪狗，所以我没有太在意。

当我走到黄毛晚上经常睡觉的地方，一个人从我身旁走过。我蹲下身，居然什么也没有，黄毛呢？我顿时想起刚才的那阵叫声。

我迅速站起，朝小区门口跑去，却什么人也没有，只有来去匆匆的车和发出亮光的路灯。

我陷入沉思，到底是回去还是继续找黄毛？我在大街上陷入了迷茫，如果没有找到黄毛，明天尚朵朵一定会很伤心。我不忍心看到她因为我的错误而伤心，所以我继续沿着街道寻找。

当我向前走了几步后，一只大手抓住了我的衣领："喂！喂！你要去哪儿？"

我转身一看，是爸爸！

"我……"

"赶快回去写作业！"爸爸呵斥我。

我坐在窗前，心却在天边。我在想：尚朵朵明天一早知道这件事情会不会很伤心呢？

一大早醒来，我想到的第一个人就是尚朵朵。

我忐忑不安地走下楼，心想：尚朵朵这时一定很伤心吧！这件事我该怎样告诉她呢？

我推开单元门，看见尚朵朵依旧在那儿蹲着，食物和水放在她旁边。

她就蹲在那儿，一动也不动。我走过去，看到她目光呆滞地盯着那空空的狗窝，眼角慢慢淌下眼泪。我站在她身边，手足无措，仿佛定格在那里，心里狠狠地念着："田亮！"

7

走到学校，我愤怒地走向田亮，扯开他的衣袖，果然一道长长的抓痕在他胳膊上，他露出了惊讶的表情。没等他反应过来，我马上抓住他，把他推搡出去。

在转角处，我问田亮："你为什么要抢我的黄毛？"

"谁是黄毛？"田亮故作诧异地说。

"我不是跟你说过吗？"我质问他，他脸红了，不再说话了。

我再次问了一遍。在沉默了片刻后，他突然抬起头，眼睛睁得大大的："老师好！"

我愣了一下，下意识地望了望后面，但什么也没有，才知道中了田亮的诡计。再一回头，田亮果然不见了。

可我仍不罢休，每一个课间，我都和田亮缠斗一翻。这几天我很难抓到田亮了——狡猾的田亮下课铃一响就第一个跑出了教室，等上课铃停了几分钟后，才匆匆跑进教室坐下来，得意地看着我，不过经常会因为迟到被老师骂一顿。

逃得了一时，逃不了一世。

这天放学后，我提早回到小区门口。他走到大门前，看到我，吓了一跳，立马转身就跑。我抓住他，开门见山地说："别跑了，黄毛在哪儿？"

"黄毛真的不是我偷的！"他说完，停止挣扎，心虚地转过头来。他知道他说漏嘴了，我接着问："你竟然知道我的意思，你就别狡辩了！说，黄毛在哪儿？"

"是我抱走的，"他终于承认了，"可你快抓住我时，我把黄毛放下了呀！"

我惊讶地看着他，他也严肃地看着我。凭我的直觉，他没有说谎。我放开他，心里不禁有点儿疑惑，说："那第二次是谁偷的？"

"啊？什么第二次？我怎么知道？"他说。

我转过身，向家走去，同时陷入了沉思。身后传来声音："我可以走了吗？"我转过头，对田亮说："你走吧。"

我低着头，往家走去……

8

如果不是田亮偷的黄毛那会是谁呢？我自言自语道，顿时我也陷入了惶恐——线索断了，这样怎么才能找到黄毛，怎么给尚朵朵一个交代呢？

与田亮分开后，我脑袋一直在快速地转动，努力回想我还向谁提起过黄毛的事，可是一筹莫展。

写作业时，我也一直想着这件事，以至于我不停地写错字，用修正带不停地修改。

"哦，是他！"我突然想起来了。

早上，我特别早就上学去了，又看到尚朵朵蹲在黄毛之前住过的地方，我没有打扰她，而是心情难受着继续走路。

我第一个来到教室，坐在一个靠窗的位置上，接下来我就一直等待一个人出现，他必定是偷走黄毛的罪魁祸首。

七点半了，他应该是要到了。我正想着，门口就响起了脚步声，"哒！哒！哒！哒！……"一个和黑夜里一模一样的身影出现在了教室门口。我为我超强的推理能力而感到得意：那天晚上当黄毛的声音响起后，就是他，趁我不注意与我擦肩而过，可是我之前还是忽略了——他特别矮，我们班上那么矮的人只有墨墨一人。

而这个进来的正是墨墨。不知是我来得比他早，并且坐在他的位置上，还是因为黄毛的事，他愣了愣，止步不前，像是定格在那里，我们僵持了好一会儿。

"你来得挺早啊！"终于，墨墨打破了教室中的沉默。

"身为班长，你拿走别人的东西不应该给主人打个招呼吗？"我质问他。其实，你没听错，他就是我们班的班长。我现在有一种雄赳赳气昂昂

的感觉——我终于可以质问班长啦!

"是……是我带走黄毛的!"墨墨结结巴巴地说。没想到他这么诚实。

"它现在在哪儿?"

"它……它死了!"

"什么!?"门口又传来一个声音。在墨墨背后还站着一个人——正在流泪的尚朵朵。

三、墨墨

1

可能是因为黄毛的死,我和尚朵朵的关系逐渐疏远了。因为黄毛的死,我和墨墨的关系彻底决裂了。

我受到了很大的打击——一只狗都管不好,从此我恨透了墨墨。

又一次班干部竞选。从三年级以后,墨墨每次都被选为班长。这次竞选,墨墨自然不会错过机会。

当墨墨走向讲台,一番慷慨陈词后,班上所有的人,除了我和尚朵朵,都觉得他这次势在必得。我对此番演讲却不屑一顾,对班上其他同学的支持也不为所动。

演讲结束后,开始投票。在计算过票数后,墨墨有 42 票,我们班一共 44 人——对,是我和尚朵朵没有投给他选票。虽然缺两票,但墨墨还是顺利当选班长。

六一儿童节将至,一些活动要来了。

首先是运动会,我和以往一样报了接力赛。可不知为何,第二天的参赛名单出来时,接力赛的参赛人员并没有我,我的名字被放在我最不擅长的项目——跳绳。

我知道这是墨墨干的,我要找他理论,可他却对我置之不理,还说:"接力赛没有你就不能得奖了吗?小心我把你所有项目都取消!"我的心好像被撕裂了。我狠狠地看着墨墨离开了,我要让他看看接力赛没有我会怎么

样。可我最担心的还是跳绳，如果没得名次，不仅墨墨会笑话我，其他同学恐怕都会对我冷眼相看。

2

终于，运动会如期到来了。同学们拿着各自的小板凳兴高采烈地跑进了教室。大家不像往常那样，端端正正地坐在座位上晨读，而是聚在一起讨论运动会的战术，脸上逐渐出现不同的表情——时而皱皱眉头，时而眉飞色舞。

我不像他们，我坐在座位上看着他们。尤其是墨墨，讨论得激烈时，他还下定决心般"啪"地一下猛拍桌子，旁边的人不时点头。我越看越生气，便来到外面透透气，心里很不是滋味：默默真可恶——我没有投你的票，你就公报私仇，不让我参加接力赛，反而给我报了我最不擅长的跳绳。

"请各班同学回到自己的班上，运动会马上就要开始了……"广播里响起了小主持人的声音，那位小主持人就是我们七班的林林。林林是我们班演讲最好的同学，所以才有资格当运动会的广播员。

我极不情愿地回了班上，我不想见到墨墨。

坐在班里，我们听着林林的播音，慷慨激昂，暂时忘记了所有的烦恼。

当我听到这次运动会的比赛顺序时，我的意识又回到现实中——跳绳是第一个比赛项目。

等到播报完毕，周老师把参加跳绳项目的同学和墨墨叫到外面，对墨墨说："你把跳绳比赛安排一下。"随后，墨墨领着我们下楼去了。

我们在一个僻静的角落练习，我手持跳绳紧张极了——虽然我知道这只是练习。"开始！"墨墨大喊起来，我被吓了一跳，刚跳了一下，我就被绳子绊倒在地。同学们笑了起来，我感觉脸又涨又红，这时墨墨走到我的面前，说："你跳得这么差，还怎么替我们班夺得冠军！"

我不甘心，但也没办法，要怪也应该怪我自己跳绳技术差，还有那可恶的默默，是他把我逼得进退两难——如果我承认我跳不好而弃赛，我就会成为全班的笑柄；如果我坚持参加比赛，那我就拖累了整个班，全校的

人都要笑我。

跳绳比赛马上要开始了，我站上那个用白色粉笔画的圈内，哆哆嗦嗦，我闭上了眼睛做深呼吸。这时，一滴水滴到了我的手上，仔细一看，又有一滴水滴到我的手上。我往天上看，一滴、两滴、三滴……不断有水滴从天下掉下来——下雨了！

"运动会暂停，请同学们快速回到班上！"广播里及时播放的通知让我得以保住脸面。

我脸上洋溢着笑容，可同学们却闷闷不乐。老师在班上开始讲题，仿佛在说："今天运动会一定开不了。"我忍不住笑了起来，几乎笑出了声。

后来，运动会终于召开了，也不知道是哪位大侠"路见不平，拔刀相助"，把墨墨做的事情告诉了老师，老师很生气，严厉批评了墨墨，还让他给我道了歉。当然，运动会上我也退出了跳绳比赛，重新报名参加接力赛。事情终于圆满解决，真是大快人心啊！

（作者系湖北省武汉市七一华源中学七（9）班学生，小作家班学员。）

菁菁校园

姜伊人

一、"落花"事件

秋风静静飘过宁静的校园，如同一位任性的画师，将绿叶画成红色、黄色，又生气地把不好的作品扔在地上。绿叶早已为数不多，但还是有稀稀拉拉的叶子守在枝头。校园里散发出雨后泥土的清香。

五（4）班的同学们正在上第一节自习课，有些人已经感到自习的无聊。我正在写作业，夏州正托着腮发呆，叶小艾正在抄积分册，而杏子无疑是这份宁静的破坏者。她用笔杆不耐烦地敲着桌子，一会儿回头看看钟，一会儿又回头看看钟，脸上现出焦急的神色——盼着下课。"笃笃笃，笃笃笃……"教室里回响着她敲桌子的声音。

"丁零零——"一阵铃声打破了这种宁静，同学们都蜂拥着涌出教室，杏子更是从椅子上一跃而起，夺门而出，连钢笔都忘了盖。我看了一下教室，剩下的人屈指可数。看着同桌杏子桌上没盖盖子的钢笔，我无奈地帮她盖上：唉！我看她下次钢笔不能用了怎么办！小艾匆忙地跑下去，又带了一个人上来："你课前测没写完！总想着下去玩儿。快订正！"那个人只好待在座位上订正习题。这时，小艾向我走过来："然然，今天教室里的花儿浇水了吗？""没有。""哎呀！"小艾换了一种悲伤的语调说，"再不浇，它们就要渴死了，快去浇水吧！"说着，把我从椅子上拉起来，牵着我的手去浇花。她从左浇，我从中间浇。"小小！你看！你的花被撕

了！"正在翻花绳的夏小小把花绳一丢，转过头来叫道："啊？怎么回事？"她飞快地走过来，我也好奇地凑过去，只见一个白底蓝花的花盆上，花朵落在旁边，还有几片散落的花瓣，唯一证明它是被人为摘下来的，是它茎上整齐的刀口。"天哪！我的山茶怎么了！"夏小小难以置信地看着花盆边的花朵，怔住了。"这到底是谁干的？为什么？"我很惊讶，心想：原来这是山茶花啊。"花都成这样了！小小，谁这么讨厌你呀？都欺负到花头上了！"小艾生气地说。

二、杏子是凶手

夏小小愣了几秒，大声说道："我怎么知道！要是让我知道了，我一定要让他的花也粉身碎骨！"

"你想想，最近有没有和什么人吵过架？"

"上周四，我和杏子因为大葱吵过架！一定是她！就因为我说她的葱有一股味道。"夏小小叫道。

"那你问问她。"小艾说，"真相只有一个！是不是你说她的葱有味道，她就报复你呀？"

"我找她算账去！"夏小小愤怒地一拍桌子，然然拦住了她："别啊！事情还没弄清楚，你可以上课时和老师说呀！"说着上课铃响了，她们赶快坐了回去。

"啊！上课了！"杏子从门外冲进来，跳到座位上，向我长叹道："嗨，下课的美好时光总是那么短暂。"

我满脸写着不屑："下课坐在座位上会出事吗？每天一下课就出去疯。"

"会有事，我会被闷死的。"

这时，老师阴沉着脸走进来，把作业本往桌上一摔，似乎十分生气，一看就知道作业完成的情况很差。

夏小小开始举手。"小小同学，你有什么事吗？"老师问。

"老师，有人把我的花剪下来了！"夏小小喊道，"我猜是杏子干的！"

大家都看见了那盆花，花秆上光溜溜的，什么也没有；杏子也看见了，一脸不可置信的表情。

杏子对我说："这是真的吗？你快掐我一下！"杏子心想：天降横祸啊！这怎么可能！我使劲儿掐了她一下，杏子差点儿叫出声。这下，她才确认这是真的。

"杏子！起立！"老师叫道。

"不是我干的！"杏子脱口而出。

"我还没说是你！"老师说，"杏子，真的是你干的吗？"

"都说了不是！"杏子把头摇得像拨浪鼓，"我确定绝对不是！"

"杏子，现在说出来不会被罚！"老师用温柔的语气说。杏子感到十分莫名其妙："可是我的确没干啊！"

"不是你还能是谁？"小艾站起来，"上周最后一个走的是你，和小小吵架的是你，不喜欢花的也是你。"

"没有就是没有！"杏子大叫。"安静！"老师及时制止了两个人的争吵。

杏子狠狠地瞪了小艾一眼，后者翻了个白眼。

"杏子，"老师说，"你剪花的事就不追究了，把第14课抄一遍，一周后交给我。你先坐下。"

杏子一听，不干了："为什么啊？又不是我干的，我为什么要抄啊？"杏子盯着老师，一边说一边摆动着手臂，脸上满是怨气。

"好了，这件事到此为止，再追究的话罚抄翻倍！"老师无情地下达了命令。

三、杏子的嫌疑

杏子站在那儿，突然像被抽去骨头般跌坐在椅子上，嘴里嘀咕着："怎么可能，怎么可能……"

我看着杏子无奈又不敢相信的表情，想安慰她又无从下口，她的嫌疑确实很大啊！

　　有一次，学校组织我们去参观花园。正值春天，百花盛开，我们大都在花丛中流连，摸摸这朵粉的，看看那朵紫的。有的人还摘下了一朵花插在头上。这时，我注意到了杏子，杏子双手插在口袋里，站在一边。

　　"杏子！"我一蹦一跳地向杏子跑了过去，"在这站着干什么？你看那里有花！"

　　杏子说："我对花不感兴趣，嘻嘻。"她向我吐了吐舌头，做了个鬼脸。

　　"可是你真的不去看看吗？"我试探地问道，"遇事先说不，不是你的风格啊。"

　　她摆出一副费解的样子，无奈地说："你没听见吗？我再说一遍。"她清了清嗓子，"我——对——花——不——感——兴——趣！"每个字都拖得很长，声音很大。

　　众人的目光被她的声音吸引了过去。她似乎觉得有些尴尬，挠了挠头。

　　"这有什么好看的？"杏子摸了摸下巴说，"走啦，走啦！"说着，她跑到一边去了。

　　杏子的性格十分直爽，她答应的事，就一定会做到。

　　有一次，正在上自习课，教室里突然进了一只蜜蜂，在同学们的头上徘徊。我十分害怕，便往墙边一靠，把身子贴着墙。

　　前排的王雪尖叫一声，在桌子下面瑟缩着；小艾假装镇静地看语文书，身子却不住地打战。这时，夏小小站了起来："有谁敢把蜜蜂赶走？"

　　"我！"杏子立刻从椅子上跳了起来。

　　"你行？"夏小小瞪了她一眼。杏子毫不客气地说："当然行！怎么不行？"

　　"我怕你是一只纸老虎——"夏小小说，"虚张声势！"夏小小不屑地看了杏子一眼。

　　"我说到做到！谁虚张声势了？"杏子拍案而起，从座位上站了出来，往蜜蜂的方向跑去。只见她拿着一本书，呼扇了几下，就把蜜蜂赶出了教室。

　　"你看，我做到了吧？"杏子向夏小小摆了摆手。夏小小红着脸，再也没说什么，然后坐到了自己的座位上。

杏子说到做到，说不定她和谁打赌就把花剪下来了呢。总之她的嫌疑很大。

四、"真的不是我干的"

一下课，杏子就把我拉到了一边。"你应该相信我是被冤枉的吧。"她盯着我的眼睛，拉着我的手，认真地说，"真的不是我干的！"

"那当然。可是我也无力回天啊！"我耸了耸肩，"我要是老师，一定帮你平冤！"

"现在有一个近在眼前的方法，你肯不肯和我一起干？"她卖了个关子，神神秘秘的，还露出了一丝微笑。

"那当然要一起干了！"我毫不思索，干脆地说道，"是什么方法？"我十分急切地想知道。

"我们当一回侦探，如何？"杏子兴奋地说。

"当侦探！真是个好主意！"我兴奋地说，可我又给她泼了盆冷水，"可是咱们能找到真正的'凶手'吗？"

"当年屠呦呦提取青蒿素时也成败未卜，但她勇于尝试。世界上的伟大发明，哪个不是勇于尝试才发明出来的？我们如果前进，还有百分之五十的概率成功，如果停滞不前，就不可能成功！我们怎能退却？"杏子用一种激昂的语调说。

"你怎么突然变得那么文艺了？要是你写作文有这一半的文采就好了！"我抱住双臂，靠在墙上，"好的，我答应和你一起调查。那么亲爱的杏子大侦探，我们现在准备怎么办？"

五、初次调查

"当然要先去案发现场啦！"杏子跑过来，抓住我的手，"走啦！"接着，我们便向教室跑去。

教室里只有十几个人，大部分是女生，三三两两地围在一起。卫生委

员正准备打扫后面的花架。见此情形，杏子一个箭步走上前阻止道："你先别扫！"

卫生委员义正词严地说："这一堆落花不扫干什么？我不扫，等着卫生被记分吗？"杏子双手叉腰，理直气壮地说："这可是案发现场，你先让我们看一下，不可以吗？"

"当然不可以！"这时，坐在后排写作业的小艾回过头来说道，"你知道值日生什么时候来？我们要随时做好被检查的准备！"小艾说完，杏子还没来得及解释，卫生委员就打扫干净了。

"唉，看看还有什么线索吧。"我向杏子摊摊手说。

于是我们仔细地看了看这个光秃秃的枝干，杏子突然拍了我一下，说："有证据了！你看它的切面只有一点儿干，证明不是我上周五干的！否则过了两天，它应该黄了一截了！"说着，她兴奋地手舞足蹈起来。

"可是，这个证据不充分啊，我们现在只有抓住凶手才能证明你的清白啊。"我说。

"是哦，那我该怎么办？"杏子用手托着下巴，若有所思地说。

"杏子，下来玩儿吧！"一个声音从楼下传来。"哦，来了！"说着，杏子丢下一句"告辞！"拔腿就往楼下跑。

唉，杏子还是原来的杏子！

六、运动会

我回到了座位上，又开始埋着头写作业。

正是 9 月和 10 月交替的时候，秋老虎刚离开不久，无论什么时候都是暖融融的。中午更是让你怀疑秋天是否真的来了，太阳把地面烤得滚烫，篮球场上有几个人正在打篮球，似乎对炎热熟视无睹。上课铃响了，同学们纷纷跑进教室；不一会儿，老师也进来了。老师扫视了一眼全班，大声说道："安静！"

班上的讲话声迅速变小，不一会儿就鸦雀无声了，老师清了清嗓子，说："下个月我们学校将要举办运动会。这是你们毕业年级最后一次运动会了，

大家要积极报名。"同学们欢呼起来。

"太棒了！要开运动会了！"杏子兴奋地拉着我的手，"上次开是两年前了！然然，你准备报什么项目？"

"我并不擅长体育。"

刚说完，老师的声音就响起了："那么报立定跳远的同学起立！"

杏子立马起立，转头问我："这可是最后一次运动会了，你不参加？"

"我再想想。"我犹豫着，我确实不擅长体育。

"谁要参加长跑？"

杏子拉着我的手，把我也拉了起来。

我正准备坐下，老师说："你们看，平时不爱运动的然然都参加了，大家要多向她学习，积极参加活动！"

"看见没有，"杏子向我做了个鬼脸，"老师都表扬你积极呢！"

"哼，还不是你拉我起来的。"我生气地小声说。

杏子一本正经地回答："以我对你的了解，你应该已经默认了。"我只好无奈地同意了。

"丁零零——"下课铃声响起，放学了。学生们都一窝蜂地涌出校门。我收拾好书包准备离开，却被杏子拉到走廊的拐角处。

"我有一个计划：我们就在这里守着，如果他下次再摘花——"她从书包里掏出一个相机，"我们就用相机给他留个证据！我可是费尽口舌才从我爸那儿借来的！"

我看着她的相机，半信半疑地问："万一他不剪花了呢？"

杏子装出大吃一惊的样子："我的天呀，你失忆了？一周前我的葱不是被剪掉了一半吗？"

对，一周前，她长得快有15厘米的葱被剪了一半多，可是她只笑了笑，却不当回事，没想到这事这么快就扯到她头上了。

"另一方面，我要给你补体育！"杏子又说。

"唉，我的体育本来就不好，谁让你给我报长跑的？"我不满地说道。

"生命在于运动，走，我带你跑。"杏子边说，边把我拉到操场上。

"你觉得一圈200米，我们跑多少圈合适？"杏子问，"10圈怎么样？"

"你够了，5圈都够呛，我是体育的学渣呀！"说着，我白了她一眼。

"那好，那就5圈！"她拉着我的手，从起跑线上弹了出去。

"我的书包还没放呢！"我说着，停下了脚步，把书包往草地上一丢。

"放好了那就继续！"没等我喘气，她又拉着我跑了起来。

天上的云，仿佛一滴水中的颜料，正在流动、变幻；四周的树，仿佛是一种极为柔软的织物，风一吹就开始飘舞，起皱。杏子拉着我在操场上跑了一圈，两圈……

"天哪！终于跑完了！"我发出感慨。"走，这时做清洁的应该走了，只有有'特殊'情况的人才留下。"杏子说，还特地加重了"特殊"两个字的发音。

七、放学调查

我们的教室在四楼，刚跑到二楼时，杏子就拉住了我："嘘……放轻脚步，不要被发现了……"她特地把脚步放轻，一步一抬脚，结果竟摔了一跤。她一声不吱地站了起来，轻手轻脚地上了楼。

教室里空无一人。

"嗯……"杏子摸了摸下巴，"也许今天小偷不想来。我们明天再来！"

就这样过了几天，仍没抓到那个人。下课后，杏子又把我拉到一边。今天的太阳终于不再遮遮掩掩地躲在门后了，此刻明亮的阳光正把大片的阴影洒在地上，天上时不时地飞过一群大雁。有时微风吹过，地上的阴影就摇摆起来，像一幅写意的画，每秒都能看出不同的内容。

杏子摸了摸下巴："我们这几天之所以找不到凶手，是因为我们去得太晚了。今天我们少跑一圈，一定要把他捉拿归案！"

一转眼，放学了。

"到了门边，你要帮我放一下哨。"她对我努努嘴，"别让我在抓他现行时，被老师看见再误会我了！"

我点点头。

一到四楼，我们便看见小艾从厕所里提着一桶水出来准备拖地，而我

和杏子则躲到了后门外。

小艾一丝不苟地拖着地。她先把拖把用水弄湿，然后再把地慢慢地拖干净。我无聊地靠在门边，而杏子却目光炯炯地透过门缝盯着正在拖地的小艾。

"嘿！"她一边轻轻地说，一边用脚踢了我一下，"快看！然然！"

我正在打瞌睡呢，她一踢我就醒了。我赶忙趴到窗玻璃上向教室里面看。

小艾从笔袋里掏出一把剪刀，向四处张望了一下，然后走到教室后面，她把剪刀放在欣欣的薄荷上，接着一把剪掉了薄荷，然后把薄荷一把浸进脏水里。

原来真的不是杏子干的！我在心里暗自惊叹，果然我不该怀疑她，她什么时候做过坏事呢？倒是小艾的出现让我大吃一惊，她可是我们班的行规管理员啊！

薄荷浸进水里还不够，她又把拖把扔进桶里。

"你明白了吗？凶手就是她！"杏子兴奋地低声说，拿起相机对着"案发现场"就是一顿狂拍。

"证据确凿，收兵！"杏子指了指楼梯口，拉起我向楼下飞奔而去。

八、平冤

"……事情就是这样的。"杏子说完，老师刚准备说话，下课铃声就响起来了。

"叶小艾，跟我到办公室来！"老师说道。

"看来她有大麻烦啦，"我说，"老师一定会给你一个说法的！"

"哼哼，那当然，她至少要抄10篇课文，不，100篇！"杏子摸了摸下巴，说，"对了，我们不调查了，是不是考虑一下多跑几圈？"

"才不要！"说着，我跑开了。

"别跑啊！"杏子立马追了上来。

我们的笑声回荡在整个校园里。

（作者系湖北省武汉市育才实验小学六（2）班学生，小作家班学员。）

陈小睿传

 高婧芸

一

开学了，新生老生三五成群地涌进校园，整个学校恢复了以往的喧闹。

微风拂过树梢，树叶在枝头沙沙作响，几片金黄的叶子在阳光的照耀下，在空中旋转、旋转。顷刻间，时间的脚步仿佛都变慢了。

我正上楼梯，身旁忽然刮过一阵风，抬头一看，一个女孩儿扎着高马尾，嘴里嚼着口香糖，两只手插在口袋里，一步走了两级台阶。她瞟了我一眼，又回过头向楼上跑去，敞开的外套被风吹得飘扬起来，不过一会儿就没了影。

我把被风吹乱的发丝往耳后拢了拢，心想：楼上是五年级，五年级的人我都见过，这个女生是新生吗？我耸耸肩，没想太多，加快速度向教室走去……

走进教室，我习惯性地向座位望去，哎？我边上那个女生，不是刚才在楼梯口碰到的人吗？我半信半疑，小心翼翼地走到座位上，真的是她！我还没来得及开口，她就马上从椅子上跳起来，轻轻捶了一下我，满脸笑容地用打招呼的语气说："嘿！原来是你呀！我是陈小睿，以后咱俩就是同桌啦！"她撩撩头发，一把把我拉下来坐好。我尴尬地笑了笑，跟陈小睿打了招呼。

"丁零零——"下课了，我回头喊道："陈小睿，交作业……"话还没说完，我就愣住了：啊，她的座位居然空了！难道我在做梦？我连忙站起身来，冲出教室。我在走廊上，双手扒着栏杆，踮起脚扫视教学楼的每一层。唉，这个陈小睿怎么像会瞬间大挪移一样，一下课就没影了。此时，一个熟悉的女中音从楼下传来："喂！楼下的哥们儿，打篮球带我一个啊！"陈小睿正站在二楼招着手，冲操场喊。下一刻，她一转身就向一楼飞奔而去。

后来，我才慢慢了解到，陈小睿天生这个性子，整天嘻嘻哈哈、风风火火的，平时总和男生一起疯玩儿。

那天体育课，毒辣的太阳晒得操场微微发烫。墙角边的山茶树的叶子疲倦地打起了卷儿，可是陈小睿脸上的笑容却格外灿烂。我轻轻抵了抵她，斜着头问："哎，今天这么热，你还这么开心？""怎么啦？"她奇怪地望着我，"体育课呀！我能不开心吗？"我想想也对，陈小睿喜欢运动，体育课是她很喜欢的一门课。

自由活动时间，刚跑完步的我坐在树下的长椅上发呆。她见到我便一个箭步跳过来，打了一个响指："嘿，这就累了？没事吧？""没事，你的体力怎么就这么好啊？"陈小睿吐吐舌头："你瞧你说的，我哪儿知道呢？"她坐下来，手勾在我肩上说："你知道吗，中午有你喜欢吃的玉米，中午一起去打饭啊，嘻嘻。"她把脸凑过来，望着我笑，额头上的汗珠被太阳照得发光。

我也望着陈小睿笑了……

二

正是金秋时节，所有的树都像被施了魔法一样，那一抹鲜艳的色彩爬上枝头。似乎所有的树叶都约定好了一样，要在风姑娘来的时候，一起去乘风旅行。

黄昏时分，夕阳西下。一群群大雁成群结队地从天空划过一条优美的线。枝头的小麻雀看到这如画的景象，不禁展翅飞入天空的怀抱。如此美妙的季节，踏秋赏景岂不美哉？就这样，学校组织了一次秋游。

课堂上，钱老师清了清嗓子说："同学们，明天我们要去公园秋游。"

话音刚落，下面一阵叽叽喳喳声：

"太好了，可以出去玩儿了。"

"出去玩儿一定又要写作文。"

"太好了，我可以带吃的啦。"

…………

钱老师眉头微蹙，扫视了一遍全班，右手拍了拍桌子："大家安静一下！明天十点全校统一出发，下午两点返校，自己带面包解决中餐。全班都穿班服，集合的时候方便找人……"

我悄悄向陈小睿那边挪了一点儿，凑到她耳边小声说："哎，明天是你在学校的第一次郊游吧！激动吗？"她微微侧过头看向我，嘴角轻轻上扬，眼睛转了一圈，右手放在抽屉里对我竖了一个大拇指，又赶紧把目光移到钱老师那里去了。

转眼间便到了秋游的时间，一辆辆大巴车成群结队地穿梭在城市间，不久我们便来到了公园。

只见眼前一派盛景，蔚蓝的天空中行走着片片浮云，鸟儿的双翼携着太阳的金光，夹着盛秋的晨风，在眼前划过。那一抹抹红晕藏在枝叶前，小道旁的人们悠闲地散步，不时向我们投来好奇的目光。我们的活动范围在深处的一片小树林中。

解散后，陈小睿一个箭步从我背后冲来，"嘿"了一声，重重拍了一下我的肩膀："一起去耍呀！"我顿时来了精神，说道："好呀。""哈哈，还不快走！"陈小睿一蹦三尺高，拉着我的手就向小树林里冲。脚下的落叶被踩得"咔咔"响。我们俩在树林里又跑又跳，好开心。

后来到了午餐时间，大家集中到小草坪上吃饭。我打开书包，可是翻了个遍也没找到面包，我一下子急了。我才想起来出门拿了校服，桌上躺着的面包就忘了拿了。陈小睿过来问："你怎么不吃东西呀？"我一时无言以对，呆呆地看着她。陈小睿眼睛一转，支支吾吾地说："我先去吃，马上来找你……"

过了两分钟，她跑过来把一袋吃的往我手里一丢。"你吃吧，我还有，这些我不喜欢，你帮我'消灭'掉！"我朝袋子里看了一眼，竟不知道说什么好。袋子里那夹着火腿肠的面包，散发着一股浓郁的香气，面包上泛着油光，显得那么的美味诱人。

我无可奈何地看看陈小睿，又望向远处，秋天真美啊！

三

不知不觉中，冬已乘北风而来。冬意渐浓，此时已不见成群结队的候鸟南飞，只有那些在北方过冬的小麻雀，站在树枝间仰望蔚蓝的天空，唱起歌谣传播着大自然的讯息，随后展开双翼、蹬离枝头。那细小的树枝轻微一抖，只留下冬的痕迹。

今天难得天气放晴，浅蓝的天幕上流动着几缕白云，如海上的点点白帆悠然飘荡。我走在上学的路上，在街巷间穿梭。刚走到路口，我就望见了陈小睿的身影。

我眼中闪过零星的亮光，笑着举起手想过去叫住她："小……"话未出口就被我咽了回去。直走就是去学校的路，站在这儿也隐约可以看到学校的轮廓，可她却向右拐进了一条巷子，这是为什么？我蹙起眉头看向那个方向，不解地摇了摇头，继续朝学校的方向走……

进教室没一会儿，陈小睿就跟平时一样嚼着可乐味的口香糖，一蹦一跳地坐到座位上。我用余光看着她，心中犹豫不决，不知道要不要问她刚刚去哪儿了。我刚想说话，下一秒她就起身含糊不清地说："我去吐口香糖，不然一会儿老师来了又要批评我了。"说着就往教室门口的垃圾桶走去。

我想着路上发生的事，叹了口气，心想还是算了，也许她只是在学校附近随便逛逛呢。可放学的时候，还是那条路，还是那个地方，她又拐进了那条陌生的巷子。

我看了看手表，不禁皱起眉头。除了篮球，这条平平无奇的巷子也能让这个家伙心心念念，这里面有什么东西啊？一股强烈的好奇心驱使我去探个究竟。不行，我一定要弄清楚陈小睿在搞什么鬼。

平日里陈小睿和我可是无话不谈的好朋友，她不告诉我，定是有什么秘密，我非要一探究竟。直接问她肯定不行，她发现我跟踪她也不好，那

我就悄悄地跟踪她，不让她知道。

小巷两边都是红砖红瓦的老房子，一栋接一栋，很少有阳光照进来，这片民宅便显得比别的地方要幽静很多。这里简朴而宁静，古老而亲切，让跟踪时的紧张气氛缓和了些。

随着时间的流逝，我越来越觉得奇怪。

在陈小睿身前几米的位置一直有一个小男孩儿，他背着书包，看上去读一年级的样子。小男孩儿身上穿着校服，一看便知道是我们学校的。陈小睿的确喜欢和男生混在一起，但是不至于和一个那么小的小男孩儿一起玩吧？而且她似乎一直和这个"小学弟"保持一段距离，没有上去和他说一句话，难道她在跟踪这个小学弟？这到底是怎么回事？

我放轻了脚步继续跟着，走到了不怎么起眼的角落。我在一旁，神情微异。已经变得有些朦胧的夕阳将泛红的余晖洒在一扇发锈的铁门上，那是一座很普通的屋子。

那个小男孩儿走了进去。那一刻，我才看清了他的脸，一张充满稚气的脸，他看上去似乎没有那么活泼。我躲在不远处，看着这个有些小又有些旧的屋子若有所思。

这时，陈小睿从另一条路向家走去。我看了一眼手表，哦，真的要快点儿回家了……

四

带着昨天的疑惑，我早早地来到了学校。站在教室外的走廊上，我望着操场发呆。

几乎空无一人的操场上，时而路过几个走向教学楼的学生。从下面那层楼传来的一阵喧闹惊醒了我，奈何我的这位朋友人缘太好，才来不到一个学期就结识了各路"梁山好汉"。没错，陈小睿来了。她刚要一个箭步跨进教室，就被我伸手拦了下来。"哈！你今天来这么早啊，有什么事吗？"她转过头，看到是我，笑得更开心了。

我摸了摸下巴，认真地看着她，压低声音说："嗯——我问你一件事。"

陈小睿耍帅似的眨了眨眼："OK！"说罢，便勾着我的肩找了个稍微安静一点儿的角落。"说吧，咋了？"我深吸一口气，还是坦诚相待最好："这几天上下学你是不是在跟踪一个小男孩儿？"

"啊，你知道了呀。我听说那个一年级的小男孩是从乡下来的，家里很穷……"

"什么？"我惊讶地打断了小睿的话。

她面对着我，双手搭在我的肩上，看着我的眼睛说："别急，你先听我说完。我就想着帮帮他们家，本来想自己先打探清楚情况再告诉你。"

原来是这样啊……

五

"那你准备怎么帮呢？"我的好奇心开始泛滥了。

"哈，你这回还真问到点子上了。"陈小睿一拍手，一本正经地讲起自己的"天才计划"。

"这不正好是圣诞节吗？我想扮成圣诞老人，放学后送他一个礼物。至于你嘛，当我的小跟班咋样？算了不逗你了，你就负责拍照好了！"

听这个话痨讲了这么多，我大概清楚了行动计划，不由得给她打了一个"赞"的手势。"放学后，你陪我去一下体育器材室。先进教室吧，快上课了。"我向教室走去，摆摆手示意陈小睿赶紧回来。这样，陈小睿放弃了今天所有打篮球的机会，在课间与我讨论了无数遍行动的具体细节。

在学校的时间过得是那么慢，终于盼到了放学，出校门的时候，我趁老师不注意，抓着陈小睿的手脱离队伍，直往器材室的方向冲去。风在耳边呼呼地吹，跑起来时，书包里的笔盒、课本相互撞击，发出响声。跑到器材室门口，我一边喘气一边在口袋里摸索着开门的备用钥匙，回头看向学校大门："没有被老师发现吧？"

"没有。"小睿叉着腰，仰天呼着气。

"咔"的一声，我把门打开，一步迈进去。看着一排又一排的柜子，

我蹙紧眉头："呃……我找找……"

"找什么？"小睿跟了进来。

我在许多架子间翻找着，终于在一个角落里看到了它。"啊，这儿。"

"一个……箱子？"

我故意挡住箱子，在里面拿出一套圣诞老人的衣服："当当当当！"

"我的天啊！器材室居然有这种东西，我竟然不知道！"

我举着衣服在她身上比画了一下："嗯，看起来刚好。我拿回去洗干净了，明天带给你！"

"好啊！谢喽！明天见！"陈小睿看了看手表朝门外走去。

我看着她的背影笑了起来，自言自语道："明天见。"

六

转眼就到了圣诞节。

兴奋、紧张、期待与激动都交织在一起，那种难以言喻的感受冲击着我的内心。

今天早自习，班主任来得早。我坐在座位上，陈小睿不敢说话，用胳膊抵了抵我，在桌面上比画了一个问号。我知道她在问我东西都带了没，就在桌下比了一个"OK"的手势，只见她微蹙的双眉渐渐舒展开来……

随着时间的流逝，距离行动的时间越来越近。最后一节语文课，老师讲完习题后叫我们写作业。可是到了这个时候了，我和陈小睿怎么可能静得下心？教室墙上的时钟"嘀嗒嘀嗒"，我时刻为我们放学后的重大计划而倒数着。所有同学都埋着头写作业，坐在讲台上的老师低下头看着手机，窗外时不时地传来街边车辆行驶而过的声音。眼前的世界是那么清静，却又透露出一丝凝重，似乎预示着将有什么事要发生。

"30、29、28、27……"当我心中默念到"1"的时候，下课铃如约而至。老师拍了拍手："来来来，同学们把东西整理好，放学了啊！"我和陈小睿对视一秒，眼里都闪烁着兴奋的光芒。我们把课本一股脑儿地塞进书包，往背后一甩，单肩背着书包就朝门外走，连走带跑地出了学校。到了小巷拐角，我迅速帮她套上衣服，书包被随意甩在一旁。

"相机准备好啊！我先去那边等着！"陈小睿探头望了望路口，话音未落就急着迈出步子。

"哎！把礼物袋拿着啊！"我把礼物交给她，回头掏出摄像机找了个隐蔽的角落藏好。

心情不由得开始紧张，我的额头都有点儿微微冒汗。果不其然，那小男孩儿的身影出现在路口。我凝视着他，手里紧紧攥着的相机挂绳不知不觉中已被汗水打湿。小男孩儿走到了门口，我马上调整好聚焦数值，按下了录像键。就在录制开始计时的下一秒，第二个身影如约而至，出现在画面中。一只手轻轻拍了拍小男孩儿的肩，那张充满稚气、被凛冽的寒风吹得微微泛红的小脸转了过来。

"小朋友，你好啊！我是圣诞老人，你想不想要一个礼物呀？""圣诞老人"准时出现。

只见那稚气的小脸一愣，神情微异，又顿时开朗起来，清澈的眼眸里闪烁起点点星光："哇——圣诞老人！"小睿把礼物盒塞到他手里，就在他呆呆地立在那儿不知所措地望着手中的礼物时，陈小睿悄悄离开蹿到我身后。我快速按下录像键，这"历史性"的一刻被永远保存在相机里。

"咦？圣诞老人呢？"那个弱弱的声音再次轻轻响起。他张望了一会儿，小心翼翼地捧着礼物盒跑进家门。我与陈小睿四目相对，会心一笑，转身离去之时，屋中那如银铃般清脆的声音隔着窗传来："奶奶，奶奶——我见到圣诞老人啦！"

我们并没有回头，我望向那泛着些许蔷薇色的天边，整个天幕逐渐被染成了墨色。而走在我身边的陈小睿，满面红光，大步走在宽阔的大路上，继续着她精彩的人生故事。

（作者系湖北省武汉市江岸区鄱阳街小学六（4）班学生，小作家班学员。）

蓝

梦想·想象七色花

万氏家族

 毕钰婷

一、果冻女孩儿

今天是星期三，一个美好的日子。说它美好，其实是今天班上会转来一名新同学，好像叫林源源。

这时，两个身影出现在教室门口，同学们顿时安静下来，都打算回到自己的座位上去，可是奇怪的事情发生了，同学们都像木头人似的一动也不能动了！

金老师领着一名同学走了进来，金老师见我们一动也不动，十分奇怪，于是说道："同学们快点儿回自己的座位！"金老师看到我们奇怪的样子，以为我们都在开玩笑呢！

这时，新同学的目光扫了一下同学们。大家奇怪地发现，自己又可以动了，于是赶紧回到了座位上。新同学捏了捏手，班里课桌上的所有物品都消失了。她又眨了眨眼，所有同学的水杯都出现在了讲台上。

同学们都惊呆了，一动也不敢动。这时，新同学自我介绍道："同学们好，我叫林源源，来自格帕尔星球。"她突然停了下来，好像意识到自己说错了。

她闭上眼，双眼睁开后突然发出黄光。这黄光罩住了我们每个人，我们都被消除了刚刚的那段记忆。

她若无其事地重新说道："同学们好，我叫林源源，来自地球。"接着她对同学们笑了笑。

我愣了片刻，她来自地球？难道她不是外星人？

就在我发愣时，老师对我身边的蒋霜霜说："蒋霜霜，你到后面去和依河坐。林源源，你坐这里，和陈依婷同桌吧！"

我听了，心里有些小窃喜，因为我对林源源充满了好奇。接下来，我们便听金老师上课了。几天过去了，一切都很正常。

这节是体育课，贝老师让我们进行短跑比赛。林源源跑得飞快，眼看要超过所有人。突然，她身体向前一扑，腿踢在尖尖的石头上，石头尖利的棱角深深地扎进了她的肉里。

同学们被吓坏了，本以为她会流很多血。奇怪的是，林源源一滴血都没流，居然还把石头拔了出来，扔到一边。我们跑上前去看那块石头，石头上并没有血。林源源慢慢地朝教室走去。

这时，她的腿上掉下来一块"肉"，我们被吓坏了。我大胆地把这块"肉"捡起来一看，竟然是一块果冻。

二、果冻贴身衣

"果冻！"我失声尖叫着。林源源走过来，一把抢过果冻，并想让我忘掉这段记忆。这时，不知怎的，我眼睛里闪出一道蓝光，与她眼睛中发出的黄光进行比拼。最后，她的黑发不小心被我的蓝光打中了，她的头发居然变成了火红色。

林源源的果冻衣服被我打了下来，落到地上。我抢先过去一看，是果冻贴身衣，上面还有黑发及衣服。再看林源源，她一头火红色的头发露在外面，脸尖尖的，身体、手、腿都细长细长的，简直是个十足的美女。

三、无师自通的天才

自从上回被我看穿后，林源源对我的态度好了许多，总是笑眯眯的，一个劲儿地叫我"姐姐，姐姐"，还时常给我果冻吃。哼，不就是想让我替她保密吗？

我问林源源："你能让我成为一个无师自通的天才吗？"林源源点点头，用手指在我额头上轻轻一点，我便感觉自己大脑中装了好多知识。此后，我的成绩大大提高，期末考试竟然取得了班级第一名的好成绩。

四、九条尾巴

林源源的果冻外衣全被我吃了，我吃得饱饱的。就在这时，一个调皮的女孩儿走过教室，她居然看到了林源源火红的长头发！

"天啊！"她发出一声怪叫。林源源对她的声音进行了关闭，并且让她忘记了刚才发生的一切。那个女孩子好像什么事都没发生，就走开了。

林源源很生气，就在这时，奇怪的事发生了。林源源的屁股后面长出了九条火红火红的尾巴，"天啊！"我不由得捂住了嘴巴。林源源的耳朵也变成了两只尖尖的狐狸耳朵，同学们（除了我）都被施了幻术，没有看到她的变化。我小声问林源源："你是九尾狐吗？"

林源源摇了摇头，让我松了一口气，我可不想和九尾狐做同桌。

五、我也有尾巴

今天，五班的张邻花来找我玩儿，我们没谈几句就开始吵架了。

我怒气冲冲地回到了林源源旁边，林源源不停地劝我。这时，我的身后长出了九条银白色的狐尾，头上长出了银白色的尖尖的狐狸耳朵。

"你也有九尾？"林源源先吓了一大跳，之后与我更加亲密了。她和我的感情又深了一层。

六、露出马脚

如果我出师不利，很容易会被看穿，所以我很紧张。

我把九条尾巴赶紧收了回去，感觉眼睛好涩呀！我对着讲台眨了眨眼，老师讲桌上所有的东西不见了，所有同学包括老师的幻术都解开了。

"你的法术比我高！"林源源小声对我说。我内心很激动，"砰"，我的耳朵又变成狐狸尖尖的耳朵。我在心里暗叫不好，金老师朝我走过来，对我大吼："你竟然上课带猫耳朵，快去扔了！"我用蓝光盯着她的眼睛，此时的金老师变温柔了很多。

林源源悄悄竖起大拇指："好厉害，我的法术都做不到！天啊！这是狐族中法术最高超的人才能做到的！你是什么来历啊？"

我是什么来历？其实，我也不知道，可能是天生的本领吧！

七、神奇的时间能量

回到家，我感觉太累了，用目光把门锁上了。然后，我看了看时间，现在已经五点钟了，我需要休息一下。我睡了一大觉醒来发现，时间居然还是五点钟，不对吧？不过我也没多想，是不是自己记错时间了呢？我用九尾盖好自己，又睡了过去，醒来却发现还是刚刚的五点钟。

我发现自己的手指在抖动，天啊！我在吸取时间能量。时间飞快地向我身上涌来。突然，我的手指停止了抖动，时间又恢复了正常。

八、能量球

今天我到了学校后，感觉太累啦！我在桌子上趴着睡了一会儿。我醒来后，林源源在我面前玩起了魔术。只见她的手左动动右动动，然后双手合在一起，一个亮亮的魔法球便在她手中出现了。

我突然惊醒，发现这只是一个梦。我开始练习——手左动动右动动，再把双手合在一起，果然一个非常大的深蓝色魔法球从我的指尖冒了出来。

林源源正准备进来，看见我手中的球，惊呆了。"能量球！"她情不自禁地大叫起来。

我停了下来，用目光盯着她。

她用不可思议的目光看着我，问："你是万星姐姐？"

"什么万星姐姐？"我不明白。林源源继续说道："我的姐姐跟你一

样是银白色的，叫万星；而我的能量球是火红色的，我叫万依。"说完，她眼中涌出了泪水。

我的心好像被什么东西刺了一下。

九、上古神兽

我从图书馆借了一本书，怀着好奇而激动的心情。"我和她到底是什么关系？"我小声嘀咕着打开书，一页一页地找。

终于，我找到了和我尾巴差不多的动物，上面写着"九尾狐"。

我果真是九尾狐，林源源也是，难道我们都是上古神兽吗？不是说上古神兽都已经灭绝了吗？

十、我记起来了，妹妹

林源源越来越觉得我像她姐姐，叫我姐姐也叫得更起劲儿了。

今天林源源又来找我，我转身要走，她大声哭了出来："姐姐，你不要万依了吗？"

这一句话好耳熟，我头上发出一丝丝热量，蓝光照向我全身。一个菱形片在我眉间出现，蓝光过去后，我的头发变成了深蓝色。

我向林源源奔过去，边跑边喊道："我记起来了，妹妹！"林源源愣了一下，边哭边喊："姐姐，姐姐！你终于想起来了！"

我抱住了林源源，就在这时，教室里枯萎的花都活了。

"我记起来了，妹妹！"一道光从我们身上散去，化作满天的星星。

十一、灾星男孩儿降世

我和依儿回到了我们的家乡"格帕尔星球"。

我们的母亲万云女王又给我们生了一个叫万飞的弟弟。弟弟万飞成了我们格帕尔星球的大灾星，因为棕色是我们格帕尔星球的灾难色，而万飞

是棕色的，所以母亲不顾大家的反对把万飞送到了地球上。

地球上，我的养母陈真宁妈妈很快便知道了此事。她告诉我隔壁邻居生了一个儿子，给这个孩子起名叫郭明。我跑到邻居家一看，这不就是弟弟万飞吗？

最近，我的邻居郭阿姨家不是着火就是淹水。万飞这个小灾星正湿着九条小尾巴踩水呢！他是一只棕色的九尾狐。我们的母亲万云女王长得非常美丽，她有着梅花红的九尾，高贵极了。妹妹万依是长得像万云女王的九尾；我像爸爸万克，爸爸万克是一只全身雪白带点儿柠檬黄色的九尾。留在妈妈身边一直陪伴妈妈的万羽姐姐，是我们当中最大的，她有着天蓝色的九尾，特别漂亮。

弟弟万飞的出生会给地球带来什么样的灾难呢？

十二、世界恢复

万羽姐姐下凡了，她成了我楼下的孩子——郭丽可。

今天，万飞的凡间爸爸带他、我、万羽、万依去爬山。

才5岁的万飞对山十分好奇，拉着我、万羽和万依离开大人，到另一边爬。我们尽力离万飞远一些，但作为他的姐姐又不得不保护他。

我、万飞、万羽和万依放开九尾，飞了上去。我们很快到了山顶，刚到山顶，山尖就被踩成平的了，我们都把目光看向万飞，万飞摇了摇那九条棕色的小尾巴，仿佛十分得意。

我们去了很多地方，万飞这个小灾星总是能把所有东西弄得很糟糕。

我、万依、万羽不得已手心对着手心，结出了一个大大的世界和平球，驱使它飘向四周，让所有的一切都恢复了原貌。

十三、消失的人类

所有的一切都恢复原貌后，我们都累得筋疲力尽，万飞、万羽、万依都来我家休息。

来到我家，我发现妈妈陈真宁和姐姐陈依芳不见了。我们到万飞家，发现万飞的爸妈也不见了，万飞哥哥郭河也不见了，万羽爸妈也不见了，万依爸妈也不见了。

怎么回事？街上冷冷清清的，没有一个人，平日热闹的小院也没了声音，大楼上也没有声响，更没有亮灯。

所有的人类都不见了。

十四、大战利克赛王

正想着，万羽跑了回来，对我说："万星，你快看呀，那儿有血迹和脚印！"我顺着她指的地方看去，果真有血迹和脚印！

我们顺着血迹和脚印的方向走去，发现了一座高大的黑塔，我们好像来过这里，这是——魔域！

万羽让我们翻腾起九尾，从云端向黑塔出发，黑塔上挂着一条黄丝带（这正是万稀喜欢的颜色——上面写着利克赛王）。

"利克赛王不会是万稀吧！"万飞边说边用一条尾巴卷起黄条。

这时利克赛王大笑着走了出来，身后跟着一个风华绝代的少女，我们齐声大叫："万稀！"

万稀吹了吹手指，说："想不到你们还记得我。"万稀的身后还跟着一个少女。"万诺！"我们又惊叫了起来！

"惊不惊喜啊！万羽、万星、万依、万飞！"万羽和万稀对视了一下，万羽和我们扬起了九尾，万稀和万诺也不甘示弱。

万稀展开了她那火焰色的九尾，万诺扬起了奶油色的九尾。这时，我发现万稀手上有个东西在控制万诺。我该怎么办呢？出于本能，我的眼睛里射出蓝光击中了万稀的手。

万稀痛得松了手，万诺头发上的发卡消失了，万诺那金色的辫子一下子甩在我手上，我感觉到一阵痛。

万稀笑着站了起来，这时万诺用九尾变出锋利的针向万稀刺去。

万稀手一转，那些针立刻改变了方向，向我们飞来。

万依冲万稀大喊："你忘记我们当初是姐妹了吗？"

万稀听了这句话，不由得呆住了。在针即将要刺到我们的那一刻，万稀闪电般来到我的面前。她张开了九尾，针全都扎到了她身上。她没有说话，便倒了下去。

我们焦急地跑过去，用手拍着她，不停地喊着："万稀，万稀！"可万稀并没有醒过来。

我用尽了所有的力气，边拍打她边喊着她的名字。万稀终于努力地睁开了双眼，她醒了……

十五、纳诺湖水怪

万稀恢复了，火焰色化为一片淡粉色。

这时，万羽对我们说："万稀告诉我们，回家要穿过纳诺湖，纳诺湖里有约90米高的大水怪，长得像大章鱼，不管是天上飞的还是地上跑的都躲不过它的攻击。纳诺湖很危险，我们要加倍小心才行。"说完，她在我们每个人（包括自己）嘴里塞了一块不能发出声音的糖，我们立刻变成了"哑巴"。

我们张开九尾无声无息地飞行。这时，领头的万羽和万稀注意到了水下的动静，转头示意我们。我们立刻躲在云朵上面，刚躲好，纳诺湖就翻起了波涛，一个巨大的水怪冲破了云间。大水怪发现了我们，在他的眼里，我们小得像一个个玩具，只听大水怪说："之前已抓住两个，现在一下子又多了六个！"万稀激起九尾，朝大水怪发射出一个大火球，大水怪快速一闪，这火球没打中大水怪，倒把大水怪激怒了。

大水怪只用一个爪子就抓住了我们，接着便要往海里去。"糟了，在海里我们无法呼吸，会昏过去的。""海中呼吸丸还在吗？"万依问，万羽连忙摸摸口袋，"还在！"万羽给我们每人一颗，我们都吞了下去。

这时，大水怪带我们沉了下去。海水好深好深。大水怪带我们来到了一座大房子里。

十六、水怪波尼思

大水怪把我们扔进一个小房间里，随手把门锁上。借着窗外的一丝光亮，我们看到了角落里昏迷的万月、万晴。

万羽冷静地说："她们没有吃海中呼吸丸，所以昏迷了！"说完，她要我和万稀分别放一颗丸子在她们口中。

她们俩渐渐地清醒了过来，"我们这是在哪儿？"她们小声说着。我们从暗处走了出来，她们吃惊大叫道："万稀、万羽、万星……"

我想问她们是怎么来到这里的，可是被万稀打断了："万月、万晴，你们是被大水怪抓来的吗？"

万月说："万稀，这大水怪叫波尼思，她其实是……""是谁？"我急忙问道。"被控制的万姵！"万月小声说。"万姵？"我们都惊得目瞪口呆。

"是啊！"万晴附和着点点头，说道，"她抓我们时，我们看见她手腕上有妈妈送给她的手镯。"

"万姵，你在哪儿？"我们对窗口大叫。

十七、我是你的妹妹——万姵

我突然停了下来，问万月："万姵怎么会变成大水怪？"万晴把万月挤到一边，抢着说："好像是万雪和万凤控制了万姵，把万姵变成大水怪！"

这时，大水怪走了进来，所有人都扑了上去，大叫："万姵！"大水怪愣住了。

我发现万姵正在石化，她变成了一座雕像。忽然，石头裂了，万姵轻盈地摆动着柠檬黄色的九尾从里面飞了出来，那土黄色的长发拍在地面上，扬起一片水花。

万诺扬起奶油色的九尾飞快地冲过去，塞给她一颗海中呼吸丸。她吞了下去，在海里与我们嬉戏起来。

144

十八、黑化的万雪、万英

我们离开海洋时，万雪和万英在不远处的小山丘上望着我们。

万婳见了她们，飞似的躲到万月身后。万雪冲万婳说："万婳，你竟然……"话没说完，她便张开翠绿色的九尾向我们飞来，万凤也随后张开夕阳色的九尾飞来。

万月没有防备，被万雪推倒在地。万晴忙张开淡紫红的九尾和万月的九尾连在一起，万月立刻站了起来。

"啊，啊，啊！"远处传来万婳的连声惨叫。我们循声望去，只见万婳被打倒在地，腿上血流不止。"住手！"万月跑过去，用水晶紫的九尾护住了万婳。万雪嘿嘿一笑，眼里闪出一道黑光，天啊，她们黑化了。

十九、万依的秘术

她们用黑光照着我们，黑光形成一个黑棚，把我们关在了里面。

万依心施一计，冲她们说："万凤姐姐，万雪妹妹，我们是姐妹啊！别扔下我嘛！"

说到撒娇的功夫，万依可是第一名！万雪和万凤眼中的我们清晰了。万依接着说："你们不会忘了我们吧？！"

万雪和万凤清醒了过来，见我们关在里面，不解地问道："难道是我们干的？"

"别废话，快点儿救我们出去！"万雪那翠绿色的九尾在上面一点，黑棚立刻被打开，我们出来了！

二十、万容迷烟

我们接着走，来到了一片雨林子，林子里灰蒙蒙的。我们每人变出一把雨伞，走了进去。不一会儿，我们都有了幻想。我们每个人等雨停了，

雾散了，才醒来，我们每个人仿佛都做了一个梦。

一个巨大的怪兽向我们冲了过来。就在怪兽要抓到我们时，一股迷烟向我们飞来，我们顿时晕了过去。醒来后，发现一个声音在上面叫："你们快点儿醒过来呀！"

仔细一看，是万容。咦，什么东西绕着我的脖子？原来是万容那两条粉色马尾辫绕着我的脖子。我移走她的头发，坐了起来，问她："刚才是你用的迷烟吗？"她认真地点点头说："是啊！是我的迷烟，我叫它万容迷烟。"

二十一、返回格帕尔星球

"在地球上待久了，我好想家呀！"万婳边说边摇动着土黄色的长辫子。"对呀！"万稀附和着说。

我、万稀、万诺和万羽四人合力变出了一架飞碟。我们走了进去，里面可真大呀——足足可以站 20 个人。飞碟里有 12 把椅子，我们都坐了上去。万羽和万稀掌握着遥控器，让飞碟飞回格帕尔星球。万凤和万容大叫起来："我们不要回去！"可是姐姐们还是让飞碟返回了格帕尔星球。

格帕尔星球，我们回来了！

（作者系湖北省武汉市硚口区崇仁寄宿学校六（1）班学生，小作家班学员。）

时空之门

 杜明轩

一、百慕大惊魂记

这年夏天，身为探险家的我决定乘坐一艘名为"泰尼坦克"号的小帆船，驶入茫茫大海，体验荒岛求生之旅。

带了一些干粮和一些探险必备物品，我便上船了。早上九点多，船驶出了港口，缓缓地朝浩瀚无边的大海前进。

大约是在下午四点的时候，导航仪开始发出了叫声，红光闪起，是警报！我心中一沉，急忙走了过去。一看导航仪，我不禁大惊失色！

从导航仪上的显示可以看出，我现在正在号称"魔鬼三角洲"的百慕大三角地区！

天啊！我的船明明是往地球南边的印度洋方向行驶，怎么会在几个小时之内就跑到三千多公里外的大西洋，也就是地球的西边。要到这儿，以我这艘小帆船的速度，最起码也要航行一个月呀！这究竟是怎么回事？

正当我胡思乱想之际，外面发出"轰"的一声巨响。我急匆匆地从船舱内跑到甲板上，只见外面电闪雷鸣，狂风大作，乌云密布，海浪滔天。总而言之，这是极为诡异的天气。

我心想大事不好，要出事！说时迟，那时快，就在我快步奔进船舱，逃离甲板的那一刻，一阵大浪突然袭来，打在了甲板上。只见前面的木头

已经完全被打断，后面也有许多的木头被掀进了大海，甲板上已经完全不能站人了。

唉！可真是有惊无险啊！我望着海上的天气，望了望已经残破的甲板，不由得喊道："这个鬼天气！还有百慕大三角，我是不是要命丧在此啊，这艘破船干吗叫作'泰尼坦克'号呢？这名字也太不吉利了吧！真是的！"

就在这时，又一个浪头打了过来，我一个没抓紧就掉进了海里。我还在海里拼命挣扎时，更可怕的事情发生了。只听见"咔嚓"一声，我的"泰尼坦克"号小帆船本来就不太结实的船体终于在海浪巨大的冲击下裂开了，在我绝望而无奈的目光中慢慢下沉，就和"泰坦尼克"号一样，永远地沉入了大西洋的底部。

"不！不！天哪！救命！救命！谁来救我呀？啊——"我紧紧地抱着不知从哪冒出来的一块浮木放声大叫，在一望无垠的大海上，显得非常无助，非常孤单。我不断地环顾四周，在大海上努力地搜寻着，却一无所获：没有找到任何可以歇息的岛屿。

我绝望了，彻彻底底地绝望了。等待我的结局，要么是被鲨鱼吃掉，要么是被大浪吞没！

转眼间又一个巨浪突袭而来，我干脆把眼一闭——在这等死吧。然而，就在这时又发生了一件完全意想不到、亦真亦幻的怪事……

二、虫洞

就在浪头快要吞没我的时候，我绝望地闭上了双眼，认为自己必死无疑。可是，我等啊等，等了大约五分钟，我竟然还活着！

不对呀！我睁开了眼睛，嗯？

只见天空中出现了一个巨大的黑色旋涡，好似龙卷风一般，只是它根本不吸那些海水！

那些要吞没我的海浪，已全然不见。所有的海水都脱离了地球的引力，像水柱一般，将我团团包围。我的四周就像布满"水盾"一样，将我保护了起来。

天啊，这场面也太震撼了吧！

就在这时，我的身体也像脱离了地心引力一般，离开了海水，悬浮在空中。我被一股神秘的力量托举着，慢慢升空，朝空中那个神秘的洞缓缓飞去。

一眨眼的工夫就来到了洞口，我还没明白是怎么回事，就被吸了进去。

一进这神秘的空中之洞，我就被一股强烈的白光刺得睁不开眼。这样持续了大概十秒，这束白光就消失了。

我感觉到好像没亮光了，就尝试把眼睛睁开一条小缝。真的没亮光了！我睁大了两只眼睛，放眼向四周望去，想要一探究竟。

这是什么鬼地方？

那个洞竟是绿色的！就这样，我在这神奇的洞中不停地穿梭着，最后我发现这个洞很窄，而且十分长。在最窄的地方，我只能匍匐前进。此时，依然有一股神奇的力量推着我向前走去。我刚才还像鸟在空中飞，现在就像鱼在水里游。

我被不停地推着向前进。在前进的过程中，我就一直思考：莫非这就是科学家所推测的虫洞，抑或是黑洞？

走着走着，我忽然感觉这洞有些不太对劲儿呀！为什么我感觉它变得越来越小，越来越窄？

突然，出现了一声爆炸似的巨响，我感觉到有什么又硬又软、又重又轻、又大又小的极为奇怪的东西砸到了我的背部，我暗暗吃了一惊。

不好！一个念头在我脑海中瞬间闪过。

如果这真是虫洞，我穿越进来了就有可能回不去了，因为按照科学的理论，它有可能发生坍塌、变形，导致扭曲。而如果这是黑洞，那这是要把我撕碎的征兆了。就算这是普通的山洞，要是有石头掉下来也意味着它即将要倒塌。

不管是什么动物都有危险，如果稍不注意，就会像刚才我在海中的遭遇一样，有性命之忧！

来不及多想，我现在唯一能做的一件事，就是加快速度，冲出洞去！

可是，我却发现我的身体已被某种神秘的力量控制，完全动不了了！

腿脚也根本不听使唤了！

我已经明显地感觉到不断有东西向我砸来，我的头开始有些晕，胸部开始疼了起来，呼吸也变得越来越困难。要是再多耽误一些时间，恐怕我真的完了！

怎么办？我急得直冒汗，就像热锅上的蚂蚁。正当我万分焦急的时候，我却突然发现我的行动速度自动变快了！

我大喜过望，高兴地大喊："加油啊，快点儿呀，一定要坚持住，冲出这个鬼地方！"

就在洞门即将关闭，整个洞快要崩溃、坍塌的时候，我如同一支离弦的箭，又如同一头猎豹，极速冲出了这个洞。

完美！又一次死里逃生！我长出了一口气。

我刚一出来，那洞就消失了，再也找不到了，就好像从来没有发生过一样。

可是，我却感觉，一出那个洞，身上那股神秘的力量就消失了。我像坐过山车一样，过了最高点后直接从天空以一条笔直的垂线往下坠落。这也太恐怖了吧！我要是直接从大气层坠落下来，还不得摔死！

我就像一颗投下去的原子弹，速度极快。夸张地说一句：我都搞不清，是我的速度快，还是宇宙飞船的速度快！

也不知是速度太快，还是高度缺氧，抑或是因为我心里极度恐慌，我竟然在下坠的过程中昏迷了！所以，整个过程中，我都不知道到底发生了什么！

当我醒来的时候，我已经落地了，已经在地球的土地上了。

我再一次松了一口气，心中暗想：哈哈，终于回来了！

我放眼四周，等等，这是哪里啊？这……还是地球吗？

三、未来世界

望着周围这片陌生的景象，我有些疑惑：我到底在哪儿？这时，我看见路边一座雄伟的建筑上有一个类似于钟表的东西，那上面赫然写着：

3268年！难道我竟然穿越到了一千多年后的世界？一千年的变化究竟有多大呢？

我遇到了两个人。我看了看他们，发现一千多年后的人类长相变化倒不大，只不过穿着方面发生了翻天覆地的变化。他们身上的衣服很特别：我看见好几处地方都有一些奇怪的按钮，他们衣服的背后还有一个巨大的显示屏幕，就像电脑的显示屏，上面画满了各式各样的奇怪符号。我感觉他们的衣服裤子都是金属做的，看起来无比坚硬。

那两人一人身穿红色衣服，一人身穿黄色衣服。那位红衣男子说话了，说的全是我听不懂的话，我只好摇摇头。

他见状，按了按衣服上的按钮；抬起手臂，衣服里便射出了一道光，照得我睁不开眼。

过了一会儿，他才再次开口，这回说的是我听得懂的汉语。

"为什么你的穿着这么奇怪呢？"

"我……"

"你是不是来自一千年前的地球？"

"你怎么知道？"

我疑惑地望着那个人，心里充满了不解，继续问道："那么，现在的地球，变化有多大呢？"

"很大！比如，600年前，整个地球实现了统一。现在没有国界，统一了语言，我们现在运用的是一种新的语言，叫'新世界语'，也叫'斯托纳语'。"

"那这门语言容易学吗？"

"这门语言的发音像汉语；书写方式是从上至下，从右往左；书写形状像英语。日常生活中，我们用的都是脑电波感应输入法，就是我们只用在脑袋里想，把我们要说出的话默读出来就能识别。现在每一个人都有一个能量储存球。我们一般把它放在衣服的袖子里，衣袖上有一个专门的小洞来存放它。使用时，我们打开它的外壳，取出里面的软芯片，将它贴在额头上，它就能和脑电波产生感应。这样，它就拥有了智能。这时，你想干什么只要想一想就能实现……"

"天哪！我已经不知道你在说什么了！"

"你可能有些听不懂，这对于一千年前的人来说，很难理解。我还是带你出去走走吧。"

（作者系湖北省武汉市江岸区武汉二中广雅中学七（11）班学生，小作家班学员。本文为节选部分。）

地图里的秘密

 朱睿玺

今天本应该是很平常的一天。

如往常一样，我早早地起了床。可与往常不同的是，平时赖床迟到的二哥却很早就去了学校，这其中肯定有蹊跷。我快速洗漱好，拿了几块面包，背起书包就冲出了家门。

我一路左顾右盼，一直到校门口，都没有看见二哥的身影。到了教室里，我看见二哥已经坐在座位上开始晨读。突然他额头上滑落了几颗汗珠，我刚要问发生了什么事，却听见二哥自言自语地说："教室的人真多，热死了。"此时，微凉的风通过教室打开的窗户吹来，真冷，我下意识地缩了缩脖子。再看看出汗的二哥，我心里更加疑惑了。

这一天的课，我一个字都没有听进去，满脑子都在想二哥今天为什么这么奇怪。放学后，我决定跟踪二哥。

放学铃响后，我假装整理书包。等二哥一出教室，我就立刻跟了上去，一直到了一块大石头旁，只见二哥低头从石头缝里拿出一张非常陈旧的图画。看到这一幕，我忍不住冲了出去，从二哥手中抢夺过来，想知道那是什么东西。

可二哥的力量和我相当，争夺中，地图被分成了两半。我刚想再去夺另一半，突然一个紫色的光圈把我全身包裹，我想呼救却叫不出声；身上的一个小伤口也被无限拉扯，疼痛无比……我不知不觉地晕了过去。等我醒来的时候，手上的地图还在，眼前的一切令我不敢相信：长在树上的不是叶子，全是花朵；长在草地上的不是草，是毛绒地毯；微风中充满了淡

淡清香……

正当我沉浸在这美好的世界时，突然一声闷响打破了平静，一个蓝色的圆球向我滚来。我先是愣了一下，看情形不妙，就拔腿逃跑，可是之前的伤口还疼痛不止，地毯沙沙作响，后面的声音越来越大，也越来越清晰。我放弃了与蓝胖子赛跑，静静等待它的到来！

然而过了几秒，并没有发生什么。我抬起头，看见那个蓝色的球直接撞到了旁边的大树。我惊魂未定，后背还有丝丝凉意。突然，蓝胖子开口说话了："救救我，我不会伤害你，这片树林很危险！"我心想，它是谁？如果救了它，它会不会吃了我？正当我犹豫之际，一道黑影从我面前闪过，我手上多了一支录音笔。我喃喃说道："刚才都快被你吓死了，我才不会帮你。"

我继续往前走，一张大网突然扑下来，幸好我及时躲开了，大网覆盖的叶子被切成了碎片。我回响起蓝胖子说的话：树林很危险。我赶紧回头去寻找蓝胖子，此时的蓝胖子已经变得小巧玲珑，他虚弱地对我说："我刚才释放了体内所有的能量，伤已经治愈，但已经没有战斗力，而且寻找不到能量源，我也不可能恢复了。"

我对他的话半信半疑，问道："这是什么地方？你为什么会被攻击？我不知道你叫什么名字，就叫你蓝胖子可以吗？"

蓝胖子点点头回复道："这里是与海格西里星球平行的光葛2.9平地。在这里，我们都分为无极光和地极暗两个世界。可守护这两个地方的立天之锤突然倒塌，地极暗的人疯狂发动战争，杀死我们的居民，抢夺我们的物资。在500亿年前，有七位守护神平定过战争，还动用了所有力量汇集立天之锤，以守护无极光星球。今天我想去召唤他们，可刚刚走到这里就被发现了，还把召唤每位守护神的石头都弄丢了。不过，你……你的手上怎么会有标明守护阵和暗影城堡的具体位置的地图呢？"

我恍然大悟地说道："要不是这张地图，我也不会来这儿！"

蓝胖子惊恐地说不出话，口中喃喃道："难不成你是天选之人？"蓝胖子没有说下去，继续默默地往前走。我追了上去，着急地问他："那我怎么样才能回去？我爸妈会担心我！"

蓝胖子思索了许久，开口道："你应该是地球人吧，很久以前我在一

本书上看到过，你们那里的一分钟是我们这里的一年，所以不用担心。"

"可我二哥怎么办？"我着急地又问道。

蓝胖子惊奇地看着我，说："你二哥是谁？他也来这里了吗？"

"对啊，另一半地图还在他那里呢！"我回答道。

蓝胖子想了想，答道："那就边找石头边找你二哥。"

"好吧！"我无奈地点点头。

············

这里，光葛2.9平地？二哥袁昂看着周围的一切手足无措，嘴里喃喃道：袁轩去哪里了？他摸了一下口袋，突然飞了起来，心想：难道我进入了动漫时代？后来，袁昂在天上与袁轩会合了。

············

"好了。"袁轩严肃地说道，"现在我们有三个选择。第一，正面和它打，但我想你应该感受到了它身上强大的内力，这种打法胜率不足三成。第二，绕开它，继续赶路，但可能会错过过关奖励。第三，你掩护我，我去偷袭。"

"我……"蓝胖子实在不想硬碰硬，但又不能得罪天选之人，只能服从。蓝胖子用刚蓄积的一点点能量，冲上去和那个守护者打了起来。袁轩趁机溜了过去……

（作者系湖北省武汉市江岸区育才汉口小学六（2）班学生，小作家班学员。本文为节选部分。）

梦 精 灵

 陈懿祺

引 子

　　"梦精灵，守护大赛要开始了，我最看好的就是你，你比另外五个哥哥都要聪明，希望你能在地球上找到一个好的参赛者。"一位长胡子的精灵坐在宝座上说。

　　"是，父王！"梦精灵起身飞向了梦界门，走向了人类世界。

　　…………

　　画面一转，早上，小西来到了学校，只见班长在那冷嘲热讽："呵呵，恭喜你呀，全班最低分！"副班长拍了拍她的肩膀接着嘲讽："这有什么奇怪的，五年级开始，她就没考过倒数第二。唉，真是一颗老鼠屎坏了一锅粥。"副班长一边说一边斜着眼睛看着小西，小西心里难过极了。

　　"小西来我办公室一趟！"语文老师夏老师匆匆从教室边走过，扔下了一句话。"哦。"小西低着头，书包都没来得及放下，就走进了办公室。"说吧，第几次来办公室了？"夏老师语气很无奈。"老师，我也记不清多少次了。"小西不好意思地说道。"我不批评你了，就是找你谈谈，为什么考这么差呀？"夏老师叹了一口气。

　　"是我……马虎了。"小西低着头，不敢抬起来，"你哪里马虎了？就是上课不认真听讲，知识掌握得不牢固，六年级了，要加油，你要像一匹黑马鼓起劲儿来，冲在班级的前头。你非常聪明，数学成绩不是一直很好吗？上回考了 80 分呢！"小西望了望夏老师，有些不好意思地说："上回数学简单，好多人都考了 100 分呢！""别人是别人，你在我眼里进步了不少呢。"夏老师摸了摸小西的脑袋，"我们做个游戏吧！如果下次考试你能考 85 分以上，我让你当语文课代表！""真的吗？我可以考 85 分吗？我一定会加油的！"小西兴奋地说。"嗯，老师相信你可以的。"

小西听到老师这样对她说，就像打了鸡血似的。从这一天起，她开始认认真真地听课，乖乖地完成作业。终于放学了，小西走在路上，边走边想："平时考 60 分都难，何况 85 分？可是考不到 85 分，我就辜负了夏老师对我的期望。"

"滴答，滴答——"天阴沉沉地下起了小雨，小西突然觉得压力山大，大树被狂风吹得哗哗直响，路灯一闪一闪的，仿佛在说："呵呵，不自量力的家伙，还想当学霸，下辈子吧！"

小西憋住一口气往家的方向冲去。这时，她看到班上一个喜欢欺负人的同学——小森正举着拳头向一个弱小的同学砸去。小西跑过去用手拦住了小森，小森满脸不屑地说："你一个学渣敢拦我！"接着便准备用另一只手打小西，小西灵敏地躲过了小森的这一掌。紧接着，小西不管三七二十一地用头顶小森的肚子，这下把小森撞倒在地。她连忙牵着那个弱小同学的手逃跑了！小西回到家后，双腿不禁发软，倒头就睡，而她不知道有一个身影一直跟着她……

小西进入了梦境，她梦到考试只考了 50 分，夏老师对她很失望，同学们也用异样的眼光看着她。小西一个人躲在墙角悄悄地哭泣，这时，一个小精灵跳到了她的腿上。他穿着黄色的大衣，戴着紫色的太阳帽，尖尖的耳朵上挂着绿色的袜子，蓝色的灯笼裤脚上还穿了一双人字拖。小西看到这个打扮，不禁笑了。"哈喽，我是梦精灵，你就是我要找的人。"梦精灵十分兴奋地说道。"找什么人啊？你找我干什么？"小西擦干了眼泪，说道："你要和我参加比赛，明天开始训练。""我不去，我要准备考试！""别呀，我有办法让你得高分，但你要和我一起参赛。"还没等小西开口说话，梦精灵就拉着小西的手飞向了蓝天……

一、初入梦世界

"丁零零——"闹钟响了，小西坐在床上叹了一口气。她还沉浸在昨天的梦里，梦精灵拉着她在云层里飞，她看到了很多美景：绿色草原上移动着白色的羊群，一片片金黄色的稻田，好美啊！

"快点儿上学，要迟到了！"妈妈皱着眉头望着手表说。啊，八点了，小西心里一惊，早饭都顾不上吃了，一路狂奔到学校。

"报告！"小西狼狈不堪地跑进了教室。她低着头走进教室。夏老师望着小西，摇了摇头，说道："回座位吧！""哦！"小西低着头走到了座位上。一整天，同学们都在拿这件事嘲笑她，说她学习不好还迟到。洋洋考试总得第一名，但他经常迟到，也没见哪个同学批评他。提到他时，同学们都满脸崇拜。难道学习成绩不好，就做什么都不对吗？

放学了，小西回到家倒头就睡。"哈，你回来得好早呀，作业没写吧？"梦精灵瞟了小西一眼，"今天上学迟到了吧？听说你还被同学嘲笑了。""你怎么知道？"小西下巴都惊歪了。"嘿，等你赢了比赛就明白了。"梦精灵神秘地笑了笑。

"好了，今天不去训练了，带你去梦王国转转吧。""嗯，好啊！"小西心想，嘿嘿，反正我也不想训练呢。梦精灵拉着小西的手，心里默念：摩卡巴卡——梦之门。"嗖"的一声，小西和梦精灵来到了一个空间。

"哇！"小西被这一切惊呆了，独角兽在天空奔驰，天空飘荡着棉花糖，巧克力小溪流淌着，霸王龙躺在洞穴里午睡，超人在与怪兽对抗……"这都是小孩儿童年的梦啊！""是啊，这是他们在梦里的童真童趣！"梦精灵感叹道。

走着走着，小西和梦精灵来到了一道大门前，门口镶着金边，有一个浑身疙瘩肉的精灵走出来，问："你是何方神圣？居然能到梦之门！""我是小西！"小西答道。"是谁让你来这儿的？你是怎么混进来的？"这个精灵生气了，绷着脸，拿着守梦杖狠狠地敲打着地面。"大胆守门灵！"梦精灵叫了一声，"小西就是和我一起参加比赛的候选人。""啊！是，明白了！"守门灵用守梦杖轻轻拍了拍大门，"吱——"门开了。

他们又来到了一个空间，"走！我带你去见国王。"梦精灵很兴奋，可小西却闷闷不乐。"怎么啦？"梦精灵很奇怪。"我怕国王知道我学习成绩不好会不高兴。"小西的声音很低。"不会的，国王和居民都很友好，况且我们这里是不以学习成绩排高低的。"梦精灵笑了笑，说道。小西嘟囔着："这都怪我不争气。"梦精灵摸了摸耳朵上的袜子："你可是本精灵从几亿人中挑出来的才女，自信点儿好不好？""嗯，比赛时我会证明自己的实力！"

小西抬起了头，突然发现这美好的天空像用五彩的颜色渲染出来的一幅画，而且她发现了一件有趣的事情，这里的小孩子十分有权威性，大人必须要服从小孩的指令，而且小孩子都十分聪明，生来就会讲话，会算数，所以他们不用上学。相反，大人要去上学，因为大人要想让自己更有权威性，就一定要学习更丰富的知识。

不知不觉，梦精灵停了下来。"到了！"梦精灵十分兴奋地说道。小西四处望了望，问道："这是什么地方呢？"小西看到了一片长满蝴蝶的草地，这里有许许多多漂亮的蝴蝶在天空中飞翔。天空有一朵巨大的五彩云，散发着五彩的光芒，就像太阳一样照耀着整个王国。

"你们晚上怎么办？这么亮，睡得着吗？"小西笑着问。"这你就不懂了吧？这朵云会魔法，到了夜晚它会变成深紫色，散发出柔和的亮光，可以让居民睡得更安稳。"梦精灵用手轻轻一挥，心中默念，"巴卡沙卡，咕啦叽卡……飞！"小西的身上竟长出了一对翅膀。"哇！我会飞了，好神奇啊！""后面还有你更想不到的事呢！走，见国王去。"

小西不熟练地张开翅膀歪歪扭扭地飞了起来，看上去有点儿滑稽，终于他们飞上了云层。这时，小西看到了一阶阶用云制成的楼梯。"哇！好高啊！"小西正准备飞上去，却被梦精灵拦住了。"万万不可呀，你现在必须用双脚走上去。""为什么呀？"小西很疑惑。"你现在必须要表达出自己的诚心，国王才会召见你。我也是如此，快走吧！"梦精灵笑了笑。

"还没到吗？"小西望了望脚下，离那朵云已有一千米，便说道，"我来梦王国已经有几个小时了，人间还没天亮吗？"梦精灵笑着说："还早

着呢，这楼梯要走十小时才能到达呢。对了，你在人间的一分钟，等于这里的三个小时哦。""唉，才走两小时啊，累死我了，我早知道就不来了！"小西嘟囔着。"别抱怨了，省点儿体力，还没到王宫就累趴了，多损本精灵的形象。"梦精灵瞟了她一眼。

又过了三小时，小西瘫软在了台阶上，四肢像软泥巴，她不走了！梦精灵急了："你平时就是运动少，锻炼少！""拜托，我是人，不是神，你问问别的人，谁能一口气爬三个小时的台阶？不吃不喝呀！"小西闭着眼躺在台阶上，大口喘着气。"唉，我差点儿忘了，上台阶时不能吃任何东西，水却是可以喝的。"梦精灵像变戏法似的掏出一瓶绿油油的液体。"这能喝？"小西瞪大了眼睛，说道。梦精灵介绍道："这是我们这里的卡来菜的汁液，和你们的菠菜营养价值是一样的，味道还不错哦！"

小西早已口干舌燥，小心翼翼地舔了一口，有点儿甜，还有点儿酸，有一股抹茶的味道，微苦，又有点儿像红枣，味道还不错。她喝完后感觉浑身充满了力量，正准备喝第二口，"水"被梦精灵抢了回去。"这水不能多喝，会催眠。"梦精灵瞪了小西一眼。"哦。"小西赶紧爬起来，继续爬台阶。

二、参观梦王国

小西喘着粗气问："还没到吗？""呼，累死了！"梦精灵眯着眼睛，望着直冲云霄的云梯倒吸了一口凉气，"这还是本精灵第一次爬楼梯呢，没想到父王这么狠心把楼梯修这么长。""什么？你是王子？"小西惊掉了下巴。"不像吗？"梦精灵得意地挺起了腰，看起来十分神气。

"你也第一次爬吗？你平时不回家？"小西糊涂了。"唉，平时我以王者的身份可以直接坐电梯，现在我只是参赛者，当然要人人平等喽。"梦精灵又拿出绿色的汁液滴了一口在舌尖上。"电梯，你们居然有电梯？"小西觉得十分不可思议，梦精灵笑了笑说："那当然啦！""快爬吧！"小西催促道。她很好奇，接下来会发生哪些有趣的事情。

"5——4——3——2，最后一阶。"梦精灵吃力地数着，"终于到了，本精灵还是那么帅气逼人！" "哇！" 小西已经连续 "哇" 了好几声，在她的眼前有一座由粉蓝色玻璃组成的梦幻城堡，太漂亮了。"恭喜完成考验！" 一只有着天鹅的羽毛、孔雀的尾巴、布谷鸟的脑袋、夜莺的鸣叫的 "鸟" 站在他们面前。

不等小西说话，她便歪着头说："是参加守护者大赛的选手吧，快来这边报名。" "大鸟" 引着他们来到了一个粉蓝色渐变的小屋里，里面有一只飞马，飞马长着粉色的翅膀，身体是紫色的。他看着小西说道："嗯，不错，第一个到这里报名的，毅力不错呀，你叫什么名字？" "小西！" 小西挺着胸，十分自豪地答道。"嗯，这是一个很不错的名字呢！快去见国王吧！" "走吧，小西。" 梦精灵拉着她的手向王宫走去。

这时，一个长相和梦精灵差不多、脸上长着痘痘的精灵，飞了进来。"哈喽，二哥！" 梦精灵十分友好地和他打招呼。"快让开，小矮个！" 梦精灵的二哥瞪了他一眼，而他身后竟然跟着小西的同学李小山，这个李小山平时就很凶悍，经常和同学打架。"他们也来参赛了吗？" 小西瞬间傻眼了。"二哥从小被母亲惯着，因此他总和那些噩梦王国的恶霸交朋友。" 梦精灵无奈地摇了摇头，"没办法，走啦，小西！去见我父王吧！"

小西和梦精灵来到了皇宫，四周挂着丝绸，可这个皇宫十分奇怪，里面居然没有侍卫。小西很纳闷，问道："皇宫连一个小士兵都没有，难道不怕有刺客吗？" "现在是人人平等的时代，能当上国王，必须要靠自己的真本事，可以靠自己的魔法去打败那些非法之徒。" 梦精灵小声地说，"等会儿国王来了，你一定不要乱动，国王问什么你就答什么，懂了吗？" 小西点了点头。

"累死我了，这破楼梯，等我当上了守护者，我一定把它炸了！" 李小山随后也到了宫殿里，在殿内乱吼道。

"哼，本王子还要爬破楼梯，气死我了。" 梦精灵的二哥此时也飞了进来，随手扯上一小段丝绸擦了擦。

"伊莱，你在干什么？" 一位年长的精灵拿着一个用宝石镶嵌的拐杖走了出来，"可卡，管管你二哥，你看看他都成什么样子了！"

小西很疑惑地小声问："可卡是谁？伊莱又是谁？"

梦精灵小声地回答道："可卡是我的小名，伊莱是我二哥的小名。"

梦精灵对国王介绍道："父王，这是小西——我的参赛者。""嗯，不错，一看就是一个聪明善良的小姑娘！"

"哼，她算什么东西，平时还不是要躲着我！"李小山瞪了小西一眼。

"闭嘴，伊莱你选的是什么人哪？不成体统！"国王呵斥道。

"父王，他虽然没有礼貌，但我看重的是他的能力！"伊莱说。"我很期待你们俩在舞台上的精彩表现！可卡、伊莱，带他们去梦王国转转吧。""是！"兄弟俩异口同声地答道。

小西与梦精灵来到一个旋转的滑梯前，梦精灵对她说："坐这个滑梯下去便到了居民们居住的地方了。"说完梦精灵起身一跃，跳了下去，一阵风似的滑了下去。小西望了一眼这个滑梯，不禁有些害怕，这也太高了吧。小西闭上眼，咬紧牙关还是滑了下去……

"这是哪儿？"小西四处张望。

"这里是居民的住处，"梦精灵不知从哪里蹦了出来，"快走吧，时间不早了，今天只能带你去梦心池了。"

小西挠了挠头，自言自语道："这个晚上还真不平凡呢！"

"哎哟，累死我了，明儿早上我还要上学呢！"小西不耐烦了。

"我的小公主呀，快走了，再不走，你就要回到现实了，我的任务还没完成呢！"梦精灵朝她做了一个鬼脸。

小西却依然缓慢地迈着步子，嘟囔道："好吧好吧，我早看出你的鬼心思了。"梦精灵又念了那一段口诀，小西的翅膀又长了出来。"嘿嘿！"小西变脸的速度还真快呀！"等什么呢？快走吧，天要亮了哦。"小西张开翅膀跟在梦精灵后面。

一路上跑出来不少梦王国的精灵，在一旁像看戏似的，还有的居民在那里喝彩。

"他们好奇怪呀！"小西看着那些居民都望着她，她有点儿害羞。

"他们都是不会魔法的精灵，当然羡慕我们会飞的精灵。"梦精灵头也不回地继续往前飞。

"那你怎么会飞？"小西问他。

梦想·想象七色花

"因为本精灵聪明过人，哈哈！"梦精灵十分得意地笑了笑。

过了一会儿，前方突然有一阵绿黄色的烟雾，其中还泛出一丝蓝光，这时传来了一个十分低沉的声音："是谁？是谁？心地善良？是谁？是谁？心地丑恶？"

"老兄，不要搞得这么恐怖好吗？吓到客人啦。"梦精灵翻了翻白眼。

"客人，谁是客人？"这时，一个黄色的小圆球蹦了出来，他鼓着腮帮子，样子十分可爱。

"快进来吧！想看一看梦心池吗？"那小黄球十分热情，拉着小西的手，来到了一间小屋子里。

"喝茶！喝茶！"小黄球很热情地递给小西一杯蓝色的液体。

"哟！老兄，今天挺大方呀！梦心花都拿出来泡茶了？给我也来一杯呗！"梦精灵说笑道。

"一边去，这不是来了贵宾吗？要知道我这儿很少来客人的。"小黄球吐了吐舌头，他对小西说："我叫一凡，我们以后就是好朋友了。""我叫小西。"小西也十分友好地说道。"来喝吧，喝完之后带你去梦心池。"

小西看着这蓝色的液体，用嘴轻轻地抿了一口，清甜爽口。于是，她放开喉咙"咕嘟，咕嘟"地几大口就喝下去了。喝完后有一阵幽香在嘴里回荡，小西问道："这梦心花的味道还真不错，一凡，你在哪里采到的？"

"嘻嘻，这可是在梦心池边生长的花哦，十年长成花苞，十年开花哦，一次只开十朵花，这是梦王国最稀有的花！"一凡笑了笑，说道，"走吧，带你去梦心池去，说不定还能见到这花呢！"

一凡领着他们二人来到了梦心池。这神奇的池子上空氤氲着烟雾，小西很好奇，便悄悄走过去。凑近一看，小西惊呆了：在水里，她看到一头母牛妈妈站在一只狼面前，用自己的身躯当坚强的肉盾，保护着小牛犊，尽管身上被狼咬出了一道道血印，但老牛依然竖起了角，向狼一次次顶去……

"这母牛妈妈不正像我们自己的母亲吗？是呀，母亲为我们付出了太多太多，这是人间的亲情呀！梦心池也会知心，通过事例反映着精灵或人的心地。"一凡笑了笑，"小西已经有能力担当守护者这个重要职位了。"

163

"唉，"梦精灵意味深长地叹了一口气，"还有一个深不见底的黑洞，等着她去完成。"一凡绷紧了脸，严肃地说道："那个黑洞指巅峰之路吧！"梦精灵并没有回答。

"走了，还有四个小时你就要回去了，带你去梦幻游乐园吧。"梦精灵把池边的小西拉了回来。

"那里好玩吗？"小西还沉浸在刚才的故事中。"嗯，你去了一定会终生难忘的。"梦精灵神秘地一笑。

小西瞟了一眼梦精灵，说："别卖关子了，快走吧。"

"行。"梦精灵摸了摸袜子。

"你为什么总在耳边挂双袜子呀？"小西觉得很奇怪。

"这可是权贵才智的象征！"梦精灵很自豪地说。

不久，他们就飞到了梦幻游乐园，突然一阵吵架声传到了他们的耳朵里，"快让本大爷进去！"一个人恶狠狠地说道，听声音就知道是李小山。

"不行，这里是梦幻奇境，如果没有喝梦心水，是不能进去的！"一个带着卡牌的紫色皮肤的小精灵说。

梦精灵的二哥伊莱很生气地说："我爸是国王，我是他的二儿子，小心我把这炸了？"

"快让开，我可是未来的守护者！"李小山十分生气地说道。

"那也不行！"小精灵说道。

李小山想硬闯进去，小精灵发怒了，说道："这是我们的职责，你们不准进去，这也是为你们的安全着想，梦心水可以让大脑处于清醒状态，不让你们在魔镜里昏迷！"伊莱他们只好作罢……

（作者系湖北省武汉市洪山区鲁巷小学六（4）班学生，小作家班学员。本文为节选部分。）

小人国历险记

 孟儒涛

引 子

轰隆隆，窗外风雨交加，大树被风刮得张牙舞爪，雨不停地下，好像天上有人在大哭。

其实真正想哭的人是我。唉，命苦啊！我一直到了11点30才把所有的作业写完。我揉了揉眼睛，迷迷糊糊地上了床，却突然感觉头有点儿疼痛，一开始只是有一点儿刺痛，但那种感觉就像是开了闸的洪水一样：我的头越来越疼，越来越疼，疼得我满床打滚，疼得我大汗淋漓，疼得我的视线都模糊了。突然闪过一道白光，像坐过山车一样，我来到了另一个世界。

这里有蓝色的天空，小鸟在大树上唱歌，广阔的原野一望无垠。我打了自己一下，真疼！这不是梦，而是一个真正的美丽世界。唯一让我感到迷惑不解的是，我的身体变得跟以前不一样了，我好像变成了一个小人，只有蚂蚁那般大小。

一、沉没的小人国

"哎，你知道不，咱们王国要来一个新公民。"小人国一下炸开了锅，大家议论纷纷。没错，正在被议论的那个人就是我，而那些进行热烈讨论的"人"正是这个美丽新世界的原住民——一群蚂蚁般大小的小人们。

虽然我刚来不久，但我很快就成为小人国的焦点人物了。这不，我的面前出现了一个打扮跟其他人不同的小人。看他的穿着，他应该是身份地位比较高的大臣。我还没来得及说话呢，这个大臣就抢先一步问道："咦，怎么看这位公民眼生啊？哦，我知道了，你是从陆地上来的吧！那你可太幸运了，我们小人国的女王决定采用抽签的形式将从地球上来的某个人变成小人，让他来这里体验生活。你就是七十亿分之一的那个幸运之人。"

"哦，对了，我们是一座沉没的海岛。与其他国大战时，我们战败了，牺牲了无数将士。从那以后，这一块土地就此沦陷，一直沉入海底，你现在可以像鱼儿一样在海里自由呼吸。因为我们四周都有结界，海水浸不进来，所以我们不会被淹死。"我连忙道谢，这跟我想象的完全不一样，没想到这里的人这么热心肠。

这个大臣又说："咱们交个朋友吧！我叫赵紫心，以后你叫我紫心就行。对了，你叫什么名字呀？"我不好意思地说："我叫孟小涛。""哦，行！咱们现在是朋友了。我们王国呀，有几个出了名的通缉犯。"说着，赵紫心把"通缉犯"的照片拿了出来，一共有四张照片。赵紫心提醒我："你一定不能遇到这个人——小人国的终极霸王——石小军，虽然他的名字很有风度，但王国里有一半多的犯罪案件不是他本人干的就是他的手下干的。他的手下遍布各地，你一定要小心呀！"我非常感激地说道："谢谢你，紫心！"赵紫心笑着说："没关系，谁让咱俩是朋友呢！"

"哎呀！差点儿忘了，咱们还没有拜见女王呢！赶紧走吧，去晚了，女王会不高兴的。"我连忙迈着小碎步，紧跟在赵紫心的后面。

我们来到了女王的宫殿。哇，这些装饰好精美呀！墙壁上雕刻着凤凰、仙鹤等，女王的宝座是用黄金雕成的，那精致的把手，那华美的靠背，真是富丽堂皇。旁边还有许多侍卫，守在女王身边。我学着赵紫心的样子，给女王请安。女王长得很漂亮，水汪汪的大眼睛，长长的腿，散发着一种与众不同的气质。

拜见过女王后，我们就要安排住处了。我们来到了离女王差不多一千米的地方住了下来。这里也不赖，虽不像女王的住处那么精致，但也宽敞明亮。况且我的要求不高，对我而言，房屋不潮湿、不阴冷，有一张舒适的床，有电视看就可以了。

二、遭遇石小军

阳光照在了我的身上，我不情愿地起了床，肚子早已经饿得前胸贴后背了，时不时地发出"咕噜噜"的声音。

我这时才发现，我不会做饭，离开了爸爸妈妈，我什么也不会做，只好走出家门去寻找食物。我不知不觉走到一片果树林，那里有红彤彤的苹果，还有香蕉、椰子……

我迫不及待地跑过去，飞快地爬上了苹果树，可是果树太高了。但只有坚持才能胜利，我的脚紧紧地攀住大树，一刻也不敢放松。突然，脚一滑，差点儿滑了下去，我再一次爬了上去。终于，我看见了一颗又大又红的苹果，我迫不及待地张大嘴巴，狠狠地咬了一口。哇！太好吃了，香甜可口，苹果汁都流出来了，简直就是人间美味啊！

因为我变成了小人，胃也变小了，所以这么大的苹果我只吃了十分之一就饱了。

我正心满意足地抹着嘴，忽然后面传来一阵咔嚓声，我吓得连忙藏在苹果的后面，定睛一看，原来是好朋友赵紫心。我连忙出来迎接她，热情地问道："好朋友，你怎么来了？"赵紫心回答道："唉，我早上给你送饭，结果你不在家，心想，你肯定来这里找食物了，整个王国只有这里才有好吃的果子。"我挠了挠头，说："谢谢你，紫心，你对我太好了！"

突然，我们听到了一声悲惨的叫声——"啊！"接着传来一句话："你要干什么？你这个通缉犯！"我们心里一惊，这里竟有通缉犯？我们连忙赶过去，躲在一棵大树后面观察情况。天啊，竟然是石小军，没想到能在这儿遇到他，可怜了那个被拦住的人。石小军对那个人说："快点儿拿出钱来，还能保住你的小命！"他手里拿着一把刀，那把刀像月牙，看上去非常锋利。

那个人心惊胆战地说："不不不……不行！你……你……别过来！"

我和赵紫心用眼神沟通了一下，决定要救那个人。我们计划拿一个小

石子，吓一吓石小军，在他分散注意力的时候逮捕他。

我先扔石子，赵紫心再扔。石小军果真被吓了一跳，大声吼道："是谁？谁在打我？"当他左顾右盼时，赵紫心又一击，这回把石小军激怒了。我们立刻从树后面跑出来，快速地将石小军按倒在地，可他那么大的块头，我们两个人岂能按得住？说时迟，那时快，石小军把我们两个举了起来。那个被抢劫的人也加入战斗，她抱住石小军的腿，然后用力一拉。石小军摔倒在地，晕了过去。于是我们抓紧时间和女王通了个电话，女王迅速派了十几个士兵前来押送石小军。太棒了，除掉了小人国中的一匹害群之马。

女王各赏赐我们"黄金万两"，我们便成了小人国中的富豪。

那个被救下来的小人对我们说："谢谢你们，我叫李晓北，咱们交个朋友吧！"我们齐声说："好呀！"

三、冒险启程

早上八点，外面下着暴雨，乌云密布，我今天哪都去不了，只能在家里待着。

幸亏这里有电视，不然我要无聊到啃桌子了。

"咚咚咚——"外面传来一阵敲门的声音，我很纳闷，这种天气，还会有人来串门？我开了门，一看，原来是赵紫心！我们正玩得尽兴，突然，又传来一阵"咚咚咚——"的敲门声。咦，谁又在敲门啊？我满脸疑惑地走向门口，打开了门，见一个又瘦又小的小人蜷缩在我面前，弱小无助。赵紫心也下来看，我们看她特别可怜，于是就收留了她。

我们给她盖好被子，又给她接了一杯热水。不一会儿，她就睡熟了，我和赵紫心小心议论道："喂，紫心，你认识她吗？"

赵紫心小声回答："我没见过，虽然我见到过很多公民，但是我真没见过她。"

聊着聊着，我和赵紫心都睡着了。

转眼间，天亮了，我们三个人几乎同时爬起来。

那个人揉了揉眼睛，突然，她用右眼瞟见了我们，一脸惊恐地问："你……你们是谁？我……怎么在……在这儿？"

赵紫心抢先一步："你昨天敲了我们家门，我们开门，发现你已经奄奄一息了，我们就决定先让你在这儿住一晚上，我是王国的大臣——赵紫心。"

我也开始介绍自己："我叫孟小涛，是从陆地上来的。我们还有一个好朋友叫李晓北。"

那个人见我们俩这么热情，就没再说别的，落落大方地说道："谢谢你们救了我，我叫李晓南，你们那个朋友的名字和我的名字有点儿相似呀，不会是我失散多年的姐妹吧？"

我和赵紫心定睛一看，她们俩长得还真有点儿像呢！

我们商量后一致决定，把李晓北带到李晓南的家里。

我们一起来到李晓南的家里。哇，超级豪华，房子差不多有三四个我家那么大，双层的，里面全是用黄金雕刻成的物品。

这时李晓南的爸爸出来了，满脸担心地问道："晓南，你昨天晚上去哪儿了？我和你妈妈找不到你都报警了。"

李晓南回答道："爸爸，她们是我的救命恩人，我昨天迷失了方向，找不到家了，饿得昏沉沉的，是她们救了我。"

晓南的父亲握住我们俩的小手，非常感激："谢谢，谢谢你们救了晓南，留下来吃顿饭吧！"我们也不好推辞，便答应了。

这饭菜太丰盛了，有肉，有鱼，有烧烤，最重要的是有饮料。

我们吃得正香，李晓南爸爸的目光却锁定在李晓北的身上。他先是一愣，然后突然想起什么似的，说了一声："失陪一下。"就急匆匆地走向三楼储物间。

里面有好多李晓南小时候的照片，突然，我发现除了李晓南还有另外一个小孩儿，李晓南的爸爸盯着手中的照片，再看一看李晓北，赶忙把李晓南的妈妈叫过来，在一旁小声嘀咕着。

过了几分钟，李晓南的妈妈哭着跑过来。李晓北还没有反应过来，李晓南的妈妈就边哭边说："女儿啊，你记不记得，你四岁那年和我们走散

了，我们找了你好几年啊！"李晓北一下子愣住了。经过晓南妈妈的提醒，李晓北想起了一些往事，她和妈妈抱在一起哭了起来。

母女重逢自然有说不完的话，接下来的几天，我们哪里都没去。不过闲在家里时间长了总会觉得无聊，于是我提议去远一点儿的地方看一看。

赵紫心说："我从小在森林里长大，小时候有个最好的玩伴——小狼斯卡尔。"

赵紫心继续说："它非常可爱，非常乖巧，长大后，离开了森林，就再也没有见过它。"

我们三个也有些跃跃欲试，我第一个提出建议："我想，我们可以去森林找一下斯卡尔。我们还可以组成一个冒险队，就叫海底四剑客。"

她们三个纷纷表示同意，但是新的问题来了，我爸妈不在，我可以想干什么干什么，但赵紫心、李晓南和李晓北就不一定了。

李晓南建议："我们可以瞒着妈妈和爸爸，就说去森林里玩儿几天，决不瞎跑。"

我们觉得也只能这样了。

她们各自回家，我都能想象到他们说服爸妈的情景：保证去了以后不乱跑，带上手机每天视频确保没有受伤……

第二天，我们八点集合，李晓南和李晓北各拿着一根电棒，赵紫心也拿了一根电棒。我随手携带了一把防身的匕首。我们带着帐篷、水、食物……浩浩荡荡地走向森林！

四、遭遇敌人

四周的空气非常新鲜，每一个地方清晰可见，就连树上有多少片树叶都能看得见。

这时，李晓南说了一声："你们快来看。"

我们三个快步走过去，一看，咦？怎么多了一辆车？我们都是步行过来的，难不成还会有其他人来探险？我们几个都有同样的疑问。

但是大家也没太在意，因为也有可能是过来野餐、散心的人。

收起帐篷，我们继续赶路。赵紫心拿出地图，说道："现在在森林路口，斯卡尔在那座山峰上，我们还要走好长一段路。"

按照地图上的路线，我们要登上那座山峰。

突然，我看见李晓南用小刀在树上刻东西，我好奇地问："晓南，你在做什么？"

李晓南说："我在做标记，免得一会儿迷路。"

我对李晓南竖起了大拇指。

大家继续赶路，突然，李晓北"啊"地尖叫了一声。我们望过去，原来，李晓北被捕兽夹夹住了。

我们立刻跑过去，李晓南问："姐姐，你没事吧？"

李晓北说："捕兽夹夹住我脚了，可能要肿了。"

赵紫心立刻放下背包，从里面拿出了绷带和药膏，给李晓北涂上去，然后又包扎了一下。

赵紫心说："我们三个轮流搀扶晓北，每人两个小时。"

我和李晓南不约而同地回答道："好。"

首先，由妹妹李晓南来搀扶姐姐，李晓北似乎不想让妹妹承受太大的压力，所以自己也支撑着走。

这时，已经是中午时分，午餐铃响了，我们找到一块大石头，坐了下来。

我突然开口："你们说，这里为什么会有捕兽夹呀？"

李晓南说："这附近说不定有盗猎者。"

一直沉默不语的赵紫心说："我觉得，他们准是坐那辆车来的。"

我回想起早上的画面，不能排除这种可能性！吃完饭，我们又踏上了旅程。

突然，有两个人映入我们的眼帘。一高一矮，一瘦一胖，他们两人形成了极大的反差，但转眼间，他们就消失在前方。我们也跟着走过去，突然，赵紫心大喊一声："停下。"大家都愣住了，停下了脚步。赵紫心走过去，看着有光的地方。她捡起来一看，哇，原来是一部最新款手机，失主肯定很着急。

"我们赶快给失主送过去，按照轮胎印迹很快就能找到。"李晓南这个急性子说。

赵紫心摇摇头，不紧不慢地说："没关系，我们只要在这里等就可以了。"

我们想了想，失主也许会原路返回来找，那我们不如就在这里等。

大伙等了将近一个小时，才有人过来。他们是开着车过来的，但开得很慢，似乎在寻找着什么。

我快步走过去问："叔叔，你在找什么，要不要我帮你们？"

那个又高又瘦的人回答："不用了，谢谢，我们丢了一部手机。"

我像变戏法一样，从后边变出了手机："是这个吗？"

那个又胖又矮的叔叔说话了："对，就是这个，谢谢你！"他们拿着手机又急匆匆地走了。

我对大伙说："他俩怎么看也不像好人。"

"算了，我们还是走自己的路吧！"赵紫心说。

于是，我们继续赶路。突然，我们又看到了熟悉的背影——那两个叔叔。

我的好奇心非常强，我悄悄地躲在灌木丛中，想听听他们在说什么。

"我们得快点儿找到那匹母狼，那是最稀有的品种，能卖个好价钱。"

我心里一惊，原来这两个人是来森林里捕猎动物的坏蛋。我继续往下听，从他们的交谈中，我知道了高而瘦的叫张正义，矮而胖的叫黄大善。

我心想，这两个人的名字都像好人的名字，"正义、大善"都是除恶的名字，但他们却是盗猎者，真是不可思议。

我又悄悄地爬回去，和大家说明了刚刚的情况。

我又说："那只稀有的狼，会不会是斯卡尔呀？"

紫心说："有可能。我们要加快脚步，不能让坏人抢先。"

我们都"嗯"了一声，决定以之前两倍的速度前进。

五、正面交锋

一行人走在路上，我们按照地图上的路线走，只有不到60公里的路程了。我们见到了胜利的曙光。

突然，两个黑影闪现在我们面前，正是那两个盗猎者！我们先不动声色，暗暗观察他们。突然，"嘀嘀"，电话铃响了，大伙准备偷听。只听那边传来："嗯，好的，王老板，我们保证抓住那只母狼。"看来，走路还是没有开车快呀！"我们必须阻止他们才行。"赵紫心说。可要怎么办呢？正面交锋肯定不行，我们毕竟都是小孩儿，即使是四个人也打不过大人。看来，我们只能和他们智斗了。

赵紫心说："你们几个过来，我有一个计划……"我们听完不由自主地夸赞起赵紫心来，她简直太聪明了。我们四个人兵分四路，各自设好陷阱。经过一个多小时的准备，终于完工了。赵紫心问道："大伙儿设置好了吗？"我们齐声答道："好啦！"

首先，李晓南负责挖一个两三米深的坑，坑旁边和里面都放满了带刺的藤条。第二个陷阱由李晓北来负责，用藤条的一端系在一个小树桩上面。等他俩一过来，我们把木桩一扔，两个盗猎者就不省人事了。第三个陷阱由我来负责。这一次，就比较狠了。赵紫心跟我说，这附近有一户人家，厕所里面的排泄物都到了这里。所以，我负责把这一块地挖开。我们还做好了标记，万一被发现，也有逃生路口。

赵紫心又说："待会儿我去把敌人引过来，你们躲好了，不要被发现。"大伙儿点了点头，就去躲起来。赵紫心来了，后面紧跟着那两个人。赵紫心按照原来的路线跑，"咚——"赵紫心却掉进了我们自己设计的陷阱里，这是怎么回事？张正义大声说："你们别白费力气了，陷阱早已被我动过手脚，你们别想阻止我！""我们不会让你得逞的。"赵紫心喊道。黄大善不怀好意地走过去，摸着口袋里硬邦邦的东西。李晓南眼疾手快，随手拿起一颗石子丢了过去，正好砸在黄大善的头上。

别看这颗石子小，要是被砸中的话也很疼。我和李晓北也不停地扔石

头，不给他们一点儿拿武器的机会。他们俩来不及防御，掉头就跑。张正义跑着跑着，"咚"地一声被木桩击中了。原来，李晓南早就料到他们俩会逃跑，一直悄悄地躲在树桩那里。最惨的是黄大善，他掉进了我"精心"准备的粪坑，估计他身上的臭味方圆十里都闻得到。

我们四个人又开始赶路，继续按照地图的方向走……

（作者系湖北省武汉理工大学附属小学六（2）班学生，小作家班学员。本文为节选部分。）

来自切尔斯星的呼唤

 胡一凡

引 子

"轰！"一枚导弹向 A 市袭来，这座原本热闹非凡、无比繁盛的商业都市，瞬间灰飞烟灭，被夷为平地。

切尔斯星具有一百余亿年的历史，曾经出现过十分辉煌的古文明，并一直延续到现在。不巧的是，这颗星球被外星文明入侵，当地武装力量无法抵御而危在旦夕，最终消失了。

在 A 市不远处，一个名叫金石的孩子，正站在赤道上，望着天边。在那无畏的眼神下，是一张十一二岁的孩子的脸，脸上写满坚毅。

他是这颗星球上为数不多的幸存者之一，并承担着一份重任——去寻找新的宜居星球，并攻击它，占领它，就像外星文明侵占切尔斯星一样。

为了更方便地寻找新的星球，这个星球的博士给了他一艘最先进的飞船，一万个最精壮的"幸存者"，并给他们配上了切尔斯星最强大的武器——"爆炸子弹"，它可以在一瞬间让一颗小型星球毁于一旦。

作为这颗星球上唯一的希望，金石知道自己背负着拯救切尔斯星人民的责任，一定要尽力而为。

他走到星球实验室里，看了看身旁那位身着白衣的科学家——是他给予了金石这个权力。

科学家似乎早已预料到了金石要来，头都没回，只说了一句："快走，你浪费的是所有人的时间！"

金石最后看了看这个曾经美丽过的星球，天空是黑色的，但黑暗中隐约现出一片蓝，它象征着最后的希望。"靠你了！"金石自言自语道，他又看了看这片自己生活过的土地，从五彩缤纷、繁花绿草到寸草不生，仅仅用了一瞬间。

金石眼中又闪过一丝无奈与不舍，他踏上飞船，向那颗新的"生命体"飞去……

一、登上地球

金石进入了飞船。他那双炯炯有神的眼睛略带好奇地注视着这船舱里的一切，有发动机控制器，还有储物舱等。他按照博士教给他的方法，打开了发动机。

发动机里传来一阵冰冷、机械的声音："欢迎使用'切尔斯'号飞船，请规范驾驶，祝您旅途愉快……"金石关闭了声音，运用自己娴熟的驾驶技能载着飞碟驶离了切尔斯星。

飞船在太空中飞行着，满眼的星星，很美；浩瀚的星空里，每时每刻都有事情发生。切尔斯星的生死，也只不过像一颗流星般转瞬即逝。

"附近暂未发现宜居星球。"飞船那冰冷、机械的声音再次传了出来。一颗宜居的星球，真的不好找。金石开始莫名其妙地讨厌这种声音，他一听到这种声音，就感觉十分烦躁，可是，他承担着为切尔斯星寻找生命的重大任务。

"前方发现一颗宜居的星球，距此地西偏南 39°方向 280 千米。"金石听到了这声音，他简直不敢相信自己的耳朵！银河系从西到东走了一遍，才发现这颗宝贵的宜居行星。金石曾多次幻想这颗光年之外的行星，是怎样一番景象。

金石定睛一看，前方有一颗很漂亮的星球。他的眼珠已被这迷人的景象所覆盖：在一片蓝色的海洋里，夹杂着几块黄绿相间的土地，而这一切被几层缥缈的白纱笼罩着。金石再也无法抑制住他强烈的好奇心，他驾驶飞船以最快的速度向前行进着。

"已接近 1 号宜居星球，准备向前移动。"这声音已没有那么冰冷，金石甚至有些喜欢这样的声音。

金石略带激动地说："请带我寻找合适的落脚点。"

而机器的声音也温和许多："已找到多个落脚点，请任选一个。"

金石做出选择后，飞船立刻向前方出发。这又是一番令人震撼的景象，只见眼前那颗蓝绿相间的美丽星球，在慢慢放大，一切尽收眼底：一望无际的陆地，被一道翻滚的河流劈开。热闹而繁华的都市里，人来人往，车水马龙。正是傍晚时分，天空被一缕红晕笼罩着，看起来十分绚丽。金石又想起了切尔斯星那无比悲惨的景象，不禁感慨，又很嫉妒。他羡慕居住在这颗星球上的人，羡慕他们拥有一切；同时，他又为切尔斯星人感到惋惜和可怜。

飞船登上了这颗星球。

这颗星球，就叫地球。

二、巧遇外星人

他，叫金石，是一名普通的学生。

早上六点半，天亮了，他掀开被窝，不情愿地起床，整理被子，换好衣服，开启了一天的生活。

早餐很简单，一片面包加上一杯牛奶，他吃完后便上学去了。

他的学习成绩并不好。上学的路上，他踢着路上的一颗小石子，用厌倦的眼光看着一切。这种步伐，他走了六年，整整六年。

七点，他走进学校，一天的课表平淡无奇：数学、语文、英语，唯一的体育课却经常被占用。他心中有股无名之火，却又不敢发泄。

语文课上，老师让大家写一篇想象作文——关于外星人的作文。

百无聊赖地上完一天的课程后，他走在回家的路上，眼神同往常一样，步伐也一样。

"嗯？"忽然，路边一个东西的出现引起了他的注意。

这是一条小路，四周都是荒土。而这个奇特的东西，两眼巨大，皮肤白得吓人，大概有一个球那么大，看起来像一个奇异的生物。

"玩偶？"他脑海中有一个念头出现，但他又立刻否定了这种想法，因为没有哪个玩偶会设计得这么丑陋。

他似乎感觉到了什么，把指头往这个东西上一放，有呼吸！

外星人？！他小心翼翼地打探着这个"外星人"，然后小心翼翼地把这个"外星人"放入书包里——他准备把外星人带回家。

回到家，他进了门，轻轻把房门锁上，再把"外星人"从书包里抱出来。

他又仔细地审视了一下这个奇特的生物，他的身体虽小，但脑袋极大，脑袋上的双眼与人类稍有些相似，只是眼珠比人大了些，鼻子也与人类有几分类似，两侧没有耳朵；在光线有些昏暗的情况下，他的脸依旧白得吓人。

他简直不敢相信，他用自己的语言和外星人聊了几句，更加惊奇地发现，外星人的名字竟与他一模一样！

他，叫金石。

他，也叫金石！

三、"地球人"的一天

第二天，外星人金石代替地球人金石去上学。

第一天上学，外星人金石就已经感受到了"学校"有多么可笑。课堂上老师问同学们："有外星人存在吗？"同学们有的说有，有的说没有。外星人金石——这个最清楚答案的人，却一言不发，只是看着老师的举动。

老师表扬了那些回答说"没有外星人"的学生；并批评了那些回答说"有外星人的学生"，说他们异想天开、胡思乱想。外星人金石差点儿笑出声来，不过这是发自内心的冷笑。

上数学课时，外星人金石听得想睡觉，他只好对着远方发呆。数学老

师看见了走神的他，严厉地批评他："金石，你不好好听讲，就给我出去！"好不容易熬到了放学，外星人金石以百米赛跑的速度冲出了校园，现在他对"人类"这个词，渐渐有了更深的认识。

在外星人金石飞奔过马路时，一辆失控的汽车向他疾驰而来……

四、外星人的暴露

外星人金石瞬间感觉到一阵剧烈的疼痛。紧接着，他倒在了地上，隐隐约约地看见一辆车飞驰而过……

醒来时，他发现自己被送进了医院；他顿时感觉不妙——这个世界上，有两个相同的金石！

更不妙的是，他看见医生已经在打电话了，他偷偷瞥了一眼电话，好像是金石妈妈的号码！外星人金石想出了一个办法——不停地变身，这样就可以让人怀疑自己是外星生命。

于是，他开始了"表演"，他每变一个东西，就吸引一群人来参观。当他有些劳累时，医院门口早已人山人海。尽管如此，外星人金石还要继续——他要让地球"专家""领袖""精英"来看看他们一直不相信却确实存在的"外星生命体"长什么样。

果然，20分钟后，专家们到场，还带了一群手持摄像机的记者。当专家们看到这一幕时惊奇不已，记者更是争相拍照。各大电视台竞相播出了这条新闻，外星人金石很快就登上了地球的"热搜榜"，成为无数人讨论的话题。

正在为不用上学而在家欣喜若狂的金石，却对这一切毫不知情。他打开电视，听到"外星人"这个词时，突然想到了什么，于是聚精会神地看新闻。

顿时，他惊讶得一蹦三尺高：替我上学的外星人金石，竟然出了车祸！他开始焦急不安，但还是保持着冷静，他深深地感到对不起外星人金石。

五、入侵地球

外星人金石的眼里，亮起了红光。他大吼了一声，打了绷带的大腿开始疯狂地变粗、变硬，身体也以数倍的速度疯狂地膨胀、膨胀……他知道，自己接下来要做的是毁掉、消灭地球上的低等生物。他一脚把病床踏翻，已经有三米高的他，穿过医院里沸腾的人群，慢慢地走出医院，没有看他们一眼。旁观的人群有的慌忙逃回家，有的则拿出手机报警，他们浑然不知眼前这个庞然大物究竟是什么来历，更不知道眼前的这个庞然大物，将会把地球变为一片废墟。

外星人金石拿出腰间一个像笔盒一样的东西，犹豫了一下，然后对着这个东西冷冷地说了一句："已找到目标星球。"听到了这句话，切尔斯星球的领袖高兴得差点儿从椅子上蹦下来。对于在死亡边缘苦苦挣扎的切尔斯星人来说，这就如同在茫茫大海上漂浮的人突然发现了一叶扁舟。切尔斯星球的领袖集结了切尔斯星所有的幸存者，对他们说了一句："切尔斯星会永远记住你们的。"外星人金石告诉了切尔斯星领袖他所在的地球方位。两个"地球小时"后，切尔斯星所有难民登陆地球。

新闻中每天都在播报"外星人出现"之类的消息。有些人已经隐约感觉到不安，这其中就有金石。金石和妈妈每天待在自己那只有一百平方米的小屋里。他们不敢往外面跑，因为只要一打开门，就有无数的记者涌进门，更有甚者竟然造谣："这些都是小男孩儿金石一人制造的'骗局'，其实根本没有外星人。"

登陆地球的其他切尔斯星人知道了这些地球上的生命后，只是笑了笑——有讥笑，更有得意的大笑。第一天，切尔斯星领袖指了一个地方——2个小时28分钟后，该城将沦为废墟。这是地球上最繁华的大都市，说实话，外星人曾经也是以这种方式入侵切尔斯星的……

地球人，应身在何处？

地球人，该何去何从？

六、金石的决定

一阵脚步声在耳边响起。外星人金石用余光看了看向他走来的那个人，是金石——那个发现他、守护他、陪伴他的地球人。

外星人金石接到的任务是除掉地球上所有的生命，可是他并没有下手。

紧接着两人的目光相互碰在了一起，四周的空气也安静得可怕。

阳光照在金石身上，他喜欢这温和的光芒，而那刺眼而又温和的目光，让他想哭。

金石开口打破了沉默："所以，你是真的要这样吗？要毁灭地球？"

外星人金石也开了口："不是我……"

金石继续说道："我也知道不仅仅是你，但是你可以做到。求求你别这样做，给地球人留下一片生机，让我们和睦相处，好吗？"

外星人金石叹了口气："我也无能为力。"

金石强忍着心中的悲哀与失望。地球的晚霞已经消失了一大半，黑夜无情地吞噬着阳光。一阵风吹来，让人感到一阵钻心的凉意。即将到来的是一个夜，阴冷的夜，恐怖的夜，无穷无尽、暗无天日的黑夜……

外星人金石走了，没有留一句话。

他去了一个无人知道的地方——切尔斯星人在地球的根据地。

七、生存？毁灭？

时钟，还在一刻不停地走着……

末日的阴影在地球的天空上笼罩着，满天的白云顷刻变为漫天的乌云。天空呈现出灰不溜秋的色彩，天上的鸟儿已回鸟巢，一切万事俱备，似乎只差一场倾盆大雨……

金石期待这场大雨。

现在是 12 点零 9 分，离人类的最后期限只差一个多小时。领袖已召

集了所有接到任务的公民。这场即将拉开序幕的地球争夺战，已经有些火药味，领袖脸上一副志在必得的得意神情。

嘀嗒嘀嗒、嘀嗒嘀嗒，时间在一点点地流逝……转眼间，进入"人类一小时"倒计时，切尔斯星人已摩拳擦掌，一股浓浓的火药味飘向宇宙……

12点35分，领袖实在百无聊赖，决定公开向地球宣战，并说明了时间。顷刻间，全地球人炸了锅。地球人的说法极其不一致：有的说要趁这一个小时的时间，准备好地球上最厉害的武器，与外星人血战到底；有的说直接放弃斗争吧，反正也打不过，还不如直接乖乖举手投降算了；更有甚者坚信这只是一场人类上演的闹剧，一次外星人故意策划的"恶作剧"，这其中不乏专家和学者。

事到如今，外星人金石心中解救苍生的念头不但没有减弱，反而更加强烈。他决定用自己的一切来保护这个美丽的星球！

八、最后的战斗

世界像停止了一样，空气如死一般凝固。

"啊！"不知是谁喊了一声，空气忽然又活了。领袖号召所有"战士"开始进攻人类。地球上的人类正在不断地减少。人们在四处逃窜。外星人金石迟迟没有下手，他注视着自己眼前那份名单，一个名字便是一个鲜活的生命。

外星人金石迅速赶到一个地方，对着那个负责消灭地球人的切尔斯星人一阵狂扫，切尔斯星人应声倒下。此情节在地球的各个角落重复了无数遍，领袖终于发现了外星人金石这个"捣乱鬼"。领袖愤怒了，他呵斥道："如果你再不停止你的行为，我现在就要杀了你！"领袖对着外星人金石大声地说："金石，快中止你的行为！"外星人金石还是没有回应，只是不断地拯救地球人民。领袖终于忍无可忍，拔出了他腰间的"盘子"，那个"盘子"朝外星人金石飞去，也朝全世界的人类飞去。

原来，领袖的那个"盘子"是这个星球上最厉害的武器，他可以让一

颗小星球上的生物直接灭绝。在这关键时刻，外星人金石没有躲开，他选择扑上去挡住这个"盘子"。盘子"砰"地一声爆炸了，刹那间，他似乎变成了一束光，而地球毫发无损。

外星人金石笑了，这是灿烂而又美丽的笑。他的身体慢慢在空气里消失，他不想再让人类像他一样失去赖以生存的家园……

（作者系湖北省武汉市梅苑小学六（4）班学生，小作家班学员。）

克 里 黙

 孙语彤

一

这一天，我下楼玩儿，发现了一只小猫。他全身雪白，只有头顶上有一点点灰色。他的眼睛一只黄一只蓝，特别可爱。

这只小猫对着我喵喵叫，似乎饿了。我拿出身上的一小包牛肉干喂给他，他闻一闻扭头就走了，不一会儿他又跑到我的脚边绕来绕去，不停地喵喵叫。

我十分奇怪，难道他不爱牛肉干？可是我也没有别的食物了。正当我疑惑的时候，突然听见了一句话："我是从喵星来的！"我呆住了，心中纳闷：是谁在说话？"是我，白猫，就是我啊！"那声音又传出来。"你怎么知道我要问这个？我也没说话啊！"白猫又开始说话了："无论是你想的还是你说的，我都能听见。我是因为有一次出虫洞的时候发生了事故，被传送到地球上来的。地球上有一个和我心灵感应的人，那就是你，我们可以通过脑电波交流。我和你们地球上的猫可不同，我们的祖先是人类，但我们被分配到了喵星上，而有一些猫被分配到了地球。我们是和人类一样的智慧生物，我们还能变成人。"我惊呆了，不敢相信这只猫说的话，我对猫说："那我要怎么办？"猫说："带我回家。"

我说："那我爸爸妈妈怎么办呢？"猫答道："我自有办法。"

我忐忑不安地抱着白猫回了家。

妈妈看我回来了很高兴，可下一秒她便注意到了我手上的白猫。"你抱了什么回来？"我结结巴巴地说："额……这个……猫……猫。"

妈妈惊呆了，她厌恶地说："快抱出去，脏死了。"我刚想乞求妈妈，白猫便跳了下来，跑到妈妈跟前，做出一个卖萌的表情，我在一旁看了都觉得十分可爱。果然，妈妈也被白猫萌到了，转头笑着说："这……这个……就先留在家里吧。"

"嗯！"这下我开心极了。

二

我看着这只小猫，看他浑身雪白，就给他起名为小白。这只猫听到我给他起名小白，立马哼了一声，说道："小白？地球人类果然没有想象力，我的名字是克里默，代号1001，好吧？"我只能说："好吧好吧，那就叫你克里默吧。"

我想起了刚见面时克里默说的话，说："你不是说你能变成人吗？变一个给我看看呗！"克里默不屑地说："你以为本喵是什么啊，想让我变我就变？再说我现在能量不足也变不了啊！"我好奇地问："能量是什么？怎样才能得到能量呢？"克里默说："你呢，要破解一些案件，我才能得到破案能量，比如说失踪案、抢劫案之类。""哦，原来如此啊！"我惊讶地说。

第二天，我要去上学了，我对克里默说："我要去上学了，不能陪你了哦。"克里默冷冷地说："我们一起去就行了，我有变小药水，但是一碰到小鱼干就会打回原形。你把我装在口袋里不碰到小鱼干就行。"

就这样，克里默和我一起去上学了。

三

我和克里默刚到学校，就看见一个女同学在抹眼泪，她是我的同桌，叫小瑞。这时一个男同学走过来用手抓起一个东西并丢进了垃圾桶，这个

男同学叫小桑，他平时在班上沉默寡言，很多同学都欺负他。没想到他这一次居然这么勇敢！

我走到垃圾桶一看，是一条青蛇，还吐着红色的信子，看上去很可怕。这是一条玩具蛇，仿真程度比较高，看上去像真的！这个东西是怎么来到学校的？此时，同学们围住了小桑，说："小桑真棒，你好勇敢！"听着同学们的赞美，小桑不好意思地低下头，脸红彤彤的，小瑞也跑到小桑那儿对他感激不尽。

这时克里默对我说话了："你去破解这个案子就可以得到能量了。"我随即过去询问小瑞怎么了，小瑞惊慌地说："我早上来学校就发现桌上卧着一条青蛇，真是吓死我了，现在我的心还怦怦跳呢。"我问："今天你是第一个来学校的吗？""不是，我来的时候已经看见李洋的书包放在书包柜里了，只是没看见人，也不知道他去哪儿了。"

旁边的同学议论纷纷："肯定是李洋放的，他来得最早，现在肯定躲起来了，哼！"我又去看了看小瑞的桌子，没有看出什么线索，我似乎明白了什么。

这时李洋回来了，班上的同学齐刷刷地看向他。李洋一脸的迷茫，问："怎么了，都看着我干什么？"

有一个同学说道："是不是你把假蛇放在了小瑞桌上，把小瑞都吓哭了？你这样吓唬同学，好吗？"班上的其他同学也开始指责起李洋来。

李洋大声说："怎么可能是我放的！我今天早上七点半来到学校，把书包放下就去篮球队了。"班上的同学议论纷纷，有的坚持说是李洋，有的开始怀疑班里的其他同学。

这时克里默说话了："你有没有发现小桑有什么不对劲儿？"小桑？哦，对了，小桑为什么会那么勇敢地拿一条蛇呢？他拿起来时应该就已经发现了蛇是假的，但他为什么不说呢？"克里默，你有什么办法可以查到这条假蛇是在什么地方买的吗？"克里默得意扬扬地说："我有一艘鱼干飞船，只要在上面操控，它就会以人类肉眼看不到的飞行速度前进，这样就可以去查了。"说完，克里默就飞了出去。

我走到李洋旁边说："李洋你今天早上打篮球洗手了吗？"

"我还没有洗，你问这个干什么？"

我对全班同学大声说："这条假蛇不是李洋放的。因为这条假蛇是劣质塑料制作的，上面有很多灰粉子和难闻的橡胶味，只要接触过这条假蛇的人，手上都会留下这种粉子和这种味道，而李洋的手上只有篮球上的灰尘，并没有难闻的味道。所以假蛇不是他放的！"

同学们一听，都议论起来。这时，克里默也回来了。

四

克里默告诉我，这条假蛇是学校对面的小巷子最里面一家商店卖的一种恶作剧玩具，做得很逼真。

那条巷子我去过，路面都是泥，而小桑昨天穿的鞋和今天的一模一样，如果是他，那他鞋上肯定有泥。我在小桑抬脚时看见他的鞋上有一些泥巴，不多。克里默用它的小型飞船扫描了一遍，发现这些泥就是小巷子里的泥。

这……这似乎也太巧了吧！那么有可能就是小桑。对，就是他。

"小桑你昨天是第几个走的？"

"额……最，最后一个，怎么了？"我心里已经锁定了小桑。

"是小桑干的！"全班同学都看着小桑。

"什么？是小桑干的？"

"不可能吧。"

"那他干吗要把小蛇拿走呢？"

"对呀！"

"你是不是弄错了！"

同学们继续议论纷纷，都不太相信小桑会做这种事。

"不……不是我……怎么会是我？你……你没证据，怎么可以说是我……我干的？"小桑愤怒地说。

"小桑你是在小巷子里买的假蛇仿真玩具吧？"

"什么……什么……巷子？怎么会，我可不认识那个满是泥土的巷子！"小桑结结巴巴地说。

"哦？你怎么知道那儿满是泥土呢？"我追问道。

"啊……这……这这……"小桑半天说不出话来。

"天啊，不会真是他吧？"

"是啊，我觉得是他。"

"我的天？发生了什么？"

同学们的议论声更大了，都指向了小桑。小桑的脸红得像熟透了的苹果。

我继续分析："小桑昨天是最后走的，有充足的作案时间。小桑在拿起假蛇那一刻就知道了那是假的，为什么不告诉大家？还有就是小桑脚底有卖仿真假蛇的那条巷子里的泥土，证明他去过那里，所以就是他！"

小桑低着头，一言不发。过了一会儿，他苦着脸说："平时我在学校没人理我，我只是想引起你们的注意而已，对不起！"

终于，这起案件真相大白了。

五

"没关系，小桑，以后我们都会和你一起玩儿的，不会再冷落你了，你以后可不能这样了！"

"呜……呜……谢谢大家原谅我，我以后不会再这样做了！"

"丁零零……"上课了，大家都回到了各自的座位，老师也来了，可我还沉浸在刚刚的查案风波中。"喂！"身边传来了克里默的声音，"我的能量增加了一点儿，你多破两个案件，等我们回家后我可能就可以变成人了！""真的吗？那你回家后一定要变给我看啊！"

不好，老师注意到我了，大声说："站起来，你在发什么呆！"我的脑子瞬间清醒了。

"你来回答一下我刚刚讲的题目的答案！"我支支吾吾说不出来，这时克里默给我发送了这些题的答案，我飞快地重复了一遍。老师盯着我看了好一会儿，疑惑不解，只好说让我下课后到他的办公室。

"丁零零……"下课了，我来到了办公室，"你以后要好好听课……"老师对我耳提面命。这时克里默大叫："不好！有小鱼干的味道！"它慢

慢在变大，我的脑袋也慢慢变大。我急急忙忙对老师说："老师，我要上厕所。"说完便急匆匆地跑出了办公室。

<h1 style="text-align:center">六</h1>

跑到厕所，我赶紧锁上门把克里默从口袋里掏了出来。

"你怎么回事？"

"我一闻到小鱼干的味道就会变大，你老师那里应该有小鱼干。"

"那怎么办？总不能和老师说我带了一只猫来学校吧！"

克里默漫不经心地说："没事，你把我放在校园里，放学时和我会合就行了！""对，放在学校操场那的草丛里应该不会被别人发现。"

我飞奔出厕所，把克里默藏在草丛里，和它随时保持联系。

我漫不经心地上完了几节课，克里默的脑电波和我一直连着。可是到放学时，克里默的尖叫声突然传来："救命啊！一个披着长发，穿红色裙子和黄色薄外套的女孩儿把我抱走了，我和你的距离越来越远，脑电波快要中断了，快来找我！"

我瞬间慌了：怎么办？克里默呢？完了完了，克里默被发现了，还被一个女孩儿给抱走了。

我急忙对克里默说："你在哪儿？我去找你。""呜呜，呜呜，啊，啊……"传来一阵奇怪的声音，隐隐约约可以听到："好牛奶……就选……"是牛奶广告！这附近的牛奶广告就在爱源小区附近，去爱源小区应该就能找到克里默。

到了爱源小区，"克里默，能听见我的声音吗？""能，你来了太好了。"虽然这声音不太清楚，但还是能听见。

"你在哪儿？快点儿从那个小女孩儿身上跳过来啊。"

"不行啊，她紧紧抱着我，我跳不出来，抓伤她也不太好。"

"那……那你在哪儿？"

"我在6栋，快过来！"

我又飞快地往6栋跑去。

七

"我到6栋了。"我对克里默说。

"我在7楼,701,快过来!"耳边传来了克里默的声音。

我跑到701敲了敲门,没人开。门底下,有人塞了一张字条,上面写着:你的猫在我手上,我切断了你们的脑电波,快点儿走吧,就当从来没有这只猫。字条下还印着一个奇怪的图案——一朵玫瑰,一条蛇盘绕在上面。

什么?克里默就这样被一个神秘组织给抓走了?这时房间里传出了一阵恐怖的笑声,还有惊慌的猫叫声,我没办法和克里默取得联系。我不停地拍门,可是没有什么回应。对,窗户,我突然灵机一动,从窗户进去不就可以了?

我飞速下了楼。7楼太高了,可要救克里默,这是唯一的方法。

我一只手抓住管道上方一个凸起来的地方,一只脚蹬上去,在离地面两三米时掉了下去。我不停地尝试,可每一次都掉下来。这时,我身后传来一声吼叫:"你想干什么?下来!"我吓得松了手,摔在了地上。一个保安走了过来:"你干什么?"我支支吾吾地说:"我……我的猫被人抓了,它在701,里面的人不给我开门。我的猫有危险,我想爬上去救它。"

"什么?猫被偷了?你跟我来。"我和保安一起来到701。突然,那保安想到了什么,顿了一下,说:"701好久没人住了,不可能有人进701房间。""啊?什么,没人住?那您有没有什么办法把门打开?"保安冲我诡异地笑了笑,然后带我来到701,此时门突然开了。我来不及细想,刚想探头往里看看,谁知那保安一把我推了进去,然后"砰"地一声把门关上了。

"开门!开门啊!"我使劲拍打着门,可门在外面上锁了似的,怎么也打不开。房间里阴森森的,没有灯,地上落满了灰,有一种说不出的诡异感。我大声喊:"有人吗?"没人应答,只听见房子里荡起了回音。

"克里默!你能听见吗?"我大喊,还是没听见一点儿声音,房里静得出奇。

我慢慢朝里走去。

八

701 房间的窗户是紧闭的，不对，刚刚爬楼的时候窗户明明是开着的，怎么会关了呢？这房间里肯定有人，只是藏起来了。

我慢慢往里面走去，有三间房，房门都紧闭着，上面落满了灰，有的门角上还织起了蜘蛛网。这间房没有柜子，人只可能藏在那扇没有蜘蛛网的门后。

我轻手轻脚地走过去，把门把手按下去，一阵"吱呀"的声音，在这阴森的房间里显得格外诡异。

这就是一间普通得不能再普通的卧室，有一张小床，两个衣柜，一张小书桌。台灯还没关，亮着微弱的光，灯罩上铺满了灰尘，似乎从没有擦过。床单是白色的，边缘和中间已有些泛黄，还有些破洞。衣柜是黑色的，上面的漆很多都掉了，露出了黄黄的痕迹。

这房间似乎好久没人住了，可灯却亮着，说明里面一定有人，有可能藏在衣柜里。我哆嗦着伸出抖动的双手，想拉开门却又不敢，头脑中闪烁着恐怖小说和电影中的情节。

克里默还在这儿，我得找到他啊。

门最终被我打开了。一道白色的光照向我，我很快晕了过去。

等我再次恢复意识时，我早已不在这个房间了。我躺在一张破旧的病床上，手脚被铁链拴住了。我想喊可发现自己喊不出来，嘴被胶带封住了。我恐惧地睁大了眼睛，看见了一盏亮着黄光的破旧的灯，一个结满蜘蛛网的天花板，此外，还有一张手术台，上面放满了银光闪闪的手术刀。

这时，走出来一个男人。

九

我明白惊慌没有用，他不会放了我，我猜克里默也一定在他手上。

我大声地说："我有三个要求，第一，你告诉我你的计划，告诉我为

什么要抓我；第二，让克里默出来和我说话；第三，把绳索解开，让我吃点儿东西。"

"嗯，要求还真多。好吧，我同意让你做这些事。"这个男人似乎还沉浸在自己"伟大"的梦想中，想也没想就同意了。

他头上戴着蓝色的医用头套，捂着黑口罩，穿着白大补，手上还戴着一双蓝色的手术手套。我惊恐得不停翻滚、挣扎。

他拿着一把手术刀，慢慢靠近我，我以为他要向我动手，谁知他一把撕掉了我嘴上的胶带。我大声叫着："放开我！"

可他根本不理我，冷哼一声："你有什么遗言吗？不过你是为科技献身的，这是一种荣幸！"

"谁要这种荣幸！快放了我！"我急得大叫。

"我再说一遍，你是为了我的研究和科学的进步而献出生命，你的死是伟大的！"男人加重了语气。"等我研发出药水，就可以和我的团队——科学狂人一起统治世界！"男人补充道。

他说："我叫言七，是一个科学家。我有一个团队叫'科学狂人'，我是首领。你的猫是外星生物，是从喵星来的。我需要把人类的血液与外星生物的血液融合，做出强化药剂，这样就能让人类变强，并且要在你身上试验。我需要在你心脏中植入一些芯片，注射一些药剂，然后把你做成标本。好了，你的第一个愿望实现了。"

过了一会儿，一辆小推车被推了过来，上面有被五花大绑的克里默。

"克里默！"我大叫道。

克里默发来一串脑电波："我们要想办法逃出去！"

"你们逃不出去。"旁边传来了言七的声音。

"你，你怎么能听见我们的对话？"我惊叫道。

"我有办法切断你们的脑电波，自然能听到你们的对话！"言七不屑地说。

"可以让我实现第三个愿望了吧？"我说。

言七把捆着我的绳子切断，端出了一桌丰盛的饭菜。我和克里默坐下来，望着眼前的美味佳肴却吃不下。我给克里默使了个眼色，趁言七不注

意时猛然起身。克里默行动快，一下子就出去了。我站起来就跑，想快点儿离开。

可言七一点儿也不慌，他拍了拍手，一排全副武装的男人堵在了我们的面前，手上还拿着枪。克里默行动灵敏，一跳一蹿就跃过了那堵人墙。谁知言七按了下遥控，一道门落了下来，所有通道都被堵死了。我想掉头跑，可没有路了……我大惊失色……

我从噩梦中惊醒，发现枕头都被冷汗浸湿了。我扭头发现克里默的身子一起一伏，还在我身边睡着。刚刚发生的一切，原来是一场梦。

（作者系湖北省武昌实验小学东湖国际校区六（4）班学生，小作家班学员。）

紫

执着·星光八音盒

铿锵三人行

 许可欣

一、走，抓贼去

我住在一条窄窄的巷子里，逼仄的小巷总有各种嘈杂的声音：大爷大妈们搬着小板凳，跷着二郎腿坐在树荫底下的叨叨声；每天晚上一大群狗在巷子前"汪汪汪"的叫唤声；还有野猫在阴暗的角落里冷不丁地发出的凄厉的叫声，令人毛骨悚然。

"唉，你说，最近是不是闹贼呀！昨晚我们家出了点儿小动静。唉，还以为是那小老鼠呢！结果，第二天早上，我们家世代相传的青铜鼎就没了……可怕不？"最近，巷子里的孩子们最喜欢的就是极其烧脑的推理游戏，要是你找出了真凶或找到了东西在哪，你的称号就会从让人讨厌的绰号变为"福尔摩 X"。上回，章鱼哥找着了邻居老大爷丢失的一副眼镜，他便成为"福尔摩章"，他的英雄事迹在我们的口中传了整整一个月呢。

这天，阳光明媚，万里无云。麻雀站在电线杆上叽叽喳喳地叫着，像几个无聊的人聚在一块闲聊。我们三人组——我、毛栗子、章鱼哥准备一起去抓贼。我们仨"全副武装"，到泸溪河旁偷偷拿走了一位渔民的捕鱼网，那渔民手握钓竿二话不说就起身追着我们跑……可他哪是我们的对手，不一会儿，我们几个就溜得没影了。捕鱼网到手了！

我们继续往前走，突然发现前边有一只狗一动不动地趴在路上，看上去像是一只流浪狗。章鱼哥高兴极了，他连忙跑上去把那只流浪狗抱在怀

196

里，轻轻地抚摸它。这只狗有一身黑白色条纹，像斑马。我们推测这狗一定是被主人染过颜色。它是被抛弃了吗？它的眼睛好似两颗黑珍珠，在阳光的照射下闪闪发光。那黑色的小鼻头一动一动的，它还时不时地张着嘴巴伸出粉红色的小舌头不停地哈着气。

"哦，斑马，斑马！要不就给它取名叫斑马吧！"我连想都没想就张开嘴说出了这句话。"好啊，就叫斑马！许可证，真有你的！"毛栗子听了，在一旁拍起了巴掌。"既然你们都同意了，那我也没意见。"章鱼哥挠了挠头，少数服从多数，其实他也觉得这个名字挺好听的。

章鱼哥最喜欢狗，也喜欢其他的小动物。他家有 2 只狗、3 只鸟和 5 只兔子，都快成动物园了。

其实我是不太喜欢狗的。还记得上回我们巷子里有一个人，就是被一只大狗咬死的。当时巷子里的小伙伴们不停地讲，越讲越离奇，堪比恐怖小说。每次想起那个场景，我浑身直冒冷汗。

"走吧。"毛栗子催我，"想什么呢，这么专心？"

"哦，走，走……"我这才缓过神来。

我们继续往前走。章鱼哥把"斑马"放在地上，"斑马"高兴地围着章鱼哥转圈圈，时不时地叫几声。

章鱼哥一边吹着口哨一边大声喊："斑马，斑马！"毛栗子歪着脑袋看到我，对我做了个鬼脸。而我对狗没兴趣，我伸长脖子看向前方，发现前方有一条小河，那正是泸溪河。恶作剧时间到了，我要看看他们掉下河后的狼狈模样！我想着想着便捂着嘴偷偷地笑了起来。

斑马好像有灵性似的，不知道是不是识破了我的诡计，居然疯狂地叫起来。毛栗子和章鱼哥自顾自地走着，丝毫不理会它。斑马急了，于是用嘴咬着他俩的裤脚，可他们还是不理会。离泸溪河只有几步远了，好戏就要开演了！"嘿！下去吧——"我推了他俩一把……

"哗啦，哗啦。"泸溪河的上方溅起了巨大的水花，河中央探出两个头，那是章鱼哥和毛栗子的头，这两个头一浮一沉，惊恐的样子硬是让我看着笑出内伤。"哈哈哈哈！"我大笑道，"没想到你俩走路这么不小心！"

"扑通"一声，我随后也跳入了泸溪河。"啊——"我们在水里打闹起来。

斑马也跳了下来，在河里开心地游泳……

什么时候去抓贼？我们早就忘记这事儿啦！

二、小树林里的宝藏

大人们常常吹牛说："巷子外有一片住着妖怪的树林，那片树林里藏着许多宝藏，但被妖怪把守着，外人不能靠近。一旦靠近你就完啦！千万别去冒险呀！"

连续好几天，我、毛栗子、章鱼哥都无所事事。大人们越是这样说，我们就越想去看看。于是，我们三个人再次成立了一个探险小组，决定去寻找宝藏。本来毛栗子不想跟我们一块儿去，但恰巧老师布置了以"惊险的XXX"为题的一篇作文。为了写出真情实感，毛栗子还是鼓足勇气跟着我们一起来了。他真是个爱学习的孩子！

下午三点钟左右，我们约好在小树林入口集合。我跟妈妈说，我要去毛栗子家里写作业，她才肯放我出门。

"沙沙……沙沙……"风一吹，树叶发出声响，乌鸦"啊啊"地叫着，令人毛骨悚然。走着走着，又听见一声"嗡"的声音，我差点儿就耳鸣了。我往后一退，一不小心踩到一根小树枝，"嘎巴"一声，吓得我缩了缩脖子。毛栗子和章鱼哥嘲笑我说："许可证！你好胆小啊！小小的动静就把你吓成这样！"我不好意思地挠了挠头。

我们继续向前走，眼尖的毛栗子大声说："哇！你们看！前面好像有什么东西在发光呢！""哪儿呢？哪儿呢？"章鱼哥伸长脖子，好奇地问。"哇！真的呀！我们快走，去瞧瞧！"我说道。

毛栗子是一个全能超人，不仅学习好，跑得也快，一会儿就冲到了我们前面。我和章鱼哥跟着他跑，渐渐地体力不支。

夜降临了，一轮明月高高地挂在树枝上，像姑娘微微上扬的嘴角，几声蝙蝠的叫声给这样美好的画面增添了几分阴森的气息。

我们开始有些害怕了。回家的路已经被月夜笼罩，不知道什么时候起了薄雾，路已经看不太清。风儿"呼呼"地吹着，我不由得打了个寒战，

鸡皮疙瘩掉了一地。

这时，远处传来了几声狗叫声，"是斑马！斑马来救我们了！"章鱼哥听出了那狗的声音，并且确定那就是斑马的声音。好像不止斑马，它的身后还跟着一个什么东西！"不会是妖怪吧……"我们三人屏住呼吸，一动也不敢动！

不对，好像是一个人！那人提着一盏灯，灯光映照出了她的脸——是我的妈妈。

"妈妈！"我赶紧跑过去抱住了她！冷静下来后，我好像意识到了什么。"妈，我……"我支支吾吾地说着，悄悄地瞟了一眼妈妈。妈妈低着头，什么话也没说，只是带着我们走向回家的路……

那一晚我并没有睡好，我躺在床上，望着窗外那明亮的月光和眨巴着眼睛的星星。其实那晚树林深处确实闪着金光，宝藏说不准真有，只可惜我们几个人的胆子太小。

那小树林里闪着金光的究竟是什么呢？

三、老腰

不知道你们有没有这种感觉：无论你住在哪儿，附近永远都有一家让你流连忘返的小吃店。在我们巷子里，有一家无比受欢迎的面馆，老板绰号叫老腰，于是就有了这家"老腰面馆"。

认识老腰也算是一种缘分。

那天，我、毛栗子、章鱼哥在路上嬉戏。我只顾着玩闹，于是撞到一个人身上了。我惊慌中打量了一下这个人：脑袋小小的，眯眯眼，挺着一个大大的啤酒肚，身上套着一件绿色的围裙，两条腿非常粗。他的手上全是老茧……虽然他长得不帅，但和蔼可亲。我撞到他之后，他并没有生气，而是关切地问："你没事吧，小朋友？"

知道他是附近面馆的老板之后，我们几个人时常光顾他的面馆。

这天，我们又来到了面馆……

"今天周末，要不我请大家吃面怎么样？"老腰对我们笑眯眯地说道。

　　紧接着，三大碗面放在了我们面前，金黄的色泽，伴着诱人的香气。我忍不住吞了吞口水，旁边的小伙伴抱着碗把嘴巴一张，一碗面就下了肚。嘿，老腰做的面还真是美味，让人吃过后忍不住想再吃第二碗。

　　"东家有喜，今天吃面打八折！"老腰在店门口吆喝着，招揽着客人。

　　"老腰，今天有什么喜事呀？"

　　"今天呀，是我的生日哩！哈哈哈！"

　　原来是这样呀，这面不能白吃。章鱼哥小声地说："要不，我们每个人都准备一个礼物，待会儿把礼物一起给老腰。怎么样？"

　　"好主意！"

　　我们各自回去准备礼物，半个小时后又来到了老腰面馆。我们把要送给老腰的礼物藏在背后，一起偷偷摸摸地走进厨房。在老腰看到我们的一瞬间，我们把礼物迅速地从背后拿出来，递给老腰。老腰先是愣了一下，接着眼睛就泛起了一圈红色。"好久没有这么多人陪我过生日了。"

　　"以后每年你的生日，我们都陪你一起过！"我信誓旦旦地说道。其他几个伙伴一起附和着："对，对，我们跟你一起过！""谢谢你们，小朋友们！"

　　果然，温暖是相互的。

四、小巷深处的小洋房

（一）

　　小巷里，老旧的房子十分常见：要么就是门小得无法让两个人同时挤进去；要么就是一张又一张的蜘蛛网接二连三地挂在房檐或角落里；要么就是马路凹凸不平，坑坑洼洼……

　　一些熊孩子总会在你出门或不在家的时候闯进你的家。假如你家锁着，进不去，他们就会拿脚踹你家的门；假如已经进到你家来了，他们看到你的柜子上放着一个新奇的小玩意儿，可是他们太矮了，够不着，他们就会

拿身旁的东西扔向上面摆着的小玩意儿，直到小玩意儿摔在地上。等他们的爸爸妈妈回家发现自己的孩子在别人家捣乱时，熊孩子少不了一顿"棍子烧肉"。

小洋房在小巷子里已经很难见到了。在大人们的嘴里，总会流传许多关于小巷的传说故事。其中有一个故事我最爱听：

在我们这条小巷里呀，有一栋小洋房，里面的人和小巷的人互不往来。如果你懂礼貌，他们就会欢迎你进去，不然你就永远也看不到洋房。

听到这个故事的时候，我可真想一探究竟啊！

今天班上来了一个新同学，她就坐在我的前面。她的皮肤特别白，奇怪的是头发也是白色的，就像染过颜色一样。听老师说，新同学得了一种病，叫白化病，得了这种病的人全身会变得很白很白，像雪一样，一点儿血色也没有。这种病可真够吓人的。

"谁？！"放学了，一个长得高高瘦瘦的人和我撞了一下，把我的眼镜撞掉了。

"许可证，是我呀！"章鱼哥不好意思地笑了笑，把摔在地上的眼镜递给我。

"唉，你们俩！"毛栗子捂着脸看了我们一眼，继续说道，"章鱼哥，你怎么了？今天激动得把许可证都撞倒了？"

"那可不。我有个好消息告诉你们。我去小巷深处看了看，果真有一栋小洋房。"说着，章鱼哥从兜里掏出一小瓶凉开水，喝了一口，继续说道，"那外面有两个人，好像在聊天。我从他们旁边经过的时候，那俩人压根儿没理我。"

章鱼哥正准备滔滔不绝地讲下去的时候，毛栗子拍了拍我俩的肩膀，贴着我俩的耳朵小声地说："这儿不方便，学校门口人太多了，我们去秘密基地讲。"

秘密基地，也就是章鱼哥家的阁楼。那里很狭窄，但是对我们仨来讲

空间足够大了。

"那房子，是不是和我妈妈说的一样，会发光啊？"我迫不及待地问了第一个问题。

"怎么可能啊？你怕不是科幻小说看多了吧！"毛栗子立刻否定了我。

我们聊了很久，不一会儿太阳就要下山了，我们各自回了家。

不知道那栋小洋房是不是和章鱼哥说的一样，里面的人到底是什么样的？那个新来的白发女生是不是从那儿来的呢？

一如既往，我今天还是早早地来到了学校。虽然听章鱼哥说过小洋房是白的，不会发光，里头的人像木头似的，但是小洋楼仍像是"世界未解之谜"一样让我好奇不已，又像一块大石头压在我心底，让我喘不过气来。

下课了，那个长着白色头发的女孩子转身看着我。当时我正在发呆，突然看见白色的长长的东西飘过来，我吓得没坐稳，往后一仰，就摔在了地上。

"对不起。"白发女孩儿不好意思地挠了挠头，伸手将摔在地上的我拽起来。

"没关系。说吧，有什么事？"

我连忙系好红领巾，注视着前排的这位白发女生。

"嗯，我今天忘记带笔了，你能不能借我一支？"她低下了头，腼腆地对我说道。

我向四周看了看，问："为什么不找别人借，一定要找我？"

"因为，感觉你人缘很好。"

如她所说，我的确人缘不错。大家都喜欢和我玩儿，带来的小零食也愿意和我分享，悄悄话和小秘密也会讲给我听。

她见我再次发呆，便伸出那又细又白的手指在我眼前挥了挥。我赶忙从笔袋里翻出一支粉色的钢笔，递给她。

"我们可以做朋友吗？"她不好意思地挠了挠头，冲我笑了笑。我想都没想就点了点头。

"我叫夕夕，很高兴认识你！"她露出洁白的牙齿，向我伸过手来。

我也笑着说："夕夕！很高兴认识你！"

午休的时候，我带她去参观学校：看池塘里的鱼游得是否自在；看今天爬山虎的花儿开了没；看小卖部老板今天又进了什么新零食……

放学了，我正准备收拾东西回家。这时，毛栗子狂奔进教室，边跑边喊："许可证！救命呀！女妖怪要来吃我了！"说完毛栗子赶紧蹲下来躲在我身后。

"什么女妖怪啊？"我正准备放下书包走出教室看看，却被毛栗子一把拉住，他说："别去！那女妖怪很可怕！小心别被她吃掉！"

就在我满脸疑惑的时候，夕夕走了进来。她闭着眼睛扯着嗓子喊道："毛闰西（毛栗子的原名），你在哪里？我要吃掉你！嗷呜！"

"救命呀！女妖怪来了！不要吃我！"

毛栗子大叫着一溜烟地跑进男厕所。我看看夕夕，夕夕也睁开眼睛看看我，我俩四目相对，几秒钟后一起大笑起来。

就这样，我们成了十分要好的朋友。

（二）

章鱼哥的小洋房调查到现在，还是什么结果都没有，这可把我和毛栗子急坏了。

夕夕坐在我前排。她见我有点儿不对劲，便立起语文书作掩护，转过头来看我——我趴在桌上，不停地玩着橡皮，不时地长叹一口气。

下课了，夕夕赶忙把我拉出教室，问我怎么了。面对她真诚的眼神，我本来不想告诉她，但还是把小巷深处的小洋房的传说告诉了她。夕夕睁大眼睛看着我，似乎也对这个传说有了兴趣。

"要不……"夕夕神秘而又意味深长地看了我一眼，"今天放学到我家来吧，说不定对你有所帮助呢？"

"好啊！好啊！可是，你爸爸妈妈会同意吗？"

"我爸爸妈妈啊……我没有爸爸妈妈……他们在我很小的时候就出车祸死了……"夕夕垂下头，很伤心的样子。

"对不起，我不是故意的。"我拍拍她的背，小心翼翼地说。

"没关系，你还可以带毛闰西和你的好朋友来！"

我一听高兴得手舞足蹈。难道"世界未解之谜"要被解开了吗？！我脑补了很多故事，夕夕会怎样跟我们说小洋房的事情：夕夕说小洋房就是她的家；夕夕的爷爷奶奶知道许多关于小洋房的事情；夕夕知道小洋房在哪里……

由于我浮想联翩，上课时老师叫我起来回答问题，我都没有听见，结果被老师严厉地批评了一顿。

总算熬到了放学，我迫不及待地站在学校门口等夕夕。这时，一个人从后面揽过我的肩膀，我以为是夕夕来了，结果却发现是毛栗子。

"怎么还不走啊，许可证？"毛栗子挠了挠头，一脸不解地看着我。

"我等夕夕呢，有线索了。""什么？你说那个女妖怪？"毛栗子睁大了眼睛，"你可别吓我了。"我摇摇头，非常认真地说道："待会儿把章鱼哥也叫上。"

说曹操曹操到，章鱼哥飞快地跑过来，用力拍了拍我俩的肩膀，"哎哟！"我循着声音看去，原来是毛栗子歪着嘴，倒吸着冷气，好像很疼的样子，但我知道他其实是假装的。毛栗子龇牙咧嘴地说道："章鱼哥，你干什么呀！哎呀！疼死我了！手臂都脱臼了！"

"不会吧？！走走走，我们带你去医院打几针。"我和章鱼哥一边坏笑着说，一边把毛栗子往医院推。毛栗子天不怕地不怕，最怕的就是上医院。

他赶紧说："别别别！我闹着玩儿呢！哈哈哈，闹着玩儿呢！"他吓得连忙摆手。

我们聊了好久，终于把夕夕盼来了。

白色的头发把章鱼哥吓了一跳："救命啊！有女妖怪！"

"咳咳……"夕夕喘着气，一把扶住我，对着章鱼哥喊，"你才是女妖怪呢！"说着牵起我的手，"原来你们在学校门口呀，害得我在教室里等你半天。"

"走吧！夕夕带路！"我笑着把夕夕往前推。

"大家跟上！"夕夕说道。

"慢点儿！"

就这样，我们边玩儿边走，很快就到了。

（三）

"总算快到了，你家怎么这么远啊？"章鱼哥忍不住吐槽。

"到了。"说着，夕夕扒开一片藤蔓，示意我们进去。

突然，一道白光照得我们睁不开眼睛。"好亮啊。""眼睛都要瞎了。""可以把眼睛睁开了。"夕夕说道。

我们仨睁开眼睛，仔细一看，哎呀！这不就是小巷里的小洋房吗？我们可算找到了！

章鱼哥和毛栗子都惊呆了，他们愣在原地一动不动，嘴巴张得大大的，似乎可以装下两个鸡蛋。

夕夕拍了拍他俩，说："愣着干吗？快进来呀！"

我们参观了夕夕家的三层小洋房。夕夕的房间里有许多叫不上名字的小饰品，很别致也很好看。墙壁上挂着许多张漂亮的壁画。客厅里还有一个非常新奇的炉子。夕夕说那是壁炉，冬天很暖和。

夕夕留我们吃晚饭。晚饭后，我们便各自回家了。

我心底的大石头总算落地了，小巷里的小洋房这个"世界未解之谜"总算解开了。

夕夕说得没错，她果然对我有所帮助。

五、尾巴

（一）

尾巴是我妈妈以前最喜欢的一只小黑猫，它的身体是黑色的，四只小巧的爪子是白色的，肚皮也是白色的。它喜欢慵懒地躺在沙发上，一对青绿色的带着花纹的眼睛一眨一眨的，真是可爱极了。

妈妈讲这个故事的时候我还没到上小学的年龄，我只能一知半解地听

着妈妈讲她童年的故事。

从未养过猫也没见过猫的我再次听到这个故事时，我的好奇心一下被激发出来。

"那……现在那只猫在哪儿呢？"我好奇地问。

"那只猫啊……"妈妈重重地叹了口气，说到一半，顿了顿又继续说，"已经失踪三十几年了……"

我看向妈妈，她的眼眸中闪过一丝难过，但很快又恢复了平静。

现在放暑假了，我准备为妈妈寻找那只猫。说不定，那只猫跟着我们，也来到了这条小巷；说不定，那只猫就躲在我们家后面，在静静地听妈妈讲故事；说不定，它正在某个垃圾桶里翻找食物；说不定……

我立刻跑出门外，跑到毛栗子家，牵着昏昏欲睡的毛栗子跑向章鱼哥家。

"咳咳！"我咳了两声，拿出随身带着的口哨，吹了一声。毛栗子立刻抖了抖身体，瞪大双眼看着我，他终于清醒了。

毛栗子生气地瞪我一眼，说："许可证，你干什么呀？大中午不让人睡觉。"说着他还揉了揉眼睛，打了一个大大的哈欠，把一旁的章鱼哥给传染了——他也打了个大哈欠。

我又吹了一声哨子，命令道："全体，立正！"章鱼哥和毛栗子立马站得笔直笔直的。

"各位成员，我们要找到一只黑色的猫，肚皮白色，爪尖白色，尾巴尖也是白色的猫！"我又吹了一声口哨。

"好的，船长！"章鱼哥喊道。

"那船长，我们要去哪儿找呢？"毛栗子挠了挠头问。

"噢，毛栗子，这你不用担心，我们把整条小巷都翻一遍，说不定就能找到了。"我说。

"等一下，船长！"章鱼哥跑进家里，边跑边喊，"我家里好像有只黑猫，不知道是不是你说的那只？"

难道这么快就找到了吗？幸福不会来得这么突然吧？！

过了一会儿，章鱼哥走了过来，怀里抱着一只睡着的黑色猫咪——从

头到脚都是黑的，没有哪一处是白的。

"不是吧，我看它尾巴尖有点儿白呢。"我说。

"喏，你看，"章鱼哥指着小黑猫的尾巴，说，"这不是白色的吗？"

我仔细地看了看，有些哭笑不得——黑猫的尾巴尖上不是纯天然的白色，那白色是用颜料涂上去的。

毛栗子一定也看到了，不然怎么会捂着肚子坐在地上笑呢！

"哎哟，"我也笑得不行了，"章鱼哥，你那点儿小伎俩我们都看出来啦！"

章鱼哥听了，也不好意思地笑了。

"走，我请你们吃冰激凌。"说着，我从兜里掏出两张蓝色的钞票，在他俩眼前晃了晃。

"走喽！船长！"

我们三个人勾肩搭背地走向超市。

（二）

"等一等！"一个女生的声音传了过来。我一转头，"嘭"地一声，一个白发女生把我撞倒在地。

这不是夕夕吗？她怎么来了？

"夕夕……你先起来……"我捂着脑袋假装痛苦地说道。

"对不起……我不是故意的。"夕夕不好意思地挠了挠头，伸出右手把我从地上扶起来。

"女妖怪，你怎么又在这儿呢？"章鱼哥和毛栗子几乎同时开口问道。

"你才是女妖怪，你们才是女妖怪呢！"夕夕装作生气地追着毛栗子和章鱼哥，他们绕着我跑圈子。

"你们别跑了，夕夕你在这干吗呢？"我疑惑地问。

"不是放暑假了嘛，我正好待在家里闲来无事，就想来找你们玩，刚好看到你们。"夕夕小心翼翼地对着我说。

"刚好，有事想找你帮忙，等我买完冰激凌再说。"我说。

"老板，来四个冰激凌。等等，老腰你不是卖面的吗？"

其余三个小伙伴听到我的话赶忙跑过来看了看。

这不看不知道，一看吓一跳，这家超市的店主就是老腰。

老腰看了我们一眼，说："是你们啊，要点儿什么？噢，是四个冰激凌吧，来了！"

我马上把两张10元放在柜台上，我们四个接过各自的冰激凌。

我问："老腰，你不是卖面……""我已经知道你要说什么了，"老腰打断了我的话，说了起来，"我以前是卖面的，但我还开了另一家店，就是这家店，因为面馆生意太好，而小超市又没有人管，所以我想了个办法，把超市和面店合成一家店，这样就能更好地为大家服务了！"

"真是好办法啊！"我们四个一手拿着冰激凌，一手向老腰竖起了大拇指。

"老腰再见！"

老腰笑着向我们挥了挥手。

"许可证，你刚才不是说有事要请我帮忙吗？"夕夕问道。

"就是想问问你有没有见过这样的猫。"我把情况一五一十地告诉了夕夕，夕夕不时地点头附和。

"我记得学校旁边的小区有很多流浪猫，要不我们去那里看看？"夕夕提出了意见。

"好啊！好啊！"

学校旁边真的有许多只流浪猫，可是我仔细看了半天，发现它们都不是妈妈故事里的那只。那些猫的尾巴，要么毛色太黑，要么毛色太白，要么就是带花纹的……

毛栗子、章鱼哥和夕夕，一脸期待地看着我。我失望地摇了摇头，叹了口气说道："唉，都不是我们要找的那只猫……"听完我这句话，他们也失望地低下了头。

"要不，我们去宠物店看看吧。"毛栗子说。

我们于是前往一家生意最火的宠物店，在店外就能看见来买宠物的顾客脸上荡漾着笑容。

我们四个挤进宠物店，老板微笑着看着我们，说："小朋友们，想买什么宠物啊？我这里都有哦！"

我把尾巴的外貌特征告诉了老板，老板歉意地摇了摇头，意思是没有。

"哼，那你还好意思说什么宠物都有。"毛栗子气愤地说道，章鱼哥也瞪了老板一眼，那老板不好意思地低下了头。

出了宠物店，我带着歉意对他们仨说："对不起，麻烦你们了。"

"没事，不要紧。""不怕麻烦。"

我两手空空地回到家，吃过晚饭就躺在床上，无力地看着天花板。这时，门外传来"喵、喵"的声音，我猛地坐起身来，下床打开门，看见一只和尾巴长得特别像的猫，就是身上脏了点儿。

我赶快把猫抱到家里关好门。"妈妈，你看这只猫！"我大声喊道。妈妈从书房出来，睁大眼睛看了看这只猫，她一下子抱住了我。过了一会儿，我感到有冰凉的东西滴在额头上，抬头一看，妈妈哭了！

"孩子，谢谢你，虽然这不是尾巴，但是你的心意我收到了。"妈妈说道。

尾巴，不只是一只动物的名字，它也是童年的尾巴。

（作者系湖北省武汉市硚口区水厂路小学六（1）班学生，小作家班学员。）

少年觉醒

 胡智迪

一、勇探雪山

"孩子，你要相信，不管什么时候，父亲都会陪在你身边。"

那是一个寒冷的冬天，洁白的雪覆盖着整个世界。父亲曾说过："这里是星球上最冷的地方；这儿属于冬天；这里有世界上最陡峭的悬崖，还有世界上最牢固的监狱，没人能够从这里逃出去。"

连绵起伏的山上，到处都是几米高的白雪，每走一步，都有可能陷下去。

就在这时，一个十几岁的孩子上了山，他十分熟悉上山的路，他左一脚，右一脚，有时还跳跃两步。靠着对山路的熟悉与敏捷的身手，他飞快地向着山顶上奔去。

"轰隆隆——"天空电闪雷鸣，一道闪电劈了下来，少年侧身一躲，继续向上攀登起来。

周围越来越冷了，少年再灵活，也禁不住风雪的考验。随着温度的逐渐下降，少年的动作也笨拙起来。

就在这时，天空一声巨响，又一道闪电劈了下来。少年纵身一跃，可闪电就好似早已料到一般，在空中炸裂开来，分成了五道闪电。那五道闪电围绕着少年开始不断收缩，将少年包围起来。少年依旧灵活地躲闪着闪电，而五道雷电不断收缩、靠拢。

少年可以躲避的空间越来越小，闪电的角度也越来越刁钻。少年渐渐

地有些力不从心，好几次险些被闪电劈中了，衣服也被闪电劈得破烂不堪。终于，他在躲闪一道闪电时，不小心露出了一个破绽。闪电抓住机会，对着他直劈过去，少年为了躲避闪电，不得已向后一连退了几步，结果一脚踩空，脚下是深不见底的悬崖。少年在快要掉下去的一瞬间，抓住了洞边上凸起的一块岩石。

就在少年暂时松了一口气的时候，闪电"咻"地一下把岩石劈成了两段。他似乎被这景象吓蒙了，身体在空中无助地摆动着。就在他即将要掉下去的时候，身边突然闪出一道人影。那个人抓着他的手，用力向上一甩，紧接着少年也配合地蹬了一下崖壁，顺势跳了上去。

"唔——"尽管少年那么沉着冷静，可面对突如其来的变化，他还是不免发出了一声低吼。更重要的是，天上的闪电又追着他劈过来。少年面对迎面而来的闪电，并没有做出太多的应对，看上去他想和闪电硬拼。就在他想与闪电一决雌雄的时候，旁边飘过来一个身着黑袍的人，就是刚刚那个救他的人，身形不算高大，可力气却大得惊人。

只见黑衣人面对闪电没有一丝畏惧，反而伸出左手，对着劈来的闪电迎了上去，将闪电打得不断后退，最终把整道闪电打得消失殆尽，然后轻盈地落在雪地上。眼尖的少年发现黑衣人右边的袖子一直是飘起来的，这就说明……少年正准备向黑衣人道谢，黑衣人仿佛看透了他的心思，冷冷地说道："不用谢我，赶紧离开，这不是你该来的地方！"

少年抬起头，用坚定的眼神看向黑衣人，"谢谢您救了我，我还会再来的。"说完转身离开。他在心里对自己说，我一定会再回来，一定要找到父亲！

二、雷霆再现

这是一个不算富有的小镇，长年白雪飘飘，一年四季都是冬天，气候寒冷。

在一个比往年更寒冷的冬天，一个穿着破烂草鞋的小男孩儿，用冻得通红的手敲响了第二户人家的门。"吱呀——"门开了，门缝中探出一张

十分不耐烦的脸。那张脸的主人一看到小男孩儿，更是气不打一处来。还没等小男孩儿开口，"咣当"一声巨响，门就被关上了。

小男孩儿心灰意冷地低着头。镇上的人都说他的父亲是犯人，被囚禁在雪山之巅，所以都很敌视他和他的母亲，连吃剩的饭菜都不愿给他。他和母亲饥一餐，饱一顿，衣服这儿一个洞，那儿一条缝，补丁多得数也数不清。他抬起头，想了想家中生病的母亲，便朝下一户人家走去。

下一户的主人是一个怪老头儿，也只有他才会偶尔留着饭菜等他来，他是村子里除了小男孩儿之外最不受待见的人。小男孩儿正准备敲门，门却自己打开了，里面黑洞洞的，没有一个人，也没有一丝风。难道这门成精了？

小男孩儿向门里面探着头，却什么都没有看见，仿佛在凝视着一个无底的深渊。他努力睁大眼睛，想看得更清楚一点儿，却突然感受到一股强大的吸力从前方传来。转瞬之间，他就到了另一个地方。

小男孩儿揉了揉眼睛："这是哪儿？"他看着眼前这个怪老头儿，不解地问道。老头儿身后是一座金碧辉煌的宫殿，气势逼人。那么高大、宏伟、漂亮，一看就知道只有很富有、很有权势的人才能住在这里，可是门口却没有一个守卫。

"老人家，这是什么地方？您怎么在这里？是您把我带到这里来的吗？"小男孩儿一脸疑惑地看着面前这个怪老头儿，"老人家，我们还是赶紧离开吧，要是被这的主人和守卫发现，我们就惨了。"而这个怪老头儿却反问他："难道你没有发现吗？这是一个除了你我二人之外没有第三个人的死城。"怪老头儿说话的时候，一阵阴风吹过，让小男孩儿隐隐地感到脊背有些发凉。

小男孩儿听了怪老头儿的话，仔细地环视了这座宫殿，半信半疑地说："这不可能吧。这里这么干净，花草树木都长得这么茂盛，一看就有人经常打理。不可能一个人都没有吧？况且如果一个人都没有，您是怎么来到这里的？"

"你真当老夫只是个手无缚鸡之力的废物？太天真啦。"话一说完，怪老头儿脚底下突然出现了一个金黄色的圆圈，圈里面有各种各样闪着金色光茫的字符。小男孩儿一个都不认识，只是潜意识中觉得那些字符十分熟悉，仿佛曾经在哪里见过。他仔细一回想，却感到头痛欲裂。

"若是你想要知道关于你父亲的事情，就跟我来吧。"怪老头儿转身推开了大门，走进了漆黑一片的宫殿。小男孩儿好奇地跟了进去。

宫殿里十分破旧，蜘蛛网多得吓人，仿佛已经很久没有清理过了。怪老头儿随手一画，走廊两边早已熄灭的火把一个接一个地亮了起来。"这老头儿果然不简单。"小男孩儿想。

"继续走啊！"怪老头儿见他停了下来，回头对他说道。

"哦，来了！"小男孩儿一边说，一边加快脚步向怪老头儿跑去。

这条走廊仿佛走不到尽头，小男孩儿越走越觉得不对劲儿，连续好几次看到几个一模一样的蜘蛛网。小男孩儿停了下来，怪老头儿说："终于发现不对劲儿了吧？"他一挥手，眼前的走廊忽然就消失了。小男孩儿仔细一看，原来他一直在一座空旷的大殿里面，刚才的走廊只是怪老头儿制造出来的幻象。

"你究竟要干什么？"小男孩儿疑惑地问道。怪老头儿说道："那只是老夫对你的考验而已。你果然没有让我失望。"

小男孩儿立刻问道："你说知道我的父亲是谁，是真的吗？"

"当然是真的，老夫当年可是你父亲的管家呢！"怪老头儿一脸骄傲地说。

"那，那他究竟干了什么？"

"当年，你的父亲是家族中最出色的天才，族长担心你的父亲会威胁到他的地位，便派人秘密暗杀你父亲。可你父亲实力强大，非但没被杀死，反而将杀手干掉了。族长知道后勃然大怒，亲自出手，可依旧只与你父亲打了个平手。你父亲顾及你和你母亲只能退隐在这座雪山上，并用尽了剩下的内力变出了一座雪山，使这里永远都是冬天。而这里，便是之前城市的残骸。这里封存着雷霆神剑，当年你父亲就是用这把剑打败了族长；后来又用这把剑在雪山上设置了雷电结界，使人无法接近雪山。"老头儿一口气说完了整件事，看着一脸震惊的少年，补充道，"现在只有你可以唤醒这把神剑了。"

小男孩儿缓过来了，问："所以，我该怎么做？"

"唤醒神剑，然后救回你父亲。"怪老头儿一本正经地说。

"我明白了。"小男孩儿义无反顾地走向大殿中央，握住一把锈迹斑斑的铁剑，将它拔了出来。在那一瞬间，他感觉到了一股强大无比的力量在身体内流淌。

"父亲，我来了！"小男孩儿的眼中迸发出浓烈的怒火。

三、雷霆诀

怪老头儿说："现在最重要的是要先提升你的实力，毕竟就算你唤醒了神剑，以你现在的那点儿力量，连它威力的十分之一都发挥不出来，更何况这把剑大部分的雷电之力都被你父亲用掉了。所以说，你连这把剑威力的万分之一都发挥不出来。"

"那，那这把剑不就是一把普通得不能再普通的铁剑了吗？"小男孩儿仿佛被泼了一盆冷水，刚燃起的希望之火被全部浇灭了。

"当然不一样。神剑即使被削弱了一万倍，那也不是普通的铁剑可以比的。"怪老头儿淡定地说："目前有三种方法可以提升神剑的威力。一、提升你的修为境界。二、加强你对神剑的掌控。可以将神剑中剩余的雷电之力全部吸收炼化。待全部雷电之力炼化成功后，神剑就真正属于你了。三、去雪山之巅找到你的父亲，让他帮你把布置结界的雷电之力归还给神剑之中。"怪老头儿接着说道："以你目前的实力，只能先按第一种方法——提升你的修为。若你现在炼化雷电之力，极有可能因为控制不住而受到反噬。去找你父亲更不可能了，如果你不小心被雷电擦了一下，估计就尸骨无存了。"

"我明白了。"小男孩儿点了点头，准备离开。怪老头儿伸手把他拦了下来，"你真以为，这么大一座宫殿，除了一把剑，什么都没有？"

"那还有什么？"小男孩儿瞪大了眼睛，环视了一周后，说道，"什么都没有啊！"

"不要被表象迷惑，而要善于发现表象之中的内涵。"怪老头儿一脸深意地说道。"表象之中的内涵?"小男孩儿不敢相信似的,再仔细一看,"嗯?"他一回头,看着眼前的墙壁,觉得有蹊跷,却又不知道是怎么回事。于是他抬起手来,用力往墙上一推。"轰隆"一声,墙壁垮了。墙后面一片黑漆漆的,和怪老头儿家中那黑色旋涡一般,"唰"地一下,小男孩儿便被吸进去了。"唉,现在的年轻人都这么鲁莽吗?简直和他爸一模一样。"说完,他纵身一跃,也跳进旋涡里了。

小男孩儿进来以后,立马就惊呆了。这是一个不大不小的房间,里面堆满了各种说不出名字的金银财宝。怪老头儿进来之后,见他不敢相信的样子笑道:"怎么了,看傻了?这只是你父亲众多财宝的冰山一角。"说完,怪老头儿随手拿了一本书说:"这一本《雷霆诀》很适合你,而且对你的雷霆神剑也有加持作用。"

小男孩儿一听,急忙把怪老头儿手上那一本《雷霆诀》拿过来,紧紧地抱在怀里。"我明白了!"小男孩儿正准备出去。"小子,着什么急呀,你知道怎么出去吗?"怪老头儿笑呵呵地说。小男孩儿突然想起来了,赶忙问怪老头儿。怪老头儿随手一挥,他们便从藏宝阁中出来了。

"多谢前辈,晚辈先行告退。"小男孩儿说完便从老头儿的屋子里出来了。"性子比你父亲还急!"怪老头儿一边说一边从屋子里走出来。

与怪老头儿告别之后,小男孩儿第一件事就是回家去看妈妈。小男孩儿一路小跑着回了家,跟妈妈问过好以后,便走进屋子里,拿出那本《雷霆诀》,仔细地翻看起来……

（作者系湖北省武汉市洪山区广埠屯小学六（2）班学生,小作家班学员。本文为节选部分。）

越长大，越喜雨

 李楚韵

一

一个人由单纯活泼到成熟稳重，可能就意味着长大了吧。

过了这么多年，武汉的雨还是一点儿没变。夏天时，雨说来就来，毫无征兆。看着窗外的树叶被豆大的雨点打得摇摇欲坠，阴暗的天空没有丝毫转晴的迹象，年仅 5 岁的我不由得叹了口气：又不能出去玩儿了。

我趴在窗边，望着天上的乌云，祈祷它赶快离去，让温暖的阳光到来。每当这时，妈妈总会摸摸我的小脑瓜，说："雨马上就会过去的，等天晴了我们就去野餐好不好？"

"好啊！我最喜欢晴天和野餐了！去野餐时我要吃两根棒棒糖……"

上了小学后，我似乎渐渐喜欢上了雨。每到下雨时，坑坑洼洼的道路上总会出现大大小小的水坑。我看到水坑就挣脱妈妈的手，穿着大雨鞋在水坑里蹦跶，水珠四溅。"妈妈，老师说雨滴是小精灵。为什么其他小精灵都有翅膀，雨滴却没有呢？"

"那是因为并不是所有的小精灵都拥有翅膀呀。就像有的人高，有的人矮，燕瘦环肥，一样的道理。"听了妈妈的解释，我似懂非懂地点了点头。

再长大些，我就真的喜欢上了这纯净而略带忧郁的雨：喜欢它滴落地面发出的令人舒心的声音；喜欢那些被雨水冲刷过的树叶；喜欢看路上各式各样的雨伞，像春天里的鲜花一样争奇斗艳；喜欢看透明纯净的雨滴从

216

玻璃上滑落。

那是一个动人的雨天，我漫不经心地撑着伞，却无心欣赏淅淅沥沥的雨，想的是不太好的体育成绩。我的体育向来还好，但增加的长跑与关于柔韧性的测验让我与他人的测试成绩相差甚远。我不禁对自己的能力产生怀疑。我走在路上，雨滴落在路面上的积水处溅起一阵涟漪。

"不是所有小精灵都一样……"我突然想起妈妈的话。

是啊，每个人都有自己所擅长的事，不要因为几处不尽如人意的地方就一味地否定自己。

在成长的岁月里，我们一直在母亲的关怀与陪伴下前行。我们应该从现在做起，认真学习，做一些力所能及的事，减轻父母的压力。

雨渐渐小了，最终停了，天上出现一道彩虹，我迎着温暖的阳光向家走去……

二

窗外碧蓝的天空上飘着团团白云，清风徐徐，阳光明媚，小鸟歌声婉转，我的心此刻早已飞向了球场。

我把目光从窗外移回屋内，扭头看看墙上走动的钟表——12 点 40，还有 10 分钟就要开始午休了。我才刚吃完饭，所以现在想下楼打球基本是不可能的，老师也不会让我们在教学楼里打。我手痒痒的，心也痒痒的，同学们都在做着自己的事：下棋、聊天、看书、写作业、吵吵闹闹……老师也在办公室休息。我转念一想：反正现在没人关注我，我拿羽毛球拍掂下球，不会有人无聊到去打小报告吧。

我悄悄从书包柜里拿出羽毛球拍，小跑到教室后面的空地上掂起了球。果然，老师没有发现，同学也没有去打小报告，我也过了把手瘾。一切都很顺利，可正当我准备再掂几个收起来的时候，我一不小心用力过猛，把羽毛球抛到教室的灯上了。

就这样，我多了一份作业——写检讨书。

这件事还是不要让爸妈知道的好。等爸爸妈妈睡着后，我踮着脚下床

把门关上，走到桌前坐下，椅子发出的"吱呀吱呀"声在宁静的夜里格外清晰。

搬开压在检讨本上的课本、名著，我把检讨本摆到桌子中央，拔开笔上的笔帽，迅速写起来。我开始时斗志昂扬，但写了没多久我就放弃了。月亮挂在深蓝的夜空，偌大的夜幕上只有几颗星星散发着微弱的光芒。热闹喧嚣的步行街上本该在此时响起的钟声似乎也被黑暗吞没了。

不巧的是，老爸在这时推开了门，只见他困倦的脸上充满了惊讶的神色，还没打完的哈欠定在了脸上，嘴呈"O"字形。眼看着他就要说话，我连忙上前捂住他的嘴，在嘴前放一根手指，轻轻地"嘘"一声，示意他先别说话。

老爸明显有点儿生气，我一把拉开收纳盒，扯下一张便笺，在上面写道：我在教室里打球把球打到灯上去了，我没告诉老妈，因为我不想听她唠叨，所以我自己熬夜写检讨。对了，不要告诉老妈啊！我可不想被她数落。

我把纸条递给爸爸。他看完纸条后，脸上现出哭笑不得的表情，然后接着写："好吧，那你写完后赶紧睡觉，别睡太晚了。"我点了点头。

三

周三下午，同学们叽叽喳喳地讨论着下一节的阳光课。有的同学猜测，老师会带我们去楼下自由活动。

"上次老师就没让我们下去，这回该兑现承诺让我们下楼活动了吧？"

"这可不一定，听刘同说老师这节课要讲第三单元的卷子。"

还有的同学热火朝天地计划着待会儿要玩什么。

"哎，要下去打羽毛球吗？还是打篮球？都不想的话，要不老鹰捉小鸡也可以啊。"

还有的同学两耳不闻窗外事，一心只把作业写；也有的提前收拾书包，看书……

我在迅速地做作业。因为我午休时去参加科学社团，社团结束后还被科学老师留下来帮忙打扫教室，导致我的学习进度比其他同学慢：一篇字帖，一课听写，一张语文 A4 基础卷。就连课间 10 分钟我也不放过，就为了不耽搁一堂 50 分钟的阳光课。

还有 5 分钟，我心急如焚，一边想快点儿写完，一边又担心如果写不好被老师罚——重写一遍。所以只能一笔一画地把每个字都写工整，写漂亮。在我的"争分夺秒"下，我终于赶在上课铃响起前，把所有作业完成并以百米冲刺的速度飞奔向老师办公室，把作业分别摆在各科老师的桌上；又兴奋地冲回教室，"哐"地一声"砸"在了椅子上。

"哟，赶在上课前补完作业了？"和我一同上科学社的同桌问道。

"嗯，补完了，您老写完了吗？就在这儿跟我讲话。"我转头看了看钟表，余光透过门上的小窗，我瞟到了老师那熟悉的头顶。

"目前还没，不过凭小爷我的实力……"我用手指捅了捅他，低声说："老师来了。"他立刻收起了脸上的笑容，两只手端正地摆在桌上，眼睛直勾勾地盯着黑板。我"扑哧"一声笑了出来，这人简直就是有两副面孔的"变色龙"呀。

老师走了进来，原本喧闹的教室顿时安静下来，"这节课我们下楼……"话还没说完，教空里就响起了震耳欲聋的欢呼声。老师慈祥地笑了笑，接着又说道："嘘，先别激动，我还没说完。没做完作业的同学，先留在教室里等班主任过来，其他人出去排队。"话音一落，教室里响起几声哀号。

我跟着大部队走到楼下，迎面吹来的一阵凉风，在炎热的夏季如同一颗沁人心脾的薄荷糖。天空很蓝，操场很大，身边的同学很吵。

老师嘱咐了一些在我看来无关紧要的安全事项后就让我们自由活动了。大家如同出了牢笼的小鸟一般，一哄而散，四处乱蹿。

（作者系湖北省武汉市武珞路实验初级中学七（1）班学生，小作家班学员。）

养 狗 记

李睿童

前 言

有一次，班里准备开一个讨论会。原本应该讨论下学期的学习计划，可讨论会开到一半，老师被叫走了，所以下半场讨论会就变成我们自己的讨论时间了。

刚开始我们还在讨论作业的问题，可说着说着就说起了自己家养的小宠物。说起宠物，估计很多人第一个想到的就是"一天拆一间房"的二哈；或者是每一个表情都可以做成表情包的柴犬。当然，我也想养一只柴犬，或者是一只憨憨的田园犬。其实最开始的时候我想养猫，可那次去了宠物店后，一切都改变了。

我刚进去的时候，猫主子们就转了过去，没有一只肯理我。好家伙，果真是高冷范啊！而那些狗呢，对着我不停地叫。其中有一只柴犬，它的脸就好像一个表情包一样，有时显得很伤心，有时很淡定，有时又成了快乐的笑脸。

一

我决定把这只柴犬收入囊中。它两只大大的眼睛散发出"聪明"的亮光，身上油亮的黄色皮毛突显出不一般的"气质"。

到我们家一星期后，我们给他取了一个名字，叫"柴柴"。

这个星期它干了许多有趣的事：上次去姥姥家玩，刚好碰到了梅雨季节，前面的水渠中涨满了水。我们从田里回来的时候，发现它正在水渠里游泳：前爪不停地向后"刨土"，后脚努力地往后蹬。就因为这次"游泳"连平时很严肃的姥姥也笑了起来。

它还有一个更神奇的功能，那就是喝水。不管什么水，它都喝。天气渐渐变得热起来了，家里人怕地板长期没有打蜡而氧化，每天都要用水拖一遍地。可我发现，拖过的地方一下就干了。于是，家人有一次拖地的时候，我故意转过头，竟然发现这只小柴犬边走边舔地上还没有干的水。我以为给它喝的水太少了，于是在它的食槽中又加了很多水。可它并不喝食槽中的水，而去抢鱼缸里的水。原来，这小家伙在玩水啊，它并不是真的渴了。嘿，这个调皮的小家伙！

二

自从养了柴柴之后，家里变得欢乐多了。每次家里都会出现不一样的趣事，比如几天前我们一家准备出去买菜的时候，母亲突然指了指柴柴说："你们确定把它直接放在外面玩吗？"我说："就让它在外面玩吧，别总是把狗狗关在笼子里。"我一边说一边摸了摸它的头。

我们出门的时候，我斜扫了一眼，再次看见了它那"神秘"的微笑。我不禁后悔起来，因为每次只要它出现这个"神秘"微笑，就会有不好的事情发生。当我们回来后，果然不出我所料，这家伙又不见了。正当我们准备找它时，我突然发现一个黄色身影在我房间摆来摆去，不用猜，那肯定是柴柴了。它为什么在房间里摆来摆去？我走进去一看，什么情况？它的头是怎么卡在衣柜与床的角落里的？难道它练就了"缩头功"？正当我着急地想要去救它时，它就像停止演戏一般慢悠悠地从角落里钻了出来，回到了自己的"家"中。哈哈哈，柴柴简直可以去演戏去了。

这还不算什么，每次出门它都这样，而且演戏一次比一次逼真。可是

有一次它玩大了。

那次出门后，我是第一个进到家里的，我没有看见柴柴，以为它肯定又躲在哪个地方，所以就没找它，而是回到自己房间写起了作业。可是时间一分一秒地过去了，它还没有现身。我开始着急了，四处寻找。后来，我发现它竟然跑到阳台外围趴着，差点儿把我吓晕。我赶紧把它拉了进来。爸妈在阳台上安装了防盗窗，又加固了所有的陈设，柴柴在这里再也没有表演"喜剧"的机会了。

三

望着它那孤独的背影，我跟父母商量决定，给它找一个好伙伴。

我们又一次来到了那家宠物店。这次，我看中了一只黑白色的中年二哈，它的眼神与柴柴相似，脸上都挂着"神秘"的笑容，不过我感觉它的"破坏力"应该比柴柴低一些。可到了家……请允许我收回我说的上一句话。真没想到，它来我们家的第一件事竟然是跑来跑去地拆东西，一旁的柴柴还在不断地给它加油。若不是被关在笼子里，它可能会和这只新来的二哈一起拆掉这个客厅。

此外，"狱中逃生"也一日比一日精彩。每次在监控里，我都能看到它们熟练地开门，有时候还一狗"作案"，一狗"放哨"。这真的比《肖申克的救赎》和《中国机长》好看不知道多少倍，要是再更换一下场景或改一下剧情，估计都可以拍喜剧电影了。

还有比这更牛的：有团体作案的"开门案、拆家案、撒沙案、偷吃案、偷窥案、破门案"，有长期踩点并进行观察的"偷玩具案"。

为了防止它们再次"出逃"与"作案"，我们家的大围栏共更换了5次。是的，你没有听错，长度从原来的20厘米增加到现在的130厘米，共换了5次。

四

1

很多时候，我们回家打开门的一瞬间，狗狗们无论如何，就算是在吃饭，也会跑到离你最近的一个地方，静静地、饱含深情地看着你。

这个特性是我在小区带狗狗们玩时发现的。那时候，我还没有养柴柴与二哈。偌大的小区里只有一只跟柴柴长得特别像，跟它一样聪明的流浪狗，那就是知恩。

当时我冒着大雪去倒垃圾，在转角处遇到了一只黄狗。当时我对狗其实是比较害怕的，每次看到狗我都会躲得远远的。怕它不小心咬到我，可这只狗却不一样，它正面看着我，脸部的黑毛早就已经失去了原来的光泽，眼神里充满了无助，看起来十分可怜。

我偷偷地从家里拿来一根火腿肠喂它。看到它狼吞虎咽地咬食食物的样子，我内心充满了怜悯。

此后，我每次放学的时候，都会给它买一根火腿肠，它也会定时待在大门口等着我。我唤它，它就会摇着尾巴走过来。这样的事情持续了很久……

2

悲伤的事情来了。

如往常一样。放学后的我拿着火腿肠来到小区空地的后面。那里有三堵墙，是一个死胡同，很少有人去那里。在死胡同旁边的一个小角落里，有一个简易的"小房子"，上面是废弃的塑胶顶，下面有两个纸盒，知恩一般会待在这里等我。可今天不一样，它半天没有出来。我想它肯定是出去玩去了，就没有在意。我把剪开包装的火腿肠，放进它的窝里便回家了。

不一会儿，外面突然下起雨来。想到父母肯定都没有带伞，于是我拿上两把伞出了门，去地铁站接父母回家。在出小区的路口正赶上堵车，偶

然间我看见了一个熟悉的黄色背影，是知恩吗？这么多车，它跑那么快干什么？第二天早上，我从邻居那里知道，昨天堵车的原因是一辆行驶中的大卡车与前面一辆小汽车发生了剐蹭，不小心撞死了一只黄色的狗……

我刚开始并没有意识到那是知恩，因为黄色的狗有很多。后来，当我走到它的住处时，我看着空空的狗窝，脸不禁苍白起来，昨天那根火腿肠静静地躺在那里。雨水从我脸上流过，我擦了一把脸，不知道那是雨水还是泪水。

人就是这样，当你失去特别关心的人或者特别有意义的物品时，你可能会十分的伤心。知恩出事后，我伤心了好几天。每当我在小区里看见它那个简易的"家"时，我就不禁站在原地愣半天，似乎它还能从狗窝中快快乐乐地跳出来。

五

1

是时候请出"拆家二人组"了！

我家那两只狗可厉害了，经常倾力合作，亲密无间，比如一只狗放哨站岗，另一只"作案"，什么鱼缸投毒案啦，花瓶破碎案啦，这些对于它们来说都是小菜一碟。有时候它俩还会参与谋杀案件，例如家鸽死去案、不明虫尸案。

突然，我似乎明白了什么。这两只狗似乎来历不凡，在精心制造"神秘事件"后，每次都能不动声色地离开案发现场，还可以装得有模有样，不仔细察看根本看不出是它们干的。

2

这几天连绵不断的雨，害得它们不是在睡觉就是在睡觉的路上，身上的肥肉日渐增多，越来越油腻，原本金黄的毛发也变成了油油的黑黄色。

终于好不容易有了一个大晴天，我准备把它们拖出去洗一洗，洗完后再带它们去东湖遛一遛，减减肥。

当我拿起那"神圣"的绳子时，它们像发疯了似的，犹如沙漠探索者遇见水源。

我们皆大欢喜地出了门，走到宠物店门口的时候，它们似乎嗅到了空气中危险的气息，可也不确定是否真的出现了危险，最后只能任人摆布了。

我站在宠物店门口静静地看着，只见它们在下水时表现出极大的恐惧，疯了似的叫着。明显二哈还是聪明一些，在最后的关头从水池中"飞"了出来。

柴柴似乎也想体验一次，它从边上跳了上去，精准无误地落在了水池的平台上。可因为平台有水过于湿滑，它意外地从平台上滑了下来，又一次精准无误地掉入了水池里。二哈似乎想去救它的好朋友，从水池上跳下来后再一次爬了上去，可防不胜防，被我一下推了下去。它们的洗澡大业开始了！

六

有许多养狗人应该都知道，狗一旦不能出去玩，就会坐立不安。我家的二哈便是如此，有时只要24小时没出门放风，它不是在拆家，就是患上了"精神病狗科综合征"。出现这种症状的狗狗，会迅速地爬上沙发，疯了似的进行破坏工作，直到把沙发折腾得残破不堪。

这可能是所有狗主人的悲伤之处吧！2020年的寒假，快乐与兴奋并存的我正在浦东新区嗨着，狗狗们放在宠物店中快乐地玩着。

可谁都没有想到，突如其来的病毒阻止了我们回家的脚步，使我们毫无防备。后来我们终于回到了家中。我回到武汉的第一件事就是三步并作两步地跑到宠物店，领回我家的两只狗。

后来发生了什么？又有怎样的故事？静待后续吧！

（作者系湖北省武汉市东亭学校七（1）班学生，小作家班学员。）

依依不舍

 林美纶

一、考试

中午，妈妈打电话给家里，说中午有事，不回了。午饭后，妈妈回家接了林依，两人匆匆赶往一所学校。

这所学校好小呀！林依在心里感叹。她和妈妈走进学校，教务处一个老师先带她去做新生检测，然后再和妈妈参观学校。

什么是新生检测？林依正疑惑间，有人发给她一套试卷。她看着试卷上面的题目，心里有些不屑。"哼，还以为有多难呢！"她小声嘀咕道。开始做题了，林依却无法集中注意力，脑子里始终在开小差："以后我要是在这个学校读书，岂不是不能天天回家？其实也没什么不好，毕竟没有妈妈管了，但转学后，我能适应这里的生活吗？"在林依的胡思乱想下，检测结束了。林依整个人有些茫然，坐在走廊上，静静等待教务老师批卷。

此时的她心乱如麻，也非常矛盾：究竟考得好不好呢？考好了是不是就会转学呢？但考不好，妈妈会生气吧……

大约十分钟过去了，成绩出来了：语文 87 分，数学 95 分。林依不知道这算考得好还是不好，她有点儿惊讶，自己一向是文科好，理科不好呀！

突然，一阵急促的高跟鞋的声音慢慢靠近，打断了林依的思绪，但她没动，还是呆呆地坐在椅子上，直到两个人影出现在她的视线中……

226

"依依！"妈妈看见她，叫了一声，"考得怎么样？"

"语文 87 分，数字 95 分……"林依忐忑地答道。

妈妈身旁的教务处的老师听了笑容满面地说："啊，考得还可以！你想进哪个班？普通班、国际班，还是钢琴班？"

"国际班是干吗的？"林依终于缓过神来，疑惑地问道。

"国际班更注重英语，针对今后想留学的学生……"教务处老师顿了顿，又说，"但是现在名额很紧张。"

"啊，那我上普通班！"依依立马接道。

"为什么啊？你不是会弹钢琴吗？"妈妈问依依。

"可我不想上钢琴班呀，我钢琴弹得又不好……"林依有点儿急了，虽然自己 4 岁就学琴了，但弹得并不怎么样。

"所以现在让你上钢琴班学习啊！"妈妈说道。

"算了，弹得差就差吧！进钢琴班再学习吧！"林依思索着，答应下来。

回家路上，妈妈很开心，又是买行李箱，又是给林依整理衣服，而林依却莫名地心慌。仅仅一个下午，她竟然就要转学了，并且除了她和妈妈，谁都不知道。

二、转学前夕

回到家，她告诉妹妹她要转学，去的学校还是寄宿小学的事。妹妹没说什么，但是从她的眼里可以看出一丝惊讶和一丝羡慕。

晚饭的时候，妈妈向大家宣布了林依要转学的事，饭桌上一片寂静。晚饭后，妈妈带着林依到超市买东西，在房间写暑假作业的林然心里有些不是滋味。她想，妈妈又只带姐姐不带我，连早上带姐姐办转学手续都骗我说是自己有事……

在超市里，林依有些兴奋，自己从没体验过寄宿学校的生活。她有一些小期待，但一想到要转学，就见不到自己原来的老师和同学了，又觉得有些舍不得。林依的心情很复杂。

"依依，到了学校要好好学习，晚上在宿舍要早点儿睡，不要和同学

疯玩，多喝水，要讲卫生。"妈妈叮嘱道。

三、开学第一天

今天是开学第一天，林依早早地起了床，瞥了一眼还在睡觉的妹妹，然后轻轻地关上门，开始洗漱。她今天打算扎一个丸子头，穿一件淡紫色的裙子。她很快洗漱完毕，看着镜子前那个留着齐刘海，长着一张瓜子脸，穿着一袭紫裙的活泼女孩儿，她信心倍增。"开学第一天一定要给同学们留个好印象！"林依想着，转身蹦蹦跳跳地朝妈妈的卧室走去，轻轻地却富有节奏叩了一下门："妈妈起床啦！今天是开学第一天啊！"然而，没人回答。林依开始焦急地踱起了步子，她又开始敲妈妈卧室的门，这次很急促。终于，卧室里传来妈妈迷迷糊糊的声音："哦，你先去洗漱吧，再过 10 分钟叫我……"接着又没了声音。

"我已经洗漱完了，就只等你了！"林依有点儿不耐烦了，跺着脚说道。

"啊——怎么这么早啊？"妈妈伸了个懒腰，然后房中响起掀被子的声音。门终于开了，妈妈迷迷糊糊地站在林依前。

"哎呀呀，你快点儿！"林依几乎是拉着妈妈到了洗漱台前，她焦急地喊道，"再不快点儿就迟到了！"

"现在才 6 点 25 分呢，急什么？"说完，妈妈不慌不忙地拿起牙刷刷起牙来。

林依见妈妈毫不着急，有些生气。她扭头走到客厅，一屁股坐到了沙发上，双手拍打着沙发，双脚上下焦急地摆动，大喊："怎么这么慢啊！"但妈妈仍然慢条斯理地梳着头发，不理会在沙发上生闷气的林依。

林依在沙发上发着呆，想起了一些事，又回到房间，想把妹妹叫起来。

"妹妹，妹妹，8 点钟了，迟到啦！"林依不断摇着妹妹的手，想把她叫醒。妹妹林然一听，先是迷迷糊糊地睁开眼睛，然后猛地一惊："啊！什么？8 点了！"再看林依笑得涨红了的脸，林然才明白自己被骗了，她气得倒头钻进被窝。

"哎呀呀，别睡了，醒都醒了。"林依掀开林然的被子，又说，"我转学的事，同学们知道吗？"林然被姐姐弄得睡意全无，有些敷衍地说道："啊，不知道吧，我也是昨天才知道这事的！"然后又赌气似的撇撇嘴。"那你能不能帮我把这个带给小圆——"说着林依从床底下的柜子中拿出一个水晶球递给林然。"转学之后，我就不好见到她了，你把这个给她吧！"林依的眼眶有些红。

"依依，你干吗呢？要走了，再不走就真的迟到了！"客厅传来妈妈的声音，林依收住刚要掉下的眼泪，胡乱抹了一下脸，把礼物往林然怀里一塞，慌忙地叮嘱道："一定记得给她啊！"说完就慌慌张张地走了。客厅里墙上的时钟不知不觉地挪动了一小格，分针也跑了大半圈，林依赶紧背着书包冲出门。

"哎，等一下，还有昨天买的东西没带呢！"妈妈拎着大包小包，艰难地从房间里走出来。林依赶紧跑过去，帮忙拿那一大堆东西，晃晃悠悠地从房间出来。

四、地铁站

林依和妈妈每人拎着两个袋子，拖着沉重的步伐，向站台挪动。

林依的手腕上已经勒出了深深的红印，额头上也渗出细密的汗珠。终于，她停下了脚步，扶着旁边的栏杆气喘吁吁。

"快点儿啊，再不快点儿要迟到了！"妈妈此时也大汗淋漓，但没有停下步伐，她急促地催促着林依。

开学第一天就迟到？不会吧，这给同学们的印象多不好啊！林依想到这儿就又站了起来，重新拎起包，向站台走去。

终于到了站台，林依直接瘫软在大大小小的包上，不想再起来。无奈，远处赫然显现出一个小白点。那个小白点在逐渐变大，伴随着鸣笛声，向站台驶来。

"快，快起来，车来了！"妈妈见林依仍坐在包上，慌忙催促着，然后手忙脚乱地拎起地上的包，准备上地铁。林依不情愿地站起来，拎起剩

下的包上了地铁。

林依原本想着上了地铁，总能找个地方歇一歇，没想到车上人山人海，站都站不下，更别说坐了。

刚刚拎着包赶地铁，胃里已经翻江倒海，而现在车上的人一个挤着一个，车厢里又热又令人烦躁，林依感到有些不舒服，抱怨起来："我说了不能太晚走吧，看现在，人这么多，而且还快迟到了！第一天就迟到，同学们肯定不喜欢我了。"

妈妈也正着急着呢，没有回答林依，只是不停地打开手机，看着时间一分一秒地流逝……

"××路到了，请要下车的乘客有序下车……"

终于到了！林依迫不及待地准备下车。可她忘了她的脚下还有两个包，只是自顾自地拼命往外挤。"依依，依依，包，你的包别忘了！"妈妈无奈地看着地上的四个包和已经挤下车的林依，手忙脚乱地拎起四个包。林依猛然发现不对劲儿，刚想冲进车厢去找妈妈，地铁门却迅速地关上了。

林依有些着急了，眼泪呼之欲出。可哭也没用啊，林依只好把眼泪憋了回去，带着哭腔，找到站台上的工作人员说："阿姨，我妈妈还在地铁上，可是我自己一个人先下来了，能不能借手机给我用一下？"

"好，你等一下啊！"站台阿姨看着眼前这个努力憋着眼泪、满脸通红的小女孩儿，赶紧掏出手机递给她。

"喂，妈妈，你在哪儿啊？"林依鼻子酸酸的，努力不让妈妈听出自己在哭。

"我还在地铁上，你别动啊，我来找你！"电话那头，妈妈的声音十分焦急。

"嗯。"林依一听到妈妈的声音就控制不住泪水了。

"别担心，你妈妈马上就来找你了，你先坐一会儿吧！"地铁站阿姨笑着安慰道。

林依慢慢坐下，一动也不动地盯着站台看，生怕一不注意，妈妈就会与自己擦肩而过。

终于，在焦急地等待过后，妈妈的身影出现在了迎面驶来的列车上，林依悬着的心终于放了下来。

紧接着传来一阵刺耳而急促的声音，门开了。妈妈立刻拎起了两个大包，摇摇晃晃地飞奔下车，看见一旁还没回过神的林依，心中也暗暗松了一口气，但脚步没有停——车上还有两个包呢！

然而就在这时，急促的警报声再次响起，门马上要关了。林依猛然回过神来，一个箭步"飞"了上去，用大大的书包挡住了要关上的门，妈妈才舒了一口气。瞥见车厢上人们嫌弃、斥责的眼神，妈妈只好一个劲儿地道歉："不好意思啊！"同时慌慌张张地拎起剩下的两个包下了车。

林依没等妈妈歇一歇，拉起她就跑，清晨的车站回荡着急促的高跟鞋声和粗粗的喘气声。

五、迟到

校门口，妈妈累得扶住校门，直不起腰；林依则一屁股直接坐到了地上，说不出话来，热得直喘气。

她刚刚不是挺着急的吗？怎么现在还坐到地上休息？其实从林依那不断晃动的双腿就可以看出来——她不是不急，而是进不去！林依第一天正式进校，没有穿校服，门卫不让进。妈妈只好掏出手机，告知班主任实情，这才有了开头那一幕。

"怎么样，能进去了吗？"林依心急如焚，不断地瞄着手腕上的表，看着秒针一圈一圈地走着，额头上渗出了细细的汗珠。

"老师说，她下来接我们。"妈妈缓缓地放下手机，回答道。

大约十分钟后，楼道口闪出了一个人影，林依空洞的眼睛一下子就有了神采，她兴奋地跳了起来，慌忙整理起赶地铁时散开的头发。

过了一会儿，老师走近了，林依这才看仔细。这个老师，眉毛细细的，平卧在眼眶上，颧骨高高的，给人一种莫名的紧张感。

"滴——"门开了，老师惊讶地看着林依的大包小包，眉毛飞了起来，

惊呼："天哪，你怎么带了这么多东西啊！"然后掏出手机拨了一串号码。至于她说了什么，林依并没有听得很明白，她只知道她已迟到半个小时了。

（作者系湖北省武汉市江岸区武汉六中上智中学八（12）班学生，小作家班学员。本文为节选部分。）

我的奇葩学生们

 赵卷卷

一

聪明反被聪明误，这话不假。

我碰上过那么一回。临下课，我想起今天的奖励没有发。呱唧呱唧的掌声后，我自然要大张旗鼓不吝啬赞美之词地肯定他们一番。我清了清嗓子，故作深沉地竖起食指，扫视几位"得意门生"一眼，"超声波"便开始在教室里激荡起来：

"张爱玲说，出名要趁早。我深以为然，并将这句话奉为圭臬。转眼间，这几位同学的名字就印在了全国各地的报刊上，虽不至蜚声海内外，但在学校里也算闻名遐迩了。这就是花开的过程。走过将兴趣熬成爱好的寒冬，尚未来得及细嗅斜风细雨的恬适，我们又开始了一次又一次守望弯月的坚持。苦心人，天不负，终于迎来芬芳四溢的绽放瞬间。你们是一朵朵奇葩，惊艳在我们心间。此处，应该有掌声！"

掌声响起来了，不过，稀稀拉拉的。奇怪的是，那几朵被表扬的"奇葩"，先前一脸庄重，像打好招呼似的，现在却笑意盈盈，比随意溜进教室的那几片阳光还肆无忌惮。

"你们，就是一朵朵奇葩。"

那个平时遮不住嘴巴喜欢表达自己想法的高个子男孩儿站了起来，双

手轻拍着桌面，摇着小小的圆脑袋，重复着我的话。

教室里一下炸开锅，热闹极了，大家潮水一般一浪接着一浪，重复着我的话——

你，就是一朵奇葩。

下课时，一位同学过来提醒我，奇葩是一个讽刺人的词。我不禁愕然。

专门查询资料后，我发现还真是这样。我原以为，这么富有诗意的表扬，可以给他们更多的动力，不承想留下了一大片夸张的"表情包"，让他们看笑话了。

你说，是不是聪明惹的祸。

俗话说，知错能改，善莫大焉。嘿嘿，我向几位同学表示了歉意，同时表示，这段让我汗颜的经历，说不定会变成一个有趣的故事。

大家的眼神中传递出期待的光芒。有的同学还给我出了一个不错的点子，说，以前您写过一篇长篇故事，叫《笨笨老师天才学生》。写我们的那个故事，可以取个"我的奇葩学生们"的标题，一定会亮瞎读者的眼球哦。

能不能亮瞎读者的眼球，我不知道，但是至少，我的眼睛为之一亮。

为示真诚，我在此处叙述一二。

二

看到人生姐，唐僧便不由分说地跳到了我面前。

做老师的大多如此吧：上课的时候，希望学生可以安静一点；回答问题的时候吧，又希望他们可以活跃一点。人生姐不属于安静的，也不属于活跃的，我只希望，她一系列的不打招呼、不按常规出牌的行为，让我少生一些惊恐就好。

我今天到得早，去门口的便利店买了一根烤香肠，偷偷地吃起来。正欲上楼，我身后却传来了人生姐婉转的感叹："人生啊，就这么容易满足，唯香气与朝气，不可或缺。"

我转身白了她一眼，她笑意盈盈，盯着我手上的香肠，目不转睛地说："人生啊，得意须尽兴，爱吃快朵颐。"

我那个尴尬啊，不知道是继续吃呢，还是把香肠扔进垃圾桶里，躲避周围人群异样的目光。最后，我还是选择装傻，举着香肠，装作不认识人生姐的样子，大步流星地扬长而去。

课间休息时，人生姐照例拿出手机争分夺秒地捣鼓起来。很快，她的手上又多了一袋干脆面。她实在太忙了，一边飞快地在屏幕上指指画画，一边掏着面往嘴里送，偶尔还可以听到咯嘣声。我真替她担心，这样一心二用，咬着舌头咋办？我便走过去提醒她一句："这样累着可不好。"

"啊？这么快上课了吗？"她猛地抬起头，惊慌失措的马尾辫在身后绕了半圈，她眨巴着眼睛，一脸茫然地感慨道，"人生啊，真是来也匆匆，去也匆匆。"

也许是过于慌乱，人生姐手上的干脆面受到了剧烈的冲击，辣椒粉立即化身为奋不顾身的"蜂群"，一股脑儿地扑向了她。她愣了几秒钟，头摇得跟拨浪鼓似的，大概是想赶走那些可恶的辣椒粉。可是不奏效，贴着手机的那只手也迅速地加入了驱赶辣椒粉的行列中。杂乱无章的"拯救行为"，让她强忍着的眼泪吧嗒吧嗒地掉了下来。

我从后面的课桌上拿了一张湿纸巾，塞到她手上。她抓住纸巾往眼睛处挥舞了几下。好了伤疤忘了疼，恢复本来面貌后，她又开始总结经验了："人生就是这样，你在享受甜蜜的时候，千万别忘记那些意想不到的苦与辣呀。"

我笑着摇摇头，走到教室后面，从背包里掏出手机，看看有没有遗漏的信息。我正在回信息，前面响起人生姐拉长的嗓音："人生啊，真是不公平，只准州官放火，不许学生玩手机。"

我有点儿无语，只好放下手机。好在有同学替我说了一句公道话："现在是下课时间。"

人生姐倒是镇定，缓缓地吐出一句让我大跌眼镜的话："人生最遥远的距离，不是天与地的距离，而是我们在一个教室里，你在玩手机，而我没有网络，只能看手机。"

行，算你狠。我默默地拿出手机，分享了热点。

池塘里的水，若过于平静，会缺少活力与个性。时不时地来一点儿

波澜，或者扔一两颗石子激起圈圈涟漪，则是值得期待的风景。教室里，人生姐的热情演绎，让我们多了不少欢乐。那些偶尔不请自来的不开心，瞬间就湮没在欢声笑语里。人生姐一如既往地给我们端来"人生"的"心灵鸡汤"，我们慢慢地习惯了，我也冷不丁地被她的"心灵鸡汤"温暖着，惊诧着。

老师在讲如何多角度地看问题时，我脑子里不知道为什么浮现出早上出门没来得及放进鱼食的鱼缸，我便临时问道："鱼缸里游着一群鱼，有几条每顿都可以抢到鱼食的红嘴鹦鹉，有两条一听到响动就欢快不已的扁嘴清道夫，还有一条成天病恹恹的，经常动不动就装死的小金鱼，一只喜欢浮上来冒下泡的四角龟。假如，你变成了这鱼缸里面的一种小动物，你会变成谁呢？为什么？"

短暂的沉默后，教室里开始骚动。答案的确五花八门——

"当然是红嘴鹦鹉了。有吃的，有喝的，多欢喜。"

"我喜欢清道夫，热闹呀，没有烦恼，还能清理鱼缸，给大家做一点儿贡献，会受到大家的喜欢。"

"我想做四角龟。晒晒太阳，听听水声，漫步于水底世界，享受不一样的'鱼'生。"

果然，没有人会选择小金鱼。这在我的预想之中。

人生姐纹丝不动，面无表情。不应该呀？我疑惑地点了她的名。她的回答又让大家"叹为观止"了一回：

"人生啊，就是一次又一次的选择。我选小金鱼吧。高兴的时候，我就打几个滚；不高兴了，就装死，想怎么躺着就怎么躺着。其实啊，人生要是有其他选择，我更想做一只大熊猫，即便长着熊猫眼，我也是大家眼中的国宝：高兴的时候，就吃几口竹子给大家看看；不高兴了，就立马装睡，露出不高兴的屁股给大家看。"

不知道这算不算网络流行的"麻辣语录"。我踱着步子从讲台上走下来，靠近人生姐的时候，点评道："如果没有了梦想，生活将会多么的无趣；如果没有了梦想……"

"人为什么要有那么多的梦想呢？小金鱼的梦想还有熊猫的梦想，

难道就不是梦想了吗？梦想也有大小或者高低之分吗？"人生姐毫不客气地驳斥着我的"循循善诱"，眨着大眼睛，接着发问，"存在即合理。正是因为有这样的梦想，小金鱼才是小金鱼，大熊猫才是大熊猫。如果小金鱼有大熊猫的梦想，大熊猫有海燕的梦想，这样就很可怕。难道不是吗？"

掌声炸雷般响了起来。这其中也有我的掌声。我还模仿她的语气来了一句："人生有时候如晚开的红梅，不紧不慢，一枝独秀。"

人生姐还是如之前那般泰然，只是脸上多了几许笑容与绯红。

三

一向提前到教室的他，竟然还没有来。

接下来的几天，他都没有出现。

有几次，我脑海中浮现出他憨厚的样子：瓶底一般的眼镜，搭在笔挺的鼻梁上，肉乎乎的手时不时地推几下，似乎担心眼镜会掉落下来。不知道他遇到了什么高兴的事，眼珠子已经眯成了一条缝。若不仔细看，恐怕以为他正处于周公的世界里，一脸的安静。如果把目光收回一点点，你会忍不住在心里默默地笑几声，毕竟，那圆滚滚的身子和那小成一条缝的眼睛，实在不怎么搭配。

他"出名"属于意外。

他会比别人早一二十分钟来到教室。封闭一整晚的教室，需要开窗透气，需要扫扫。其余来得早的学生可主动了，他是几经提示都难以迈开脚步的那一种。

那天，杀毒后，教室里依然有异味。临近下课时，终于有同学忍不住了，小声地嘀咕着："哪里来的臭味呀？"

这一句话像一块石子，激起教室里"诉臭"的波澜，有小声议论的，窃窃私语的，还有皱着眉头捂着鼻子的。我只好停止讲课，发动大家寻找"臭"味的来源，但是无果。

我正想继续讲课，"汪汪——"狗叫声蓦然响起，像从遥远的山谷穿

越而来，低沉、急促、断断续续，若隐若现。

"是小狗，小狗的叫声。"一个男生站起来，指了指坐在前面一排的他，激动地说，"小狗在他的书包里。"

目光一下子聚集在他的身上。他淡定地扶了扶眼镜，肉嘟嘟的手迅速抓住书包，放在腿上，身子稍微前倾，手臂严实地箍住书包，小小的眼睛看不出一丝惊慌，胖胖的胸膛给书包撑起了安全的保护伞。

我走过去，俯下身子问了一句："你带小狗来了？"

他的眼睛亮了起来，仿佛有几缕阳光在他的眼里闪烁。他把包捧到桌面上，抬头看了我一眼，嘴巴翕动一下，欲言又止。停顿两秒钟后，他拉开书包的拉链。伴随着"汪汪"声，一个灰色的毛茸茸的东西在他的书包里抖动着。

我马上屏住呼吸。看来，臭味来自这条灰不拉几的狗。为了不影响上课，我只能一边打开窗户，一边请他把狗放到老师办公室。

放学时，我布置了一篇作文：写一件幸福的事。批改他的作文时，我还是吃了一惊。原来，那是一条流浪狗，小狗在雨中可怜兮兮地缩成一团时，被他看到了，他便把小狗抱回了家。由于小狗来路不明，所以他爸爸妈妈反对收留小狗。他软磨硬泡了半天，爸爸妈妈勉强答应，但是提了要求，让他自己动手给小狗洗澡。他答应得很爽快，行动却慢了几拍，有一茬没一茬地给小狗洗澡，因此狗身上有了浓浓的异味。妈妈让他把小狗丢了，他不愿意。他又担心上学的时候，妈妈悄悄地抱走小狗。于是就出现了前面课堂上的一幕。

他写道，遇到小狗，是一件幸福的事；如果能做它的哥哥，让它有一个容身之处，那更是一种幸福。

我很感动，于是向大家推荐了这篇作文。

就这样，他多了一个绰号——狗哥。这个绰号不怎么好听，他却乐在其中，不但没有红着脸争论几句，反而对叫他"狗哥"的同学憨笑几声。没多久，隔壁班都知道狗哥了，甚至还有人课间专程跑过来叫几声"狗哥"。

不得不说，狗哥不是白叫的。他对狗的了解与认知，远远超过了我们

的想象。如果你问他狗的品种、生活习性、狗粮知识等，他绝对如数家珍："相较于用吹风机吹毛发，小狗甩身上的水可以让毛发干得更快""小狗的鼻子很灵敏，但它是一个近视眼""小狗的尿可以腐蚀路边的灯柱"等，听得我们一愣一愣的。他则眯缝着眼睛，用胖乎乎的手推着镜架，一脸的得意。

让我一直耿耿于怀的，是在他的盛情之下，我接受了几颗星星形状的饼干，还有滋有味地吃完了。当问及为什么这饼干腥味这么重还没有什么味道时，他告诉我，这是狗粮！

狗哥呀，谁教你这样撒狗粮的？

狗哥因为他的狗，破天荒地得到了一次荣誉。估计是懒散劲儿来了，他几次作业没上交，还美其名曰"放家里了"。我在学生时代用滥了的经典理由，他竟然还翻出来用，一点儿创新都没有。

我狠狠地训斥了他一顿，还刺激了他一番："狗都知道，你回家它要冲你摇摇尾巴，这是它的坚守与忠诚。你倒好，连最起码的作业都无法坚持完成。你能做一个合格的狗哥吗？"

你还别说，这句话成了一种催化剂，接下来的一段时间里，慢慢地引发了剧烈的反应：来教室更早了，变得勤快了，主动整理教具；作业没有再迟交了；小狗灰色的毛有了光泽；偶尔看过去，课堂上端坐的他眯着的小眼睛似乎变大了一些……

期末时，大家投票选出"进步小明星"，狗哥荣登榜首。

掌声中，他扭着胖胖的身子站上讲台，一笑，本来大一点儿的眼睛又成了一条线。他说，这是他第一次获得红红的奖状。他还红着眼睛说，感谢老师，也感谢像老师一样的小狗，教给他责任和坚持。

虽然这是肯定我的话，但是，听起来怎么那么不舒服呢？

寒假的时候，狗哥估计是怕我闲着，发了一个文档给我，请我提提意见。打开一看，近50页共3万多字的故事，我粗略地看完一遍，我回复他说，先改下标题吧，全文看完，才写到第二只狗，标题不能叫"第八只流浪狗"，名不符实啊。他嘿嘿地笑，说，不着急，不着急，还没有写完呢！

这话怎么听起来那么舒服呢？我抿了一口茶，低着头，继续乐呵呵地

修改他的流浪狗故事。

四

"我看你还是自己搬到最后一排去坐吧！"

因为成绩太差，班主任老师给他下了最后通牒，要把他请到无人的角落去。

他低着头不语。

"以你这样的理解能力，我给你再讲两次，估计你还是听不懂！"

语文老师训斥完他，叹了口气，望着窗外，摇了摇头。

他低着头不语。

"买的书，你怎么不看呢？都浪费了！"

爸爸翻着上个月买的新书，皱着眉头对他说。

他低着头不语。

他曾在日记中写道："他们经常说，有梦想，就要去追逐，你一定会成功的。可是，我的梦想是什么呢？"

他成绩不好，可是他很忙；他妈妈也很忙，忙着带着他穿梭于城市的大街小巷，参加各类兴趣班。他连催带骂地被"押解"进了考场。妈妈说，要好好考试，这一张资格证是妈妈费了好大的劲儿才弄来的。

他唯唯诺诺地点了点头。

所谓的考试，其实只有一道作文题，题目很有意思，叫《我的作家梦》。他不知道怎么去写，最后没有办法，还是写了几行。他写道：每个人都有自己的梦想，我却没有。我的梦想在老师的失望里，在妈妈的啰唆里。谁能告诉我，我的梦想是什么呢？

他没有想到，自己竟然被录取了。他更没有想到，被录取的自己竟然被同学们嘲笑了。班上只有两个同学被录取了。另外一个同学是中队委，同学们都向她表示祝贺。而他，却被同学们指指点点——

"真是走了狗屎运，他也能被录取。"

"老师是不是弄错了？"

"凭什么他被选上了啊？"

这世界上没有无缘无故的爱，也没有无缘无故的恨。他不知道，为什么会有这么多无缘无故的怀疑。

妈妈鼓励他说，每个人都有自己的亮点，可能我们自己没有发现吧。既然老师发现了，你就去上，好好学习就是了。

第一节课，老师说，成为作家的第一步是给自己取个笔名。老师讲授完取笔名的方法后，让每个人给自己取一个笔名。

"水清浅。""白鹭卿。""木子。"

老师点了不少同学的名，让同学们说了自己的笔名。老师也点了他的名。他站起来声音洪亮地说："我的笔名叫小狗。"

教室里不少同学前俯后仰起来——哄堂大笑。老师惊讶地问："为什么取一个这样的笔名呢？"他回答道："小狗的鼻子灵敏呀。我要是有小狗的鼻子那么灵敏，多好呀，可以闻到一个个词语的味道。"

"这是我听到的最好的一个笔名！"老师这样表扬他。

他不由得挺了挺身子。

再后来，大约三四个月后吧，他第一篇作文发表了，还拿到了20元的稿费。他没有想到，自己的作文也可以变成铅字。一切都在发生着变化：老师说，他的眼睛里充满了光，那是努力学习的光。爸爸说，他的脚步快了许多，少了一些压力，多了一些笑容。而他自己也觉得，朋友越来越多了。

他的妈妈讲了一件温暖而又让老师尴尬不已的事情。他的一篇作品被一本书收录进去。生日前夕，他问妈妈，能不能买60本书？他想在生日当天，给班上的同学一人赠送一本。妈妈觉得有点儿贵，没有同意。他很认真地对妈妈说："以前，我不知道自己擅长什么，现在终于知道自己可以写一点儿文字。现在赚到了稿费，但是稿费不够，希望妈妈可以支持一点儿。送书给同学是和同学一起分享自己的快乐，也是为了告诉大家我有一个作家梦。等以后大学毕业了，如果找不到合适的工作，我还可以去当作家，赚稿费，努力一点儿，不仅可以养活自己，还可以养活爸爸妈妈。"

他的妈妈感动得眼泪都要掉下来了，便应允了他的要求。老师也是作家，听了妈妈的转述，有点儿哭笑不得——在他的眼中，作家应该是那种找不到工作，天天坐在家里的人。

小学毕业前夕，他出版了自己的小说集，在学校里一时风头无二。记者采访他的时候，问他："你是怎样成为一名小作家的呢？"他想了想，说，是梦想。

他现在上七年级，那个老师，就是我。

是的，我们可以不成功，但是不能不成长。在成长的旅程中，最不能缺少的是什么？是梦想！梦想是生命里的光。让我们勇往直前，去感受一路的风景与风雨。

五

有学生冷不丁地在群里问一句："老师，你的奇葩学生们呢？"

我发了一个哭的表情，告诉他："你们不就是吗？"

然后会出现一连串的锤子表情。

就像那首流行歌曲唱的那样，"欠了我的给我补回来，偷了我的给我交出来。"平时都是我催他们，督促他们，现在是河东和河西的区别了。我一不小心答应了他们的要求——写一写他们，这好比他们给我布置的一项作业。他们难得抓住这样的机会，你说他们能放过我吗？

我赶紧出来表态，为难地回复道："正在构思中，在想着从谁开始写呢？"

"写我呀！""就写我吧！""不能放过我呀！"

我一一应承下来。就像一个画家，想绘出心中最美的景一样，我也想用简单的文字，去讲述他们有趣的故事。

一张张笑容，一个个手势，一句句话语，如奔跑的马儿，从空旷的心灵草原上驰骋而去，又迅速地折返回来，它们变成了一个人，重叠在一起，又倏忽变成一个个人，或淡淡地笑着，或安静地思考着，或欢快地交流着……慢慢地，我发现，自己仿佛也置身于这个充满个性的世界里，时而

那么清晰，时而那么模糊。

善良，真诚，有大大的梦想，爱笑……当我们给别人打上一个个标签的同时，我们也被别人打上了一个又一个的标签。于是，一个个人影重叠，又兀自独立。我不小心成了你，你也不经意间变成了我。

其实，我们都是奇葩，生长在自己的王国里，你说呢？

（作者系小作家班授课教师，中国作家协会会员。）